一心同体だった

山内マリコ

集英社文庫

目次

一心同体だった

1 女の子たち

1990年　10歳

お母さんの車は赤い。

トマトみたいに真っ赤だから、どこに止まってても、すぐわかる。

スイミング教室が終わって外に出たら、ちゅう車場に、お母さんの車がある。

もし、学校を早引けすることになったら、お母さんがむかえに来てくれる。

それって当たり前のこと。

だから同じクラスの芳賀《はが》裕子《ゆうこ》ちゃんに、

「千紗《ちさ》ちゃんのお母さん、車の運転できるんだ！　すごーい」

って言われたときは、なにが？　って思った。

裕子ちゃんは言った。

「うちのお母さん、運転めんきょ持ってないもん」

わたしは言った。

「え！　そんな人いるの!?」

裕子ちゃんは、ちょっとだけやな顔をして、

「いるよぉ」と言った。

おどろいたな。

大人はみんな、めんきょを持ってて、だれでも車が運転できると思ってたから。


日曜日。

お母さんの車で、裕子ちゃんをむかえに行く。

通りぞいの、マンションの前に立ってる裕子ちゃんを見つけて、車の窓から手をふる。

「おおおぉぉーい！」

裕子ちゃんも顔をきらきらさせて、

「千紗ちゃーん！」

手をふりかえす。

車が止まって、わたしがドアを開けてあげると、

「お願いします」

裕子ちゃんはうちのお母さんにぺこっと頭を下げて、車に乗りこんだ。

いつも一人で座ってる後ろのシートに、裕子ちゃんがいるだけで、わたしはうれしくて、楽しくて、大さわぎだ。

「ねえ、プレゼント、なに持ってきた？」

「みんなのたあ坊のトラベルセット！」

「わっ、すごーい。いいなぁ。美香《みか》ちゃんよろこぶね」

「裕子ちゃんは？」

「ぽこぽん日記のハンドミラー」

「それもいいなぁ！」

「自分の分もほしいよね～」

「ほしいほしい～」

阿部《あべ》美香ちゃんのおうちは、新しくてピカピカ。

玄関にはズックがいっぱい並んでる。美香ちゃんはおたんじょう日会に、クラスの女子を、ほとんど全員、よんだみたい。

「おじゃましまぁーす」

リビングはすごく広くて、

「ここで花いちもんめとかできそうだね」

裕子ちゃんが言ったら、

「やろう！」

美香ちゃんが言って、女子が二組に分かれた。

それぞれ一列に並んで、手をつないで、

勝ってうれしいはないちもんめ
負けてくやしいはないちもんめ

わらべうたを歌いながら前に歩き、最後にポンと、足をけり上げる。けったらすぐに、後ろ歩きで後ずさり。

あの子がほしい
あの子じゃわからん
この子がほしい
この子じゃわからん
相談しよう
そうしよう

同じチームの子と円になって、こそこそと話し合う。
「ユキちゃんにする？」

「サッちゃんは？」

「美香ちゃんにしようよ！　今日の主役だし」

「そうだね、じゃあ美香ちゃんでいい？」

「うん！」

きぃーまった
美香ちゃんがほしい
裕子ちゃんがほしい
ジャンケンポン

ジャンケンで負けて、裕子ちゃんは向こうにとられてしまった。


パチンと電気が消えて、女の人がケーキを運んできた。

「美香ちゃんのママ？」

「そうだよ」

若くてきれいな人だったから、びっくりした。

かみの毛がソバージュで、くちびるも、つめも真っ赤。うちのお母さんと全然ちがう。

テーブルには、チョコレートのホールケーキ。十本のろうそくについた火がきれい。

美香ちゃんが、ふぅっと吹き消して、みんなから「おめでとう」と、はく手をもらう。

それから、プレゼントも山ほどもらう。


夕方、お母さんがむかえに来たので、わたしと裕子ちゃんはいっしょに帰る。

「もうちょっと遊んでたかったね」

「お母さん来るの早いよぉ～」

お母さんは、

「だって裕子ちゃんのおうちに、五時までに帰りますって言ったんでしょ？」

ハンドルをにぎりながら、前を向いて言う。

「阿部美香ちゃんのおたんじょう日会、うちのクラスの女子、全員いたんだよ」

「全員!?」

「全員じゃないよぉ」

裕子ちゃんが横から言った。

佐倉真衣ちゃんもいなかったし、門井加奈子ちゃんもいなかったもん。あ、ほんとだね。飯田藍ちゃんもいなかった。ほかに用事があったのかな？

わたしもおたんじょう日会にたくさん人よびたいって言ったら、お母さんは「だめだ

め、五人まで」と言った。裕子ちゃんは、

「うちはマンションだから、三人だな。自分も入れて」って。

「じゃあ、わたしと、阿部美香ちゃん？」

「そうだね、よんでもらったし」

「ちょっとさびしいね」

「うん。でも、うちは三人家族だから、いすも、三つしかないもん」

「あ、うちもだ」

そう言うと、わたしと裕子ちゃんと、それからお母さんも、笑った。

マンションに着いて、車からおりるとき、裕子ちゃんはまた、きまじめにあいさつした。

「どうもありがとうございました」

「お母さんによろしくね」

「はい」

裕子ちゃんがいなくなって、またいつも通り、お母さんと二人になる。わたしは後ろのシートで、一人になった。

「千紗、今日はなにして遊んでたの？」

「えー、いろいろ～。花いちもんめとか」

「花いちもんめ？　そういう遊び、まだするのねえ」

あたしの時代と変わらないわねと、なんかうれしそう。

変なの。お母さんの時代は、ずぅーっとずぅーっと、大昔なのに。

それからお母さんは、

「芳賀裕子ちゃんも一人っ子？」と聞いた。

「そうだよ」

「じゃあ千紗と同じだ」

「うん」

うちのクラスでも、一人っ子ってめずらしい。みんな、だいたい、二人きょうだいだ。

お母さんは、

「千紗は一人っ子だから……」

と、暗くなってきた道を走りながら、言った。

「千紗は一人っ子だから、友達を、きょうだいだと思いなさいね」


今日、「選ぶ」という漢字を習った。

国語の時間に新しい漢字をやると、教わった漢字をつかって、ノートに文章を書く宿題が出る。わたしはこんなのを書いた。

「体育で二人一組になるとき、自分から相手を選ぶ子と、だれかから選ばれるのを待つ子がいます。わたしは選ばれるのを待つ子です」

返ってきたノートを開くと、赤いペンで花マルと、

「先生もです」

というひとことが書いてあった。


体育の時間、二人一組になってと言われると、前は芳賀裕子ちゃんとペアを組んだ。わたしたち、小学校三年のときは、ずっと仲良しだった。だけどこのごろは、阿部美香ちゃんと組むことが多い。席替えで阿部美香ちゃんが前の席になってから、よく話すようになった。

ツインテールにきつく編み込んだ髪をぴょんとゆらし、くるっとふりむいて美香ちゃんは、わたしに話しかけてきた。美香ちゃんは自分から相手を選ぶ子だ。明るくて、活発で、いっしょにいると、わくわく、ドキドキする。

体育のとき美香ちゃんに、

「千紗ちゃん、いっしょに組もう!」

と言われたときはうれしかった。

「うん!」

背中合わせになって相手を持ち上げたり、となりにならんで両手をつないで引っぱり

合ったり。ただの体操も、美香ちゃんとだと、すごく楽しかった。

だけど次の日、芳賀裕子ちゃんからわたされた交かん日記には、

「どうして阿部美香ちゃんと二人一組になったの？

わたし一人ぼっちになって、さびしかった」

と書いてあった。

……せっかく、楽しかったのに。

あとからそんなこと言われて、水を差されたみたいで、ほっぺがふくらむ。

なんでそんなこと言われなくちゃいけないの？

って気持ちと、
そっか、わたし、ひどいことしてたんだって気持ちが、ぐちゃぐちゃにまじる。

あやまった方がいい？

だけど、わたしたち、約束してたわけじゃないもん。

体育の授業で二人一組になるときは、必ず裕子ちゃんとペアになるなんて、そんな約束してないもん。

「だれとペアを組むかは、自由でしょ？」

交かん日記にそう書いて、やっぱり消しゴムで消した。

「ごめんなさい」

えんぴつをいやいや走らせる。

少し考えてから、

「もうしません」

と付け足しておいた。

だけどわたしはまたやった。

体育の時間、阿部美香ちゃんに、

「千紗ちゃん、わたしとペアになろ！」

って言われたら、わたしは、犬がワンってほえるみたいに、

「うん！」

と言ってしまうのだ。

さすがにまずいと思って、裕子ちゃんの方を見る。

裕子ちゃんは、うそでしょ？　って目で、こっちをにらんでた。

わたしはパッと目をそらして、美香ちゃんの方を見た。美香ちゃんは、自分のせいでいま、大変なことが起こってることを、なんにも知らない顔してる。

あんなふうににらむくらいなら、裕子ちゃんが美香ちゃんに、

「千紗ちゃんとペアを組むって約束してるのはわたしだよ」

って、言ってくれればいいのに。

でも、そんなことできないのは知ってる。

わたしを、にらむことしかできないって、知ってる。

だってわたしたち、どっちも、選ばれるのを待つ子だから。

その日の体育で裕子ちゃんは、最後まで一人だけ残った。結局、担任の先生と組むことになってた。

次の日、裕子ちゃんからわたされた交かん日記には、

「大西《おおにし》千紗はうそつき」

と、書いてあった。


毎週水曜日と土曜日は、裕子ちゃんといっしょに帰る約束だ。

月曜日はわたしがスイミング、火曜日は裕子ちゃんがピアノ教室、木曜日はわたしがお習字、金曜日は裕子ちゃんがバレエ。土曜日は、お昼ごはんを食べにまっすぐ帰るから、二人でゆっくり寄り道したり、そのまま遊んだりできるのは、水曜日だけだった。

そんな大事な水曜日にかぎって、阿部美香ちゃんは、

「今日いっしょに帰ろう」

と言う。

「あっ、それはだめ」と思いながら、

「うん！　いいよ！」

この口が言ってしまう。

いいよって言ったあと、勇気を出して、

「やっぱり裕子ちゃんと三人で帰らない？」

美香ちゃんに言った。

「え、ヤダ」

美香ちゃんは、キッと、きつい目つきで、言った。

「でも、水曜日はいつも、裕子ちゃんと帰ってるから」

わたしもがんばって言う。

だけど美香ちゃんは、

「いま、うんいいよって言ったのに」

急にふきげんになった。

「いいよって言ったのに、やっぱりダメって言い出すなんて、千紗ちゃんずるい」

「あ……」

わたしは、美香ちゃんの気の強さにおされて、なにも言い返せない。

するとと美香ちゃんは、わたしに、ひそひそ声で言った。

「じゃあこうしない？」

帰り道に、歩道橋の上でさけんだ。

「わすれ物しちゃった！」

となりを歩いていた裕子ちゃんが、

「学校にもどる？」

ってきく。

わたしはぶんぶん頭をふった。

「いい！　いい！　一人でだいじょうぶ」

「……そう？　え、じゃあ、ここでバイバイ？」

裕子ちゃんは、ちょっと不思議そうに、首をかしげた。

「うん！　バイバーイ！」

逃げるように、階段をかけおりていくわたしに、

「バイビー！」

歩道橋の上から、裕子ちゃんは大きく手をふって言った。

いちばん下までおりて、地面に着地したわたしも、

「バイビー！」

手をふった。

太陽がまぶしくて、裕子ちゃんの顔はよく見えない。

それからわたしは走って、作戦をねったとおり、校庭のすみの、花だんのところに行った。

「千紗ちゃぁーん！」

阿部美香ちゃんが、西門のかげから、顔を出して手をふった。

「美香ちゃーん！」

わたしたちは、きゃあきゃあ声をあげて、再会をよろこびあった。

だきあって、ぴょんぴょんはねて。

わたしたちったらまるで、運命の恋人同士、みたいなはげしさだった。


はじめての、美香ちゃんと二人での、放課後。

美香ちゃんちまでの帰り道には、文房具屋さんがあった。

お店には、サンリオのグッズもたくさん置いてあった。

けろけろけろっぴの下じき、ぽこぽん日記のメモ帳、マロンクリームのものさし、キキララのノート、キティちゃんのレターセット。

「千紗ちゃんて、どのキャラクターが好き？」

「うーん、けろっぴかな」

美香ちゃんは、るるる学園のグッズを集めていると言う。

ほしいものがありすぎて、きょろきょろ。お店のすみずみまで見る。

「なにか買う？」

美香ちゃんにきかれて、首を横にふった。

「お金もってきてないもん」

「そっか、じゃあ帰ろう」

美香ちゃんは、あっさり言ってお店を出た。

しばらくだまって歩いて、角をふたつみっつ曲がったところで、

「はい、これあげる」

美香ちゃんはポケットから、グーでなにかをさしだした。

「手、広げて」

わたしはお水を飲むときみたいに、両手をくっつけて広げる。するとそこに、ころんと、小さなけろけろけろっぴが落ちてきた。

「え？　これ、さっきの」

美香ちゃんは、ほこらしげに言った。

「あげる」

つるつるしたプラスチックの、小さな小さなけろけろけろっぴは、台座をはずすと、けろっぴの顔がおせる、スタンプだった。

阿部美香ちゃんのうちには、『りぼん』があった。

わたしは『なかよし』を読んでるけど、ちょっと子どもっぽいなぁって、物足りなくなってたとこだったから、わたしもこれからは、『りぼん』を買おうと思った。美香ちゃんに、『りぼん』にのってるマンガのあらすじをたくさん聞いた。

美香ちゃんのうちには、『明星』もあった。テレビで見たことのある、いろんなアイドルがのってる。Ｗｉｎｋ、光ＧＥＮＪＩ、男闘呼組《おとこぐみ》、ＳＭＡＰ、ＣｏＣｏ、ｒｉｂｂｏｎ……。「もうすぐ十七歳になるんだよ」と言って、宮沢りえちゃんがうす茶色の瞳をきらきらかがやかせてる。それから、少女マンガのヒロインみたいな、大きな瞳と、りりしいまゆ毛の女の子。まっすぐ短めに切りそろえた、すてきな前髪。ああ、なんて、なんて、かわいいんだろう。

「これだぁれ？」

美香ちゃんにきくと、「まきせりほ」と教えてくれる。

お母さんと本屋さんに行ったとき、

「これ買って」

『明星』をお母さんにわたしたら、

「こういうのはまだダメ」と言われた。

「えー、買ってぇ〜。美香ちゃんは読んでたよ？」

お母さんは「んもう……」と大きなため息をつきながら言った。

「女の子ってすぐませるんだから」


お母さんといっしょに、みやこ美容室に行く。

「千紗ちゃん今日はどうする？　いつもの長さにそろえる？」

みやこさんに聞かれてわたしは、首を横にふる。

「え？　髪、のばしたいの？」

こくんとうなずく。

「へぇー、千紗ちゃん、ついに髪のばしたいとか言うようになったんだぁ」

いすに座ってケープをまいたお母さんが、

「そうなのよ、四年生になったとたん急にませちゃって、やんなっちゃう」と言った。

「アハハ。女の子だねぇ！」

「髪のばしたら毎朝ゴムで結ばなきゃいけないでしょ。みつあみとかできないから、お願いだから短くしといてほしいんだけど」

わたしはだまってもう一度、首を横にふった。

「ふふふ、女の子だねぇ」

みやこさんは、それればっかり。

「千紗ぁ、前髪だけでも切ってもらったら？　目に入ってるじゃない」

わたしは首をたてにふる。

みやこさんがハサミをかまえたので、

「牧瀬里穂みたいにしてください」

と言った。そしたらみやこさんは、アハハハハハーッと笑って、またあのフレーズだ。

「ほんと、女の子だねえ」


昼休みがおわった午後、体育館に、四年生の女子だけが集められた。

保健室の先生が前に出てきて、ホワイトボードに人体の絵を広げると、マグネットでとめた。

気味が悪い絵を、棒でトントンたたきながら、

「これは、お腹《なか》の中にいる、赤ちゃんの絵です」と言う。

わたしたちは「えぇ～っ」と、おどろきの声をあげた。

月経、生理、メンス、初潮、ナプキン。

はじめて聞く言葉に、わたしたちはぽかんと口を開けて静まり返り、耳をかたむけた。

「みなさんの体は、いつか赤ちゃんを産む、大事な体です。みなさんの体は、これからその準備に入っていきます。もう生理がはじまっているお友達もこの中にいるんですよ。生理がくると、お腹が痛くなることがあります。そういうときは、いつでも保健室に来てください。生理は悪いことではありませんから、生理になってる人を、冷やかしたりしてはいけません。生理はとってもおめでたいことなんです。女の子が初潮をむかえるのは、大人の女性になったしるしですから。昔から女の子が初潮をむかえると、おうちではお赤飯をたいて、お祝いしたものです」

生理はいいけど、それでお赤飯たかれるっていうのは、なんかすごくやだな。


毎週木曜日の五時間目は、クラブ活動。

わたしは手芸クラブ。芳賀裕子ちゃんも。

鉄棒クラブの阿部美香ちゃんが、体そう着にきがえて、教室の外に出る。

それを見とどけて、わたしはこそこそ、裕子ちゃんの席に近づいた。

「どこまで進んだ？」

わたしは言った。

いきなり言った。

「ごめんなさい」も、「ゆるしてね」もなしに。

机の上に、さいほう箱を広げた裕子ちゃん。「えっ？」と、こちらを見上げる。裕子ちゃんのさいほう箱は、フィリックスだ。

「いっしょにやってもいい？」

わたしは言った。

裕子ちゃんは、わたしをじぃっと見つめると、

「……いいよ」

って、言ってくれた。

わたしは、天にものぼる心地で、自分のさいほう箱を持ってくる。わたしのは、うちのタマ知りませんか？。これを買ったあと、やっぱりわたしもフィリックスにすればよかったなーって、裕子ちゃんのさいほう箱を見るたびに思った。

わたしたちは、木曜日の五時間目のあいだだけ、友達に復活する。

クロスステッチのししゅうキットで、コアラの親子を作りながら、たくさんおしゃべりした。

「あーここうまくできない」

「かして！　やったげる」

「ありがと！」

五時間目の終わりのチャイムが鳴って、教室に阿部美香ちゃんが戻ってくると、わたしたちは、パッとはなれた。ひとことも話してませんよって顔して。

いつも、どちらからともなく、そうした。


夏休みがはじまると、わたしのうちに、阿部美香ちゃんが来た。

いっしょに自由研究の実験をする。図書室でかりた本で課題をさがしたら、「これにしよう」と美香ちゃんが言った。『にじを作ろう』という、水をまくだけの実験。

晴れた日に、太陽に背を向けてホースで水をまくと、にじなんてかんたんにできることは、前から知ってた。花に水やりしてるとよくなるから。

それでも、庭にホースで水をまきながら、びしょびしょになってにじを作るのは楽しかった。

「きゃー！　出てる出てる！　にじ！　にじ！」

「すごい！　にじだぁー！　きゃー！　おっきぃ～」

お母さんが、おやつにかき氷を用意してくれた。

去年、ペンギンの形をしたかき氷機をお母さんが買ってきてから、夏はかき氷ばかり食べてる。いちごシロップをたっぷりかけて、食べ終わったらまた、ホースを手に、水をかけあう。

「楽しそうだねぇ」

タオルをわたしながら、お母さんは言った。

「うん」

「いいねぇ。新しいお友達できて。芳賀裕子ちゃんとも、仲良くしてるの？」

「……してるよ」

お母さんは、「あーあ」とため息をついて言った。

「お母さんの小学校のときの友達、いまどこにいるんだろう」

「かずこさんは北海道でしょ？」

かずこさんというのは、お母さんの友達だ。結婚して、北海道に引っ越した人。秋になると、じゃがいもが届く。お母さんが長電話してる相手は、だいたいかずこさん。

「かずこさんはね、高校のときのお友達だから」

と、お母さんは言った。

「小学校とか中学校のときの友達とは、ばらばらになっちゃったな」

「なんで？」

「なんでかなぁ」

お母さんは笑った。

家でテレビを見ていたら、ピンポンが鳴った。

「芳賀裕子ちゃんだよ」とお母さん。

裕子ちゃんは、ポメラニアンのみるくちゃんを連れてる。

「千紗ちゃん、おさんぽ行かない？」

裕子ちゃんは、ちょっともじもじしながら言った。

「行く！」

わたしはサンダルをはいて、外に飛び出した。

みるくちゃんを連れて町内をさんぽする。

わたしたちは、用水路のあたりがいちばん好きで、よくそこですごした。

綿のキュロットスカートで地面に座ると、アスファルトにしみこんだ太陽の熱が、お尻にじんわり伝わってきて、とてもいい気持ち。

水がちょろちょろ流れる音、きらきら光る水面《みなも》。

コンクリートのわれ目から、ひょろひょろ伸びた草が、風にそよぐのを、ぼんやり見てる。

うちのお父さんは子どものころ、よくこの用水路で、ザリガニをつって遊んだと言っていた。

けど、もうそんなのいない。

みるくちゃんのリードをガードレールにむすんで、わたしたちはアスファルトの上に、あおむけになった。ときどき、車が通りすぎていく音が聞こえる。青空に、雲が流れていく。目を閉じても、太陽の光が、まぶたを通りぬけてまぶしい。

横になったまま、うす目を開けると、同じように、ちょっとだけ目を開けてた裕子ちゃんと、目があった。

わたしたち、きゃはははーって、笑い転げた。

2 アイラブユー、フォーエバー

1994年 14歳

一年前の日記

——四月九日（金）

入学して一週間。中学校までの通学路にもだいぶ慣れてきました。小学校までは歩いて十分もかからない距離だったのが、いきなり二十分の自転車通学ですから、朝は大変です。

今週はずっと実力テストで、ちゃんとした授業がはじまるのは来週から。配られた教科書すべてに名前を書いて、自分の部屋の学習机の本棚に並べてあります。中学校の購買部でキャンパスノートを買って、そちらにも全部、名前を入れました。ここではキャラクターものはいっさい禁止。校則が厳しいのです。購買部で売っているのはキャンパスノートと、アルファベット用のけい線の入った英語ノートだけ。どれもシンプルでそっけない、まじめそうな表紙ばかりですが、私はそういう文房具もけっこう好きです。大人っぽくて、勉強するぞと気が引きしまります。キャンパスノートはピンクと青の二色があって、どの教科を何色にするか、これはけっこう悩むところです。やっぱり数学は青かなぁ？　もう算数なんて幼稚な教科とはおさらばです。とりあえずすべてのノートに〈一年四組　芳賀裕子〉と名前だけ書いて、教科名のところは空けておくことにしました。

さあ準備万端、あとは授業がはじまるのを待つだけです。私はとくべつ勉強が好きというわけではないけれど、まっさらなノートや教科書を前にすると、勉強に対する前向きな気持ちがあふれてきます。このやる気、はたしてゴールデンウィークまで持つでしょうかね？

——四月十二日（月）

小学校ではみんな色とりどりの私服を着て、あざやかな黄色の帽子をかぶり、赤と黒のランドセルに思い思いのキーホルダーや体操着入れをぶらさげて、それはそれは自由気ままでカラフルでした。比べると中学校は、陰気というか厳格というか、まるで白黒写真のような暗い世界です。

女子は濃紺のセーラー服、男子は黒い詰襟の学ラン。黒い革の学生鞄を持って、体操着などを入れるのは学校指定のマジソンバッグ。ただし二年生になればサブバッグは自由に選べて、三年生はリュックOKなのが暗黙の了解だそう。これは、上の学年にきょうだいがいるクラスメイトからの確かな情報です。彼女いわく、一年生がリュックなんて使うのは生意気な行為で、あまり目立つことをすると上級生に目をつけられてしまい、最悪シメられるんだそう。中学校は縦社会なのです。

そのほかの服装にも、実に細かい決まりがあります。スカート丈は膝が隠れる程度で、長すぎても短すぎてもダメ。靴下は白い三つ折りソックス（ワンポイント不可！）、靴は茶色のローファーか白のスニーカー。髪は肩より長ければ黒のヘアゴムで結ぶこと。高い位置でのポニーテールはダメで、低い位置でのおさげか三つ編みのおさげと決まっています。髪を染めたりパーマをかけたりするのはもちろん結びか三つ編みのおさげと決まっています。

が、そういうわかりやすい規則よりも、ヘアゴムの色は黒のみ、アメピンはいいけどパッチン留めはダメといったこだわりは一体なんなんだろうと、首をひねってしまいます。パッチン留めのどの部分が〝中学生らしくない〟というのでしょう？　そんな気はしていましたが、中学校は本当に、うんざりするほど窮屈な世界です。規則でガチガチの監獄に入れられたような気がします。

——四月二十一日（水）

大変大変。もう、大変です。運動部に仮入部した子はみんな、ひどい筋肉痛で体がボロボロ。教室中がエアーサロンパスの匂いですごいことになっています。なにしろトイレに行ったとき、しゃがむことすらできないほどなのです。筋肉の一筋一筋が炎症を起こしているのがはっきりわかります。どれだけ鎮痛剤をスプレーしたって、こんな痛み、すぐに取れるとは思えません。部活を途中で辞めたりすると内申書に響くというし、これは慎重に選ばなくては。できれば練習がきつくなくて、先輩も優しいところがいいけど、そんな部活、この世にあるのでしょうか。

仮入部した人たちから聞いた情報を元に、こんな表を作りました。

×　陸上部　もともとリレーのアンカーをやっていたような子しか歓迎されない
△　バレーボール部　小学生のころからクラブに入っていた経験者が多い
△　バスケ部　『スラムダンク』人気で定員オーバー気味。スタメンにはなれない？
△　テニス部　目立つ女子が集まっていて華やか。ただし日焼け注意
×　ソフトボール部　男勝りな子が多い。日焼け注意
△　バドミントン部　マイナーな割に練習はキツいという噂
×　卓球部　練習はゆるい。けど地味すぎてクラスでの立場が危うくなる？
×　剣道部　防具セットが高い。夏は臭いらしい

――四月二十六日（月）

いろいろ検討した結果、バレーボール部に入部届を出しました。けどすでに、取り消したい気持ちでいっぱいです。どうやらとんでもない選択ミスをしてしまったようです。夕方五時を回ると顧問がやって来て、指導がはじまりました。それが、おじさんの顧問が女子部員にボールを思いきり投げつけたり、怒鳴ったりして、もう最悪なのです。一年はコート横に整列しながらそれを見て、絶対全員、入部したことを後悔してたはず。私は顔面蒼白《そうはく》でうつむき、自分に怒りの矛先が向かってこないよう祈ることしかできませんでした。ああ、仮入部のときにこんな恐ろしい顧問がいるとわかってたら、バレー部は避けたのに。ダマされた！

――五月六日（木）

このゴールデンウィーク中もバレーボール部は、午前九時から昼十二時まで毎日練習がありました。もう本当に最悪です。悲劇です。校庭十周！　腕立て伏せ・腹筋・背筋はそれぞれ百回！　折返しダッシュ五回で一セットを二十本！　ボールにさわる前に精も根も尽き果てるし、のどもカラカラになるけれど、なんと水を飲むのも禁止です。水を飲むとバテるからって。私はどうしても耐えられなくて、トイレに行ったすきに手洗い場の水をこっそり飲みました。まったく惨めな気持ちがするものです。トイレで手を洗うための水を、ごくごくのどを鳴らして飲むなんて。しかもトイレに行くのだって、いちいち先輩の許しがいります。まるで軍隊みたいです。

家族旅行があるからと、このゴールデンウィーク中、一度も姿を見せなかった一年が体育館に現れると、部長は「おまえ、いまごろ何しに来たんだ!?」と全員の前で怒鳴りつけました。「おまえ」とはずいぶんひどい呼び方ですが、一年はみんな、そういう扱いなのです。

たしかに、ゴールデンウィーク中に部活に来なかった子のことは、私たち一年もずいぶん陰口を叩いていました。自分たちが地獄のような目に遭っているのに家族旅行だなんていい気なもんだなぁという気持ちが、日に日に膨れ上がっていったのです。うっぷんを晴らすため、よく彼女のことを話題にして、欠席裁判しました（ひどいですね、でも仕方ありません）。「わたしも家族旅行の予定があるって嘘ついて家に閉じこもってたらよかった～」と冗談めかしたことを言ってみんなを笑わせてる子もいました。陰口といっても、まあ、他愛ないものです。でもまさか、ここまで真正面から、家族旅行を優先したことを責められるなんて。

みんなの前で怒鳴られ、締め上げられたその一年生は、最後はしゃくりあげて大泣きして、練習に参加させてもらえず、追い返されました。可哀想すぎて、かける言葉もありません。それに、下手にかばったらこっちまで部長に目をつけられそうで、なにもできません。まったく、ひどい部に入ってしまったと、肩を落として帰りました。

——六月一日（火）

今日から衣替えです。紺色のセーラー服と黒い学ランで真っ暗だった教室が、一気に明るくなりました。着るものが替わっただけで景色まで違って見えます。体操着も半袖とブルマになりました。着替えのときみんな、脚を出すのを恥ずかしがって大騒ぎしていました。たしかに脚を出すのは恥ずかしいです。脚が太いか細いかは、顔が可愛いか可愛くないかと同じくらい大問題。でもそんなこと以上に、もっと重大な問題があることを知りました。

それは「毛」です。

休み時間に女子だけで着替えていると、誰かが「青柳《あおやぎ》さんの脚つるつるだ！」と言ったので、みんなの注目を集めました。となりのクラスの青柳めぐみさんの、ブルマからすらりとまっすぐに伸びた脚のなにがきれいって、リカちゃん人形みたいに、毛が一本も生えていないことです。

「なにで処理してるの？」

「カミソリ？　除毛クリーム？」

という言葉が飛び交い、情報交換がはじまりました。

その瞬間、雷に打たれたようにピンときました。脚の毛って、恥ずかしいものだったんだ！　小学生のころは脚の毛なんて気にしたこともなかったし、よもやそれが、剃《そ》るべきものだったなんて知りもしなかった。これはまずい、私、みんなより遅れてるなと焦りました。

そういうわけで今夜、私はお風呂場で、置きっぱなしのちょっと錆《さ》びたカミソリを使って、脚の毛を剃りました。腕の毛も、わき毛も。目を凝らすとお腹や乳首のまわりの毛まで気になってきますが、ここはまあ、まだ当分はいいでしょう。

——六月四日（金）

お母さんとショッピングセンターに買い物に行きました。ここへ来るといつも必ず直行して、長い時間ねばったサンリオのショップを通り過ぎ、今日は化粧品売り場について行きます。お母さんがカウンターに座って店員さんに新製品のレクチャーを受けているあいだ、あちこち棚を見てまわりました。

するとどうしたことでしょう、これまで欲しいなんて思ったこともなかった商品が、突然、私に語りかけてくるのです。これはあなたのためのもの、あなたが買うべきもの、あなたに必要なものですよと！　T字カミソリが、メンソレータムのリップクリームが、8×4の制汗スプレーが、ヘアワックスが、ビオレの洗顔フォームが、ヘチマコロンが。突然いっせいに、ディズニーアニメの『美女と野獣』に出てくるポット夫人やろうそく立てみたいに話しかけてくるのです。あれも欲しい、これも欲しい、次から次に目移りして、もう大変。

お母さんに、「これらは学校で、女子として、可もなく不可もない清潔なルックスを保つための必需品である」といくら説いても、なかなか買ってくれません。お母さんが特に難色を示したのは制汗スプレー。「こんなもの学校に持って行っていいの？」なんて言って、あきらめさせようとしてきます。「みんな持って来てる！」私は言い張りました。実際、部活で二年生や三年生は、体育館の隅で着替えるときなんか、ＣＭみたいにシューッとやっているのです。私も一度、借りて使ってみたら、甘ったるくて粉っぽくっていい匂いがするし、冷たくて気持ちがいいし、なによりそうやって制汗スプレーを吹きかけているときの、自分が女子なんだなぁっていう気分がいいのです。お母さんは「女の子がそんなに臭いわけないじゃない」と言うけれど、一生懸命ごねて、どうにか買ってもらいました。

――六月七日（月）

カミソリでせっかく剃った毛が、もうチクチクと生えてきました。あんまりみっともないので、石けんを泡立ててまた剃りました。カミソリ負けでしょうか、皮膚がひりひりするので、ボディローションも買ってもらえばよかったと後悔。女子として身だしなみを整えるのは本当に骨が折れるしお金がかかります。わきなんて、毛がチクチクしてひどいありさまなので、仕方なく毛抜きで一本一本抜きました。もう、気が遠くなりそうになりながら、地道に一本一本抜ききりました。毛なんか生えてこなけりゃいいのにと思ってしまいます。

まったく、本当に、女の子って大変です。だけどこういう努力を怠《おこた》ったら、ダサい子になってしまう！　クラスでも、ちゃんと女子としての努力をしている子と、そういうことにはまだ目覚めていない子供っぽい子に分かれつつあって、私はなんとか、男子にそれなりに好かれる女子でいたいと思うのです。もちろん本音を言えば、すごく好かれる女子になりたい。女子として、輝きたいのです。

歯列矯正へのカウントダウン

……そこまで読み返すといたたまれなくなって、焼こう、この日記を焼こうと心に決めた。誰かに見られてしまう前にひと思いに燃やしてしまおう。いや、誰の目にも触れなくたって、私自身がこの日記の存在を許しはしない。なにが「まったく、本当に、女の子って大変です」だ。なにが「輝きたいのです」だ。

死ね！

お前なんか死んでしまえ！

だけどまあ、別にいいんだ。私なんてもう死んでるんだから。この日記の直後、私は死んだ。

その日のことは日記には書かなかった。ショックすぎて、心が4Bの鉛筆でぬりつぶされたみたいになってたから、書く気になんかなれなかった。日記は小学生のころからの習慣だったけど、いざ本当につらいことがあると、なにも書けなくなった。

たぶん本当は、ちゃんと書けばよかったんだ。思ってることを洗いざらい吐き出して、スッキリすればよかったんだ。書くことで怒りも悲しみも発散できるし、頭と心が整理されるから。だけど私は長いこと日記にはこのとおり、あとで誰かに読まれても平気なことしか書かないようにしてきた。日記を書くときはどうも変な自意識が働いてしまうのだ。自分を上手にごまかして、外ヅラを繕《つくろ》って、どう書いても、本当の気持ちとはちょっと違うニュアンスになってしまう。そもそも、自分の心と文章を一致させることなんてできるんだろうか？

それに一年前の日記を読むと、自分じゃないみたいでなんだか気持ち悪い。別人が捏《ねっ》造《ぞう》したみたいで全然しっくりこない。これが私という感じがまるでしない。

とにかくいまはただただ、こんな日記、燃やしてやりたい気持ちでいっぱいだ。しかしノート一冊下手に燃やせないのが現代の住宅事情というもので、キッチンでコンロの火を使って燃やせばたちまち警報器が鳴るだろうし、家の前でノートに百円ライターで火を点ければ火事だと通報されるかもしれない。

この日記の翌日、一九九三年六月八日。私の上下の歯にびっちり、鈍い銀色に輝く歯列矯正器具が装着されたのだった。昔から歯医者に行くたびに矯正をすすめられ、嫌だ嫌だと逃げつづけてきたものの、ついに陥落。そして私は死んだ。

いまから思えば歯列矯正なんてものは、小学生のときにちゃっちゃと済ませておくに越したことはなかったのだ。小学生のときはいまが人生のすべてだと思っていたけど、卒業して中学校生活がはじまってみれば、小学校時代なんてものは、取るに足らない人生の前章に過ぎなかったことがよぉくわかる。小学校というところは、支配欲の強い先生や、バカな男子や性格のキツい女子がいるにはいるけれど、全体的に見ればおおらかで牧歌的な場所だった。

そこでは、勉強のできる子は一様に尊敬され、運動の得意な子は拍手喝采を浴び、絵の上手な子もちゃんと称賛され、ひょうきん者には相応の人気が与えられた。もちろん、見た目のインパクトひとつで人に身も蓋もないあだ名をつけたりする、幼稚で残酷なところがあるにはある。けれどそれだって、せいぜい太ってるやつにデブ、メガネをかけたやつにメガネザルくらいが関の山だ。たしかに小学校はユートピアではないけれど、どんな子もそれなりに活躍できる余地があった。評価軸は多彩だった。

でも中学校はそうはいかない。

どれだけ成績が良くても、運動神経抜群でも、美術の才能があっても、ムードメーカーでも、ここでの評価は基本的に、異性から見て魅力があるか否かだ。リトマス試験紙が酸性かアルカリ性かを判別するみたいに、中学生はクラスメイトを、異性からの人気というあやふやな価値基準で総合的にジャッジする。といっても別に、毎週クラス内でアンケートをとって、厳正な審査で一位から最下位までランキングがつけられて発表されるわけではない。それはおのおのがクラスメイトの異性としての魅力を肌で感じとり、心の中でほとんど自動的に格付けし合うことで生じる、空気みたいなものだ。七割強がルックスによるのは言わずもがなだけど、それ以外にも性格や言動、そこからにじみ出る雰囲気、友人関係、押し出しの強さ弱さに付随して決まってくる立ち位置、入っている部活のメジャー度、髪型、制服の着崩し具合、靴下の丈感といったディテール、スニーカーやサブバッグのメーカー選びから醸されるファッションに対する素養、学生鞄になにげなく貼られたシールやキーホルダーのセンスなどが日々ミクロ単位で観察され、加点されたり減点されたりして一個のキャラクターとして認知され、いつの間にか教室内でのポジションは固定化するのだった。

だから私みたいな、つきあう友達によって明るくなったり暗くなったり、目立ったり埋もれたりする中途半端な子が歯列矯正なんてはじめたら、もうそれ以上は落ちるところがない〝ドベ〟へと真っ逆さまに転落するんだろう。せめていじめられないことを祈りながら、身を小さくして、日々を無難にやり過ごすしかないのだろう。

中学一年の、一学期がはじまってまだ二ヶ月しか経っていないこの日。

いよいよ腹を決めて、歯科医院の診察台に横になった。目を閉じると、ライトの光がまぶたを突き破って煌々《こうこう》と差してきた。医者は説明もなく人の口の中をいじりまわす。私は鼻をつく接着剤の嫌な臭いや器具が立てる冷たい音、感触から、自分の口腔《こうくう》内でなにが執り行われているのか想像した。私の歯一本一本に、蒸籠《せいろ》の中のシュウマイにグリーンピースをのせるように、ブラケットが手早く置かれる。整列したブラケットが太いワイヤーでくるくる締め上げられると、歯茎にきつい圧がかかり、私は自分が取り返しのつかないことをしたのだと悟った。

「はい、これでおしまい」

手鏡を渡され、口の中を確認する。見るも無残。

上下の歯に醜く光る銀色のブラケットが存在感たっぷりに装着され、ワイヤーでがっちり結ばれていた。心なしか受け口になり、顔面が死ぬほどダサいことになっている。はい終わった〜。人生終わった〜。

見た目以外にも問題だらけだった。口の内側に金具があたって痛みもあり、これが中学卒業までつづくのかと思うと気が遠くなった。まったく先が見えない。人生初の、ものすごい試練だ。私はこの苦しみに、果たして耐えられるのだろうか。24時間テレビのチャリティーマラソンを走った間寛平《はざまかんぺい》もこんな気持ちだったろうか。

歯列矯正は最初の一週間がいちばんつらかった。ちょうどその翌日が、皇太子さまと雅子さまがご結婚された祝日だったからよく憶えてる。テレビで延々流れるパレードの映像を横目で見ながら、私はずっとテーブルに置いたスタンドミラーに顔を近づけて、飽きずに「イーッ」て、絶望に暮れていた。

青柳めぐみを探せ！

歯列矯正をはじめた日から、中学時代は捨てる覚悟だった。未来の高校デビューを夢見て、現在にははなから期待しない戦法。

「あいつ中学のときは暗かったし全然目立ってなかったけどなあ」

「え？　芳賀裕子？　そんなやついたっけ？」

のちのちそんなふうに言われることは覚悟の上だ。

素敵な思い出なんかいらない。恋愛もしない。ブラケットが取れて、歯がきれいに並んだその日から、私の人生ははじまるのであって、それまでは目立たない地味な子たちと、スズメみたいに群れていよう。中学ではその方が安全だ。

なにしろここではちょっとでも目立てば、すぐに先輩がシメにすっ飛んでくるから。とくに一年のときは酷《ひど》かった。その頻度と精度たるや、二年の先輩たちは中庭を挟んだ別棟にいる私たちの様子を、日々望遠鏡で監視してるんじゃないかと思うほどだった。色気づいてるとか調子に乗ってるとか、あーだこーだ愚にもつかないイチャモンをつけに、しょっちゅう遠征してうちの学年の校舎にやって来た。怖い女の先輩たちが憎まれ役を買って出るせいで、風紀委員も服装検査もいらないくらいだった。

てっきり、二年になってそういうのはなくなったと思ってた。私たちは先輩にシメられる側じゃなくて、後輩をシメる側になったんだと。

だけど二年生の二学期の十月のある日、そんな気の緩みに活を入れるべく、受験で忙しいはずの三年生がわざわざうちのクラスにやって来たのだった。

「ねえ、ちょっと」

廊下側のいちばん後ろの席で帰り支度をしていた私は、いきなり頭上で響いたドスの利いた声にちょっとムッとしながら、無表情にふりかえった。

声の主の姿を目にするなり、

「ヒッ」

私のほっぺたは瞬間冷凍されたみたいにピクピク引き攣《つ》って、変な声が出た。

大袈裟《おおげさ》でなく、呼吸が止まった。

教室の後ろのドアに立っていたのは、三年の中川先輩だった。

うちの中学の女子で中川先輩を知らない人はいない。いろんな伝説があるらしいけど、その伝説の詳しい内容までは情報が入ってこなかった。バレーボール部つながりがメインの私のしょぼい交友関係では、クールなヤンキー人脈にはかすりもしていないのだ。

そんな私が、中川先輩に話しかけられた。

私は芸能人を前にしたような気持ちで、中川先輩の姿を目に焼き付けた。

さらっさらの茶髪のロングヘアー。肌は特別な人間である証みたいに白く、大きな目は三白眼ぎみでちょっと虚《うつ》ろ、そのせいで独特の凄みがあった。くちびるの赤みが強い。顔が小さい。ふわりといい匂いまでする。香水をつけてるんだろうか。私がお母さんにせがんで買ってもらったジバンシイのプチサンボンより、もっとずっと大人びた、複雑な女の匂いだ。

突然の大物の登場に、教室中が静まり返った。

とくに女子は、だるまさんがころんだ状態でピタッと動きを止めてる。

至近距離で中川先輩に話しかけられた私は、冗談でなく手が震え、本気でチビりそうだった。心臓がハムスター並みの速度で打った。

「ねえ」

再び声をかけられ、

「ハイッ！」

椅子から立ち上がる。

兵隊よろしくいまにも敬礼しそうな調子で〝気をつけ〟で立った。私のうわずった声が、しんとした教室にダサい感じで響く。

中川先輩は腕組みしたまま表情を崩さず、射抜くような目を私に向けて言った。

「青柳さん、いっせいに青柳さんを探した。」


その瞬間、教室にいた数人が、いっせいに青柳さんを探した。

「青柳さん？」「誰？」「青柳さんだって」「あれ、どこ行った？」「もう部活行ったんじゃない？」「いないね」「帰ったのかな」「部活じゃない？」「え、なにごと？」「わ！　ヤッバ」「うわぁなにやらかしたの？」「わ、青柳さんだって」「ヤバいじゃん」


クラスメイトたちのひそひそ話の盛り上がりぶりに、中川先輩はうんざりしたように舌打ちすると、吐き捨てるように私にこう言った。

「じゃあさぁ、あんた連れてきてよ」

「エッ！」

「青柳めぐみと同じクラスでしょ？」

「ハイ！」

「うちら体育館の裏にいっから」

「ハ、ハイ！」

「早くね」

「ハイッ！」


大変なことになった。

突然ふりかかったこのミッションを遂行できなかったら、私きっと殺される。

時限爆弾を渡された気持ちで顔を上げると、教室にいる女子全員が、サッと私から目をそらした。最悪だ。私はパニクりながら、これまであんまりしゃべったことのない女子にも、手当たり次第に助けを乞うた。

「どどどど、どうしよう……。青柳さん何部かわかる？　もう家に帰ったなんてことないよね？」

ことの次第を見ていたクラスの女子たちの顔には、お願い巻き込まないでね！　と書いてある。同じバレー部で部長の浩子は私に、

「まあ、あんた今日は部活来なくていいから。がんばれ！」

優しいのか優しくないのかわからない励ましの言葉をかけた。

ほかの女子も一応協力してくれて、みんな知ってる限りの青柳さん情報を提供してくれた。

「テニス部じゃなかった？」

「ああ、そうかも」

「うん、去年テニス部に仮入部したときは一緒だったよ」

私はその情報にすがって、

「本当!?　テニス部!?　わかった行ってみる！」

とるものもとりあえず、テニス部が練習してるコートへとダッシュした。

二年になってもう半年が経つけど、クラスメイトとはお互いの部活も知らないくらい疎遠なままだった。休み時間も、別のクラスの部活友達と話したりして、もう教室だけが世界じゃないって感じ。青柳さんは見た目が華やかで目立つ存在ではあるけれど、別にうるさいわけじゃないから、どういう子なのかいまひとつ摑《つか》めないまま、なんとなく近寄りがたいと思っていたのだった。そっか、テニス部だったのか。

ところが、外履きにはきかえてテニスコートまで行って探しても、青柳さんらしき人はいなかった。一年のとき同じクラスだった子がいたので訊《き》いてみると、

「青柳さん？　とっくに辞めてるけど」

「一年のいつから練習に来なくなったんだっけ？」

「夏休みから」

「そうそう、夏休みから来てない」

部活を辞めた子への風当たりは相当強く、青柳さんの名前を出しただけで顰蹙《ひんしゅく》を買ってしまって、すごすご退散した。

テニスコート脇を駆け抜けようとしていると、タイミング悪く阿部美香ちゃんと鉢合わせてしまう。小四のときは同じクラスだったからしゃべったこともあるし、年賀状も

送りあってたけど、小五のクラス替えで分かれてからはお互いそんな過去を葬り、廊下で目が合ってもあいさつもしなくなった。このときも、目では存在を認識しながら、無言でサーッと通り過ぎた。

直後に後ろから、

「なんで部員じゃない人がコートに来てるの？」

阿部美香ちゃんの棘《とげ》のある声が聞こえてきた。

わざと私にも聞こえる音量でしゃべってるのがわかる声色だった。

これはもう担任に聞くのが手っ取り早いだろうと、職員室を目指す。玄関で内履きにはきかえているとき、そういえばと気がついて、下駄箱のラベルシールに「青柳」と書いてある棚を探すと、ハルタの茶色のローファーが踵《かかと》をきれいにそろえて並んでいた。よかった！　青柳さん、まだ学校にいる！

階段を駆け上がり、一礼して職員室に入ると、担任の加藤先生の姿が見えない。

「あのう、すいません、加藤先生はどこですか？」

となりのクラスの担任に訊くと、

「部活の練習だろ」素っ気ない答え。

「あのう、加藤先生って何部の顧問ですか？」

「自分の担任が何部の顧問やってるのかも知らないのか」

軽く叱られてしまう。

だって一年のときのクラスは結束も固かったし担任とも仲良しだったけど、二年のクラスはメンバーもいまいちだし、担任ともあんまり打ち解けないままなんだよなー。そんな口答えを飲み込んで、「すいません」と小さく頭を下げた。

となりのクラスの担任は急に人差し指を立て、トンボでも捕まえようとしてるみたいにピタッと止めて、天井の方を視線で指した。

「え？」小首をかしげていると、

「この音がヒント」

ウザい調子でもったいつけてくるんで、

「吹奏楽部ですね！　ありがとうございましたー」

頭を下げて、さっさと職員室をあとにした。こんなところに長居は無用だ。

三階へ駆け上がり、ドアの小窓から音楽室の中をのぞくと、ドラムソロが聞こえてきた。ちょうどうちの担任の加藤多佳子先生がタクトをふって演奏がはじまったところ。え〜このタイミングでぇ〜。気が急《せ》くばかりの私は廊下でじりじり、小窓から音楽室の中を何度もうかがった。すると、椅子に座ってフルートを吹いている大西千紗ちゃんと目があった。私たちは目だけであいさつする。これは元・友達の会釈だ。いまは廊下ですれ違っても、無言で手をふったりする以外、絡むことはない。

大西千紗ちゃんが言ってくれたらしく、曲が終わると加藤先生が「芳賀さん、どした？」と、音楽室のドアを開けてひょこっと顔を出した。

「先生ぇ！　大変なんです！」

担任の顔を見るなり思わず洗いざらい訴えそうになるけど、中川先輩のことをチクるような真似をすれば余計に立場が悪くなるじゃないかと気がついて口をつぐんだ。

「うちのクラスの青柳めぐみさんにちょっと急な用がありまして。青柳さんて何部ですか？」

「青柳さん？　青柳さんは……総合文化部じゃなかったかな？」

総合文化部と聞いた瞬間、青柳さんのランクが、階段をおりていくバネのおもちゃみたいに、一段も二段も三段も、どこまでも転げ落ちた。

総合文化部とは、美術や演劇、園芸、手芸、文芸など、文化系のクラブ活動をひっくるめた総称だ。といっても実情は、運動部から脱落した人たちがただの帰宅部にならないよう、受け皿的に入る部活ってイメージなので、総合文化部と聞くとどうしても、内申書に傷がついた、人生終わった人たち、みたいに思ってしまうのだった。

加藤先生にその総合文化部とやらがどこで活動しているのか訊くと、

「いろいろじゃない？　図書室とか美術室とか？　空き教室を適当に使ってるはずだと

思うんだけど」と言われてしまった。

「えぇぇ……ふりだし……」

再び青柳さんの手掛かりを失って思わず天を仰ぐ。

「なに？　青柳さんにどんな用事なの？」

「いえいえ！　なんでもないです！　すみません。ありがとうございました！」

おざなりに大きくお辞儀をして、私は再び駆け出した。

三階の特別教室を皮切りに、手当たり次第に部屋をのぞいてまわる。理科室や家庭科室など、ほとんどの特別教室には鍵がかかっていたけど、美術室には数人の女子がいて、イーゼルにカンヴァスを立てて油絵の具で絵を描いているところだった。

「あのう、すいません」

声をかけると三人の女子は同時にカンヴァスから顔をあげた。ブレザーの胸元の学年章までは見えなかったけど、たぶん二年生が一人と、一年生が二人という構成。

「総合文化部の人ですか？」

三人はお互いの顔を見合わせ、コクン、とうなずく。

「総合文化部に、青柳めぐみさん、いますよね？」

三人はまた、無言で顔を見合わせて、

「はい」二年生が代表して答えた。

「青柳さんって、普段どこで活動してますか？」

三人はごにょごにょと密談した。

「図書室だと思います」


一階におりると、図書室の中のガヤガヤした話し声は廊下にも聞こえていた。いつも授業が終わると体育館に直行していたから、放課後の校舎にこういう笑い声が響いているなんて知らなかった。私は引き戸の外で深呼吸して、ガラガラッとひと思いに開けた。突然の来訪者に、図書室はシーンと静まり返る。全員が「フリーズ！」と言われたみたいに固まって、こっちをふりかえった。

図書室にいた生徒は全部で五人だった。閲覧用の長机に鞄をドサッと置き、パイプ椅子に行儀悪く座ってる。男子が三人と女子が二人。そのうちの一人が青柳さんで、その手には漫画が開かれている。え、漫画？　学校にそんなもの持ってきちゃダメでしょ。私の目が非難がましく彼女の手元を捉えたせいか、青柳さんは私が敵なのか味方なのかわからないといった様子で、じっとこちらの出方をうかがっていた。

「青柳さん」

私は言った。

「なに？」

青柳さんは警戒心全開の、森の子鹿みたいな目で返事した。

それは私たちが交わしたはじめての会話だった。これまで全然しゃべったことがなかった。

私はまるで、死刑宣告する裁判官みたいな気持ちで伝言を告げた。

「三年の、中川先輩が呼んでる。体育館の裏に来てって」

青柳さんは事情が飲み込めずきょとんとした顔。私はとにかくこのミッションを早く終わらせたくて経緯をまくしたてると、青柳さんの表情はどんどん曇っていった。そりゃそうだ。あの中川先輩に名指しで呼び出されたんだから。

「え、それヤバいんじゃない？」

図書室にいたもう一人の女子も、中川先輩と聞いて縮みあがっている。一方、男子ときたらみんな他人事《ひとごと》で、

「え、青柳、シメられんの？　シメられんの？」

「女怖《こ》えぇー」

「おまえヤベーじゃん！」

声変わり中の妙にうわずった声で囃《はや》し立てた。青柳さんは手に持っていた漫画——古《ふる》谷実《やみのる》の『行け！稲中卓球部』を男子に投げるようにして渡すと立ち上がって、

「荷物持ってった方がいいかな」

冷静な声で私に訊いた。

「わかんない」

私も、荷物は教室に置きっぱなしだ。

「とりあえず早く来て！　早く行かないと私が……」ひどい目に遭わされるじゃん。

青柳さんを急き立てて、一緒に体育館裏を目指した。

そして私たちは友達になった（たぶん）

体育館からはキュッキキュッキキュッキキュッ、バスケットシューズが床に擦《こす》れるイルカの鳴き声みたいな音が響いてる。バスケ部がドリブルする重たいボールの音、わがバレー部がアタックを決めたときのバチンと手のひらが鳴る音、バドミントン部の「ヨッシャーッ」「ナイスーッ」とかいう若干嫌味っぽいかけ声。いつも自分が中で聞いているざわめきは、こうして外側からだと、体育館という箱の中でだけぎゃんぎゃん反響して、ひどく小さな世界に感じられた。この時間に体育館のこっち側にいるなんて、入部して以来のことだった。部活は別に好きじゃなかったけど、バレー部内で波風立てないよう、練習だけには毎日きっちり出てたから。

中川先輩のいう体育館の裏というのは、通用口の階段周辺のことだった。錆びまくった焼却炉。雨ざらしで放置されたロッカー。青いポリバケツ。雑草も生えないほど、日光から見放された一角だ。

体育館へ行くには普段、校舎から直結した渡り廊下を使い、通用口が開放されるのは練習試合で他校の生徒が来たときくらいだった。基本的には屋上と同じでがっちり南京《ナンキン》錠《じょう》がかかって、出入りは固く禁止されていた(屋上がなぜ封鎖されているかって？理由なんて知らない。中学校というところは意味不明な規則でガチガチの不条理な場所なのだ)。

体育館の中にいるときは気にも留めなかったけど、いつも施錠されてるくすんだ水色の鉄扉の裏側はコンクリートの階段になっていて、そこは見事にどこからも死角になるから、不良の人たちがたむろするのにはたしかに絶好のポイントなのだった。中川先輩をふくめた三人の女の先輩は、いかにも普段からここに集《つど》ってますよといったこなれた風情で、自分たちの陣地感を出して佇《たたず》んでいた。ロングヘアーで美人の中川先輩、ベリーショートで耳にピアスの穴が空いてる島田先輩、ガリガリに痩せててウェーブがかかった栗色セミロングの河北先輩。三者三様にヤンキー特有の、ピリピリと研ぎ澄まされたオーラを漂わせてる。

「ヤバいねヤバいね怖すぎる……」

青柳さんと物陰から様子をうかがう。

「え、あたし超やなんだけど……」

ビビる青柳さんを、

「早く行こ！　ていうか行って！　でないと私がヤバいんだからっ！」

焚《た》き付けて背中を押す。

「えーやだやだやだやだー……」

青柳さんはくるりと半身になって私の押しをかわした。

青柳さんはこういうシチュエーションに慣れてるわけでもないようで、やだやだを連呼して怯《おび》える様子からわかるのは、どうやら彼女が見た目ほど落ち着いてるわけでも、冷めてるわけでも、大人っぽいわけでもなさそうってことだった。

「わかったわかった、私も一緒に行くから」

と言うと、青柳さんは本当？　ありがとぉ〜！　がばっと抱きついてきた。身長差のせいでほとんど私の頭部だけを、ボールを抱きしめるみたいにぎゅうってした。私は一五〇センチで伸び悩んでるけど青柳さんはスラッとしてるから、二人並ぶとナインティナインみたいだ。

「青柳？　へぇ、おまえが青柳めぐみなんだ」

コンクリート階段の上で、短いスカートを物ともせず股を広げて座る中川先輩は、地面に直立した青柳さんを上から下まで品定めした。

たしかに青柳さんは、女子を可愛い子とそうでない子に二分するなら、まあ確実に、可愛い方に入るタイプだろう。ポニーテールの位置が高いし、スカート丈もちょっと短くて痩せてるし。これまでとくに接点はなかったけど、青柳さんといえば中一のとき、ムダ毛の処理がいち早く完璧だった人として私は記憶していた。ちょっと生意気そうな顔してるし、さっきの図書室での姿も、普段から男子とよくしゃべるんだろうなって感じ。ま、そりゃ、シメられても致し方なしだなぁと、私は心の中で青柳さんを冷たくジャッジした。

私はといえばすでに恐怖心も峠を越して、なんだかこの状況を楽しんでさえいた。なにしろヤンキーの先輩とはじめてこんなに絡んだんだもの。私はミッションを無事クリアした誇らしさもあって、なんなら褒めてもらってもいいんじゃない？　くらいの気持ち。敵の首を携えて領主の前に立つ家臣の気分だった。

中川先輩たちはたっぷり時間をかけて、いたぶるように青柳さんを睨《ね》めまわした。青柳さんを見ながらごにょごにょと内緒話してくすくす笑ったり、うなずきあったりしてる。そしてようやく、中川先輩はあのドスの利いた声で、用件を明かした。

「三年のサッカー部の林タカシってやつ、知ってる？」

「知らないです」

　青柳さんは即答した。

「もう部活は引退してるけど、エースだったから知らないわけないんだけど？」

「いや、でも、知らないです」

「……林がさぁ、二年の青柳めぐみって子が可愛いって言ってんだよね。それでどんな顔してんのか見に行ったんだけど。ふぅーん。あのさぁ、おまえさぁ」

「ハイッ」

「一年のとき、バスケ部にいた江田先輩に告られてつきあったでしょ？　うちらの一個上の代の」

「……はい」

「へぇー、やっぱ男好きなんだ」

　え？　その話の流れで男好きってなるのおかしくない？　けど、もちろんなにも言わずに縮こまってた。青柳さんは「いや……」と小さく否定するけど、中川先輩は〝男好き〟の烙印《らくいん》を押したまま話を進める。

「江田先輩から告られて、なんでオーケーしたの？　好きだったの？」

「いや、別に。なんでっていうか……なんとなく……です」

「は？　それ完全に男たらしじゃん。好きだったわけでもない男から告白されてつきあうなんて、たらしのすることだよね。ね？」

中川先輩から賛同を求められた島田先輩と河北先輩は、そーだそーだと楽しそうに尻馬に乗って、青柳さんを〝男たらし〟と責め立てた。それから中川先輩は、いよいよ本題というふうにこう言った。

「もし林夕カシから告られたら、今度はさぁ、断ってくれる？」

殊勝にうつむいていた青柳さんは、「え？」本題はそれ？ というふうに顔をあげた。

私も彼女のとなりで目を剝《む》いていた。

な、なんたる卑怯《ひきょう》な。恋愛という民主的かつプライベートな人間関係において、年下相手にこんなふうに裏から手をまわすなんて、卑怯者のすることではないか。ヤンキーは筋が通らないことを嫌うっていうのは、漫画の世界だけの幻想なの？ 現実世界のヤンキーたちは後輩の女子にわざわざこんなせこい圧力をかけてくるほど美徳がないの？ なんだか私は悲しくなってきた。みんなもっとすごいんだと思ってた。『ホットロード』の和希《かずき》みたいにカッコいいんだと思ってた。

青柳さんも、え、そんなこと？ という拍子抜けした感じで、

「……あ、はい。わかりました」あっさり言った。

「そんだけ。もう行っていいよ」

中川先輩に釈放を言い渡され、私たちはその場を立ち去った。青柳さんを見つけてここまで連れてきたことに対する、中川先輩からの格別の、ねぎらいのお言葉みたいなも

のはいっさいなかった。そのくせ私のなかにはクラスメイトを突き出した罪悪感だけが、

靴の中に入った小石みたいにいつまでも残った。

青柳さんと二人、肩を落として無言で校舎の横を歩き、玄関で内履きにはきかえたと

ころで私は言った。「ちょっと話さない？」。だって、このままハイさよならというわけ

にはいかなかった。いろんな気持ちがお腹の中に渦巻いて、ペッと吐き出さない限り元

に戻れそうにない。青柳さんも無言のままコクンとうなずいた。

私たちは玄関で、へなへなと壁にもたれてしゃがみこんだ。外は日が暮れはじめ、校

舎には蛍光灯がついていた。下駄箱ごしに、玄関のガラス扉の向こうで走ったり打った

り蹴ったりしている、運動部員たちの健全な姿が小さく見える。それはもはや、男好き

だの男ったらしだのと、卑しい言葉で傷つけられた人には二度と戻れない、清廉な場所

みたいに遠く見えた。

「なんで芳賀さんだったの？　呼びに来たの」

青柳さんはたずねた。

「たまたまだよ。私の席、後ろのドアのすぐ近くだから。中川先輩に青柳さんどこって

訊かれて、教室にいなかったから、じゃあ探して呼んでこいって」

「わ、それは迷惑かけたね。ごめん。『稲中』読みたくて速攻で部室に行っちゃってた」

「いいのいいの。ていうか、こっちこそごめん」

先輩にビビるあまり言いなりになって、嬉々《きき》としてクラスメイトを売って……。

「なんで芳賀さんがあやまるの？　あたしの方だし。巻き込んじゃってほんとごめん」

「いやいや私も私で悪いもん～ごめん～」

私たちはレジで譲り合うおばちゃんみたいにキャッキャとじゃれた。

「でもほんと、青柳さんこそ大変だったね。誰だろうね、林って人。モテるって自覚してる男子ならさぁ、自分が名前出したら、その子に危害が及ぶかもしれないくらいのこと、わかりそうだけどね。考えてよね。中川先輩かなぁ？　その、林って人のことが好きなの。違うか？　友達の片想いに首突っ込んでるって感じだったよね？　じゃあ島田先輩かなぁ？　それとも河北先輩かなぁ？　でもさぁ、あんなふうに年下を呼びつけて、告られてもつきあうなんて脅してくる時点で、絶対その片想い実らないぞって感じだけどな。そうじゃない？　青柳さん、もし林って人に告られたら、中川先輩たちに脅されてるんでつきあえませんって、正直に言う？　言える？」

一気に早口でしゃべると、青柳さんはプスッと笑った。

私は、無表情な青柳さんが相好を崩したのがちょっとうれしくて、

「こういうのよくあるの？」

会話になるようボールを投げてみた。

「二回目かな。前は一年のとき。テニス部の先輩たちにシメられた」

「ああ、もしかしてバスケ部のナントカって人に告られたのと関係ある？」

青柳さんはうなずいて、

「夏休みに、同じクラスのバスケ部の男子から電話かかってきて、呼び出されて、公園に行ったらバスケ部の三年と、二年と一年が何人もいて」

「え、ギャラリーがいたってこと？」

「うん。それで、本人じゃない人が出てきて、こいつとつきあってやってよって」

「は？　なにそのシチュエーション」

「だから断れなかった」

「そりゃそうだよ。そんな大勢に囲まれたら、ふるにふれないよ。ふったら悪者になっちゃうもん。なにそれ。そんな告白の仕方あるんだ。やだね。ずるい。卑怯だ」

「でも、その人とは本当に一回も、二人きりになったことはなくて」

「え？　いつも取り持つ人がいたってこと？」

「うん。それも、夏休みの間だけだったけど。何人かでいっしょに帰ったりしただけで。二学期になったら電話もかかってこなくなったから、自然消滅」

「あぁ、よかったね」

「でも、夏休み中につきあってたことは、女子の先輩たちに知られて……」

「それでシメられたの？」

青柳さんは、ちょっと悔しそうに小さくうなずいた。

「あたしテニス部だったの」

「知ってる。テニス部まで探しに行ったから」

「え、そうなの？　みんな、どんな感じだった？」

心配そうな声色だ。青柳さんの名前を出したとたん、テニス部の人たちがシラーッと冷たい素振りになったってことは伏せて、「別に普通だったよ」と伝えた。

「普通か……。そっか」

「なんかあったの？」

「告白してきたバスケ部の三年生が、テニス部の一個上の女子の先輩の、好きな人だったみたいで」

「え、先輩の好きな人とつきあっちゃったってこと？　うわっ、そりゃヤバい」

「シメられて、居心地悪くなっちゃって。それでまあ、辞めちゃった」

「そっかぁ。大変だったんだね。こう言っちゃなんだけど、女って難しいね。男子にモテたら女子からは嫉妬されて嫌われるし。でも女子に好かれてる子が男子にモテるわけじゃないし。どっち取ってもそれなりに生きづらいのな！」

私は明るく、青柳さんの肩に手を置いて言った。

青柳さんは笑ってた。

親友は二学期の終わりに見つかる

翌日の、一限目が終わった休み時間だった。

結び目を作った刺繡糸《ししゅういと》をセロハンテープで机に留め黙々とミサンガを編んでいると、

「芳賀さん手先器用だね」

突然声をかけられた。

顔をあげると青柳めぐみが、私の手元を熱心にのぞきこんでいる。

青柳さんは仲のいい友達に話すみたいに、

「今度つくり方教えて。あーでも、あたし不器用だからなぁ」

と言って、私の前の席に腰をおろした。

私は内心「おやっ、なにが起こった？」と戸惑いながら、突然はじまった即興劇に乗り遅れないよう、平然とした顔をつくって話を合わせた。

「私も不器用だよ。でもこれ、同じことのくり返しだから」

「本当？　じゃあ今度、教えてね」

「うん。小学校のときに買った裁縫箱に刺繍糸って残ってない？」

「あーあるかも」

「最初はあれで練習するといいよ」

こうして、教室でちょっとした地殻変動が起こったのだった。これまで言葉を交わしたことのなかった二人が、休み時間にいきなり親しげにしゃべってるのは、銀河系にまったく新しい惑星が誕生するみたいなことだった。クラスの女子たちが私たちの様子にぴくりと反応して、ものめずらしい組み合わせになんだなんだとチェックを入れてるのを感じた。誰と誰が気まずいらしいとか、誰と誰が最近仲良しだとかいった人間関係の些細《ささい》な変化に、みんなとても敏感なのだ。

クラスでも指折りのお調子者男子である髭田《ひげた》が目ざとく寄って来て、

「え、青柳、ミサンガつくるの？　できたら俺にちょうだいよ」

ずいぶんと図々《ずうずう》しいことを言ってきた。これまで私が一人でミサンガを編んでても、男子に話しかけられることなんてなかった。

「は？　あげるわけないじゃん。ね？　芳賀さん」

青柳さんは男子の扱いは慣れたもので、当意即妙に冷たくあしらうけど、髭田はというと気を悪くするどころか、これがけっこうまんざらでもない様子で、むしろ構ってもらえてうれしいって顔に書いてある。どうやら青柳さんの、男子を相手に一歩も引かないちょっとがさつな物言いは、かえって男子を喜ばせるらしい。なるほど、これはモテるわ。

「黒と緑の組み合わせでつくってよ。ヴェルディ川崎のカラーな」

「だからつくらないって！　ね？　芳賀さん」

「う、うん。緑の刺繡糸なんて持ってないし」ぎこちなく会話に参加する私。

「えぇー頼む！　タダでつくってくれ！」

「ダーメ。バッカじゃないの。刺繡糸って高いんだよ。ダメダメ。ね？　芳賀さん」

青柳さんに何度も、友達風に名前を呼ばれ、私も私でうれしくなって、

「うんうん、ダメダメ」

笑顔で髭田を軽くあしらった。

「ケチぃ」

「ケチとかではありません」

私が休み時間に男子と口を利いたのは、中学に入ってからはじめてのことだった。

それからというもの青柳さんと髭田は、休み時間になると私の机にやって来て、三人でミサンガを編むようになった。V字編みは左右対称に紐《ひも》をくぐらせるところがややこ

しくて、

「こっち？　この紐？」

「違う違う。そっちの紐」

「そっちってどっちだよ。あーややこしぃー！」

なんて言いながらすごく盛り上がる。ミサンガ作りは地味な作業だけど、髭田がいれば立派なエンターテインメントになった。

ミサンガブームはJリーグが開幕した中一のときがピークで、もう下火って感じだったし、私も休み時間に話し相手がいないときのカモフラージュに編んでただけだけど、青柳さんと髭田がやりはじめたことで教室内で再ブームみたいになって、いつの間にかミサンガ人口が激増してた。そしてミサンガ再ブームの仕掛け人みたいになってる私は、クラス内でのポジションも数段上がって、みんなからの見る目も変わって、学校が楽しくなった。

それまでは同じバレー部の浩子とか、浩子の親友の楠田《くすだ》さんと仲良くしてたけど、三人グループってのはパワーバランスがつねに危うくて、三番手の自覚がある私は、いつもその二人に遠慮してるところがあった。私はいつだって、一対一でしっぽりとつきあえる姉妹のような相手を求めているのに、仲良くなる子はきまって私だけでは満足せず、もう一人、あと一人と、どんどん仲間を増やしてグループを大きくしたがり、けっきょく私は安住の地を見出せないまま、中途半端に友達グループから身を引いてしまうのだった。仲良しの友達が何人もいる子には、自分こそが親友なんだっていう自信が持てなかった。

浩子と楠田さんの二人だけでトイレに行ってたりすると、私ハブにされたのかなぁと気に病んで、イジイジと二人に媚《こ》びるような態度になった。二人だけでしゃべってるところに、「なに話してたの？」と言って無理やりまざるたび、笑顔をつくりながらも屈辱感にさいなまれたものだ。もちろん私だって、そんなふうに人の話の腰を折りたいわけじゃない。「なに話してたの？」ってフレーズが、うざい人間の常套句だってことも知ってる。もしかして私の悪口じゃないよね？　と不安がってる私の心をもてあそぶように、彼女たちは「別にぃ〜、なんでもなーい」とそっけなく言った。

だけど、私はもうそんな子じゃない。そんな惨めな子じゃない。男女グループでわいわい盛り上がるし、ミサンガブームの中心人物みたいになってるんだから。

視線をミサンガに落としながら、

「『若者のすべて』見てる？」

「あれ暗いよね」

とか、

「『天使なんかじゃない』読んでる？」

「俺読んでる！」

「え、髭田が!?」

「おう。ねーちゃんが買ってっから」

なんて会話をするとき、私は教室中の女子に、この楽しそうな様子を見てほしくてたまらなくなった。中二になって二学期の中間テストも終わり、校庭のイチョウの葉っぱも黄色くなったころ、ようやく教室に居場所が見つかった。やっと親友ってものができた気がした。


片想いとおまじない、または女子の友情について

ミサンガは、プロミスリングとも呼ばれます。

ミサンガが自然に切れたとき、願いごとが叶《かな》います。

好きな人と両想いになりたい！

そんな願いをこめるなら、赤かピンクの紐を使いましょう。

消しゴムに好きな人の名前を書いて、紙ケースに隠しましょう。

消しゴムを誰にもさわられずに最後まで使い切れたとき、あなたは彼と、両想いになります。

赤い油性マジックで、手の甲や腕に、好きな人のイニシャルを書きましょう。その上に絆創膏《ばんそうこう》を貼ります。三日間貼りっぱなしにして、剝がれなければ、両想いになります。左手の薬指に好きな人のことを思い浮かべながら絆創膏を貼っても、同じ効果が得られます。

晴れた日に、好きな人の影を踏みながら、心の中で「両想いになりますように！」と唱えましょう。ただし、好きな人には気づかれないようにやりましょう。影はその人の分身です。分身に向かって願いごとをすることで、本人にも想いが届き、恋を叶えてくれます。このおまじないは、古くから行われている伝統的なもの。それだけに、効果は絶大です。

好きな人の机に、指で「好き」と書きましょう。
書きながら、好きな人のことを思い浮かべましょう。
ただし、書いている姿を誰にも見られてはいけません。
放課後など、教室に人が来ない時間を狙って、こっそりやりましょう。

寝る前に、枕に好きな人のフルネームを漢字で書きましょう。
彼の名前の上をなぞるように、自分の名前を重ねて書きます。
それを三回くり返して、最後に枕にキスをします。
このおまじないを寝る前の習慣にしましょう。

好きな人の名前と、自分の名前を唱えながら、シャーペンをノックします。
好きな人の名前が七文字で、自分の名前が五文字なら、合計十二回です。
長く出た芯で、紙にハートを描いて、中を塗りつぶしましょう。
ハートは濃ければ濃いほど効果があります。
その紙を小さく折りたたんで、筆箱に入れましょう。
誰にも見つからずに一週間持ち歩いたら、両想いになれます。
ハートを描いている途中で芯が折れたら、最初からやり直しましょう。

レモン水を用意しましょう。
満月の夜、好きな人を思い浮かべながら、
一気に飲み干します。
そのとき、心の中で、
○○くんと両想いになれますようにと言いましょう。
必ず満月の夜に行ってください。

本屋さんで占い雑誌を立ち読みしながら私は、この世には無限に恋のおまじないがあることを知る。全部やるのは無謀すぎる。おまじないだけで一日が、いや一生が終わってしまう。それにしてもこういうおまじないは、いったいどこから伝承されたものなんだろうか。まさか編集部が適当にでっち上げたものではあるまいな。信憑性《しんぴょうせい》は？　実証実験は？

この中でせいぜい私が実行できそうなおまじないといえば、やっぱりミサンガだ。なにしろとくに使い道もないまま、休み時間に量産してたから在庫は山とあった。つけてるだけで好きな人と両想いになるっていうんなら、こんなに楽ちんなことはない。

あとはそうだな、レモン水かなぁ。レモンなんてうちの冷蔵庫にあるかなぁ？　すだちでも代用可能だろうか。しかしおまじないに妥協なぞ禁物だろう。困ったぞ。レモンを買っておいてくれと頼んだら、お母さんは絶対なにに使うか訊いてくるに違いない。まったく、考えただけで前途多難だ。片想いも楽じゃない。

だけど青柳さんは、「片想いのうちが華だって」と軽々しく言うのだ。

「そんなことない！　片想いはつらいよ！」

私がぎゃんぎゃん騒いでも、「そうかなぁ？」となげやりな返事。

さすが十三歳で二つも年上の人と男女交際したことのある人は違う。たとえ真剣交際でなくたって、その事実は女としての確固たる自信と余裕になっているのだ。でないとあんなドライなことは言えない。

「青柳さんはいないの？　好きな人」

「いないいない」

「嘘だ！」片想いしてない中二の女子なんてこの世にいる？

「ほんとだよ」

「じゃあなにを根拠に〝片想いのうちが華〟なんて言えるのさ！」

「あははは〜ほんとだぁ〜」

私が、じゃあ告白なんてしない方がいいと思う？　すがるように相談したら、

「そんなのは、やってみなきゃわかんないんじゃない？　うまくいくかもしれないし。

そこはまあ、当たって砕けろの精神で」

背中を押すようなことを言ってくるので、またしても心は揺らいだ。そうして結局、告白すべきか否か、答えは出ないのだった。

電話のコードを指にくるくるからめながら、要所要所で隠語を使って、親に内容を悟られないよう注意深く話した。青柳さんのうちはコードレスの子機があるから自分の部屋からかけられるそうだ。あーうらやましい。

私たちは学校の休み時間だけでなく家でも長電話して、いろんなことを打ち明けあった。

私が歯列矯正の苦悩を披露すると、

「ヒィお腹痛い～」

電話がキィーンって鳴るくらい青柳さんは大笑いした。

青柳さんて、話してみると案外、普通の子だ。大人っぽくてちょっとミステリアスで、男子にモテて、てっきり私みたいな子は相手にしないのかと思ってたけど、実はこのクラスに特定の友達がいなくて、それで男子とばかりしゃべってるだけだった。

青柳さんみたいに男子と気軽に話せる子にとっては、こまやかな友情の管理が必要な女子より、男子の方が後腐れなくその場かぎりの話し相手になるから、気楽につきあえるのかもしれない。横目で青柳さんを観察しながら、そんなことを思った。

私はというと、自分が相手にされてないって思い知らされるのがいやで、防御の意味もあって、男子のことを毛嫌いして、ずっと避けてた（だって歯列矯正なんてバカな男子がいちばん喜んでイジってくるやつだもん）。けど、青柳さんのとなりにいることでどさくさにまぎれて、男女混合の会話にまざるようになると、男子って面白いなぁと何度も感心させられたし、もっともっとしゃべってほしくなった。

ただ、そうやって男子と盛り上がってると、非難がましい湿った視線を送ってくる女子は必ずいた。彼女たちの視線は、「この男好き！」「最低の男たらし！」と責めたてるように、こっちに向かってまっすぐ矢みたいに飛んできて、私の心臓をぶすぶす刺した。私は男子の言うことなすことに大ウケしながら、輪の外側にいる彼女たちの顔色もうかがって、ちょっと遠慮がちに笑い声をセーブしたり、笑わないようにしたりもした。だって女子の気持ちもよくわかるから。私はずっとあっち側にいたから。だからそれが、どれだけ冷えた、暗い感情なのか、よく知っているのだ。

ところが青柳さんは、たぶん一度もあの立場に立ったことがない。女子から飛んできてる非難のまなざしなんて意に介さず、『笑っていいとも！』の観覧席に座ってる人みたいに、男子の言うことにただただ無邪気に笑っていた。うちのクラスには、天才じゃないかと思うほどやたら気の利いた面白いことを言える男子が二人いて、その二人が競うようにして青柳さんを笑わせたりもしてた。そんなとき、輪の外側では女子全員が「なにさっ！」って顔してるのだけど、彼らは外野の様子には気づきもしない。そして反感を買うのは、男子二人じゃなくて、いつも青柳さんただ一人だった。こういうとき、男子は無罪だけど、女子は有罪になるんだってことを、青柳さんはわかってんのかなぁと心配になるくらい、男子をはべらせてた。

青柳さんと仲良くなったことで、私は毎日がすごく楽しくなった。誰かが話しかけてくれるまで机でじっとしてるしかなかった休み時間も、髭田が考案したゲームをやったり、おしゃべりしたりして楽しく過ごした。髭田があみだしたゲームはすぐクラスで大ブームになり、盛り上がりすぎて速攻で担任に禁止されたけど。でも髭田は懲《こ》りずに新しいのをあみだしてた。

楽しい思いを味わえば味わうほど、女子から嫌われていくなって、私ははっきり自覚した。嫌われてるというか、妬まれてるというか。みんながどんな気持ちなのか、手に取るようにわかる。芳賀裕子なんて可愛くないくせに。青柳めぐみと仲良いから、おまけで男子に相手してもらってるだけのくせに。歯列矯正なんかしてるくせに。そういうネガティブな気持ちが、空気振動みたいにビシビシ伝わってきた。

バレー部の練習に行くとき、浩子からはっきり言われた。

「最近さぁ、青柳さんと仲良いね」

「うん」

私は青柳さんと友達なことを誇らしく思ってたから、さわやかで自信たっぷりの「うん」でこたえた。

そしたら浩子はこう言ったのだ。

「あんまり青柳さんと仲良くしない方がいいんじゃない?」

驚きのあまり少し間があった。

「え……なんで?」

「んー。あんまり釣り合いとれてないから。話合わないんじゃない?」

浩子、そういうこと、えらいはっきり言うんだな。さすがは部長として下級生に日々厳しく当たってるだけのことはある。どんなに言いにくいことも、オブラートに包まず思いきりストレートに言えるって、もはや才能だ。悪者になることをいとわない。運動部でリーダーになるような子は、生まれつき神経が鋼《はがね》でできてるに違いない。

「釣り合い……とれてない?」

私はめずらしく皮肉っぽく、棘のある声を出した。

浩子に言われてばかりなのはもう嫌だと思った。私はずっと友達に、本当の気持ちを押し込めて笑ってきた。けど、そんなのはもうゴメンだ。浩子のずけずけした物言いは前から癇《かん》に障ってたし、なにより私にはもうクラスに浩子以外の、ちゃんとした友達がいる。親友がいる。親友がいるってことは、とても大きな自信になって、勇敢であれと、私を鼓舞してくれる。

私は言ってやった。

「ねぇそれって、青柳さんは美人でモテるけど、私はブスだし地味だし歯列矯正もしてるし、男子には好かれないって、そういう意味？」

この思い切った鋭い発言を、浩子は卓球みたいに即座に打ち返してきた。

「っていうか青柳さんと仲良くしてるとほかの友達なくすよ？」

うっ……。

形勢逆転。私は一気に言葉に詰まってしまった。

それにしても、ほかの友達って誰だろう？　浩子のこと？　楠田さんのこと？　ほかにこのクラスに友達なんかいたっけ？　そもそも私たちって、本当に友達だった？　私たち、長電話したことあった？　私のこと、かなり露骨にみそっかす扱いしてたよね？

浩子は駄目押しにつけくわえた。

「青柳さん、テニス部辞めさせられたりもしてるしさぁ」

それは青柳さんむしろ被害者なんだよ！　と言ってやりたかった。だけど、擁護《ようご》する言葉が浮かぶより先に、浩子はこう言って念押ししてきた。

「これは裕子のために言ってるんだからね」

あのときは浩子より、青柳さんの味方をしたい気持ちでいっぱいだった。

大事なのは青柳さんだけ、青柳さんと心中してやる、そんな気持ちだった。

それなのに、私は——。

青柳さんと髭田がしゃべってると、私はとたんに青柳さんのことが、憎くて憎くてたまらなくなった。私のいないところで、青柳さんと髭田が笑いあっておしゃべりしてる姿を見ると、心臓がぎゅっとつかまれたように苦しくなった。

これは私の一方的な嫉妬ってわけじゃなかった。青柳さんはどうも私の片想いに対して気遣いってものがなくて、むしろ神経を逆撫《さかな》でするような言動ばかりとった。

青柳さんが髭田に、

「こないだ裕子が電話で言ってた矯正の話がめちゃくちゃ面白かった」

と言って、同じ話を髭田の前でさせようとしたときは、どういう神経してるんだと、思わず睨《にら》んだ。青柳さんは「え、なんで?」って顔してたけど。

青柳さん、私が片想いしてる相手が髭田ってこと、知ってるのにな。髭田への想いを打ち明けると、青柳さんはお腹を抱えて笑ってたけど。「まじで!? なんで髭田なの|」目から涙を流さんばかりの様子に、私は言わなきゃよかったと本気で後悔した。

こういう話は得意じゃない。だから私は、「青柳さんも協力してね」のひとことが言えなくて、相変わらず髭田とじゃれあう青柳さんに、めらめらといらぬ嫉妬をしてしまうのだった。

しかし青柳さんは、素なのか、それともわざとなのか、

「ねえねえ裕子、あの話してあげてよ！」

やだやだと逃げる私にしつこく言ってきた。

どうしてああいう嫌がらせみたいなことをするんだろう。絶対わざとだ。わざととしか思えない。歯列矯正の器具にありとあらゆる食べカスがはさまる話なんか、好きな男子の前でできるわけないじゃん。

あの日、青柳さんをシメに来た中川先輩みたいに、間に入って恋の調整役を買って出てくれる友達が、私にもいればいいのにな。青柳さんにピシャリと釘《くぎ》を刺してくれる、ちょっとおせっかいな友達が。そういう味方がいないと、毎日毎日やきもきするばかりで、神経がもたない。

「髭田は裕子の好きな人なんだからな！」

「髭田と必要以上にいちゃいちゃすんなよ！」

「髭田の前で裕子の女としての立場が悪くなるようなこと言うなよ！」

だけどしかし、そんなことする権利、私にあるのか？　片想いって、なんてなんて、自己中心的なものなんだろう。ほらね、やっぱり、片想いは苦しいじゃないか。

私たちはものすごいスピードで仲良くなったけど、そんなわけで私たちは、ものすごい勢いではなれていった。私は青柳さんよりも、押しが強くて我が強くて、その分なんだか頼りがいがありそうな浩子のところに、あっさり戻っていった。

バレンタインはありません（だけど告白される）

三学期はクラス中にまったりした倦怠感《けんたいかん》が漂う。石油ストーブの熱のせいか、生温《なまぬる》い空気の中で毎日同じ人たちと顔を突き合わせていることに、心底うんざりしてくる。だけどこと恋愛において、ボルテージはぐんぐん上がっていた。なにしろバレンタインデーがある。バレンタインに告白するかしないか。するならどんなチョコを渡すか。それは手作りか、それとも市販のものか。頭の中でとろとろに茹《ゆ》だったチョコレートが沸いていたある日、担任の加藤先生が帰りの会で言った。

「今年はバレンタインデー中止。チョコレートを学校に持ってくるのは禁止します」

ええええ――――。

クラス中から反対の声があがったけど、その理由が阪神・淡路大震災だと言われれば、従うしかない。

年が明けて一九九五年になり、三学期がはじまってすぐのことだった。揺れはほとんど感じなかったけど、朝起きると大きな地震がありましたと、テレビで盛んに伝えていた。被害の全貌はまだわかっていません。マイクを握ったリポーターがヘリコプターから伝える映像を見ながら、私はトーストをかじった。

その日、学校から帰ると、朝よりも格段にひどい映像が映っていた。死者、行方不明者は多数。ぽっきり折れて中の鉄筋がむきだしになった高速道路。ぺしゃんこになった家やビル。

こんな大変なことが起きてるのに、私ってば今朝、のうのうとトーストなんか食べてたのかと思うと罪悪感がわいた。震災の映像はそれからも毎日のように目にした。

あれから一ヶ月も経っていないのに、バレンタインデーではしゃぐのはやめましょうねという提案は、もっともだと思った。私はめちゃくちゃ優柔不断だから、むしろ先生がバレンタインを禁止してくれたおかげで、告白しようかどうしようか、悩まなくてすむなと思った。だから今年のバレンタインは、なにも起こらないはずだった。

お母さんから電話だよと呼ばれた瞬間、もしかして髭田が逆告白を!?　なんて期待してしまった。だけどかけてきたのは髭田じゃなくて、青柳さんだった。

もしもし、あのさぁ。

やっぱりあたし、ちゃんと聞いておきたいと思って。
あたし、なにかした？
なんか、急に態度変わったから。
ずっとなんでかなぁって思ってたの。
あたし、なにかした？
なにかしたなら、教えてほしいんだけど。
別に裕子のこと責めるつもりはないんだけどね。
ただ、よくわかんなくて。どうしちゃったのかなぁって。
だってうちら、すごく仲良くしてたし。あたしたち、気が合ってたよね？
親友、じゃなかった？
あたしは裕子のこと、親友だと思ってたんだけど。
裕子はそうじゃなかった？

私は受話器を持つ手とは反対の手を、胸にぎゅっと押し当てた。この痛みは、はじめての痛みだった。なにか言いたかった。ちゃんと会話をしなきゃと思った。青柳さんなら、きっと話せばわかってくれると思った。自分の思いを伝えなくちゃ。片想いがこんながらがって嫉妬で苦しかったこと。女子からの冷たい視線。青柳さんといると引け目を感じること。可愛い方と可愛くない方になること。私たちは凸凹《でこぼこ》だってこと。釣り合いがとれてないという客観的意見。青柳さんは、そんなの気にするなって言うかもしれない。青柳さんと仲良くしてたときは、本当に楽しかった。男子と絡めるとかじゃなくて、青柳さんといるのが楽しかった。青柳さんのことは大好きだった。

こんなに気持ちが溢れてるのに、私の口からはまともな日本語はひとつも出てこなかった。それどころか、青柳さんが心を開いて話してくれている言葉、ひとつひとつを否定した。

いや、別になにもないよ。

態度変わったっていうか、元に戻っただけだし。

青柳さんはなにもしてないよ。

私も、どうもしてないよ。

親友と友達の違いがよくわかんない。

友達は、友達でしょ？

全部嘘だった。なんでだか、嘘しか出てこなかった。

三十分くらい電話してたけど、話したのはそんなもんで、あとの時間はずっと、なにも言わなかった。無言のまま、リビングの壁のしみを見つめたり、つけっぱなしのテレビを空虚に見つめたり、まぶたを閉じて目頭を押さえたりしてた。電話を切ったあとでお母さんに、「かけてきたの、女の子じゃなかった？」と訊かれた。そうだよ、と答えると、「彼氏とケンカしてるみたいだった」と笑われてしまった。「彼氏なんかいないし」、私は舌打ちしてドアをバタンと閉めた。

満月の夜に

次の日は満月だった。朝の会で加藤先生が小ネタを披露してた。

「満月には、月ごとに名前がついています」

一月の満月はウルフムーン、四月の満月はピンクムーン、六月の満月はストロベリームーン、十一月の満月はビーバームーン。

「今日、二月の満月は、スノームーンといいます」

加藤先生は朝の会では、たいていこういう、オチのない、小ネタ的な話をした。スノームーンだけど雪降ってないじゃんと、つまんないヤジが飛んで笑いが起こった。

先生は出席簿を広げて、教室を見回すと言った。

「欠席は青柳めぐみさんだけですね」

私は思わず、青柳さんの机の方をふりむいた。

青柳さんはいなかった。昨日の電話が〝告白〟だったってことに、私はその瞬間、気づいたのだった。勇気をふりしぼって心の内を相手に打ち明ける、それは告白だ。「好きです、つきあってください」だけが告白じゃないのだ。

そう気がつくと、私は罪悪感でぐるぐる巻きになった。椅子にロープで縛られる、映画のワンシーンみたいに。一月十七日の朝にトーストをぱくぱく食べたことに匹敵するような罪悪感が——それよりもっともっと強い後悔と自責の念が——私をきつく締め上げた。


その日の夕飯は鶏《とり》のから揚げだった。

罪悪感にまみれながら、私はから揚げをぱくぱく食べた。お皿の上には申しわけ程度にレタスが敷かれていて、半月切りのレモンが添えてあった。冷蔵庫をのぞくとラップにくるまれたレモンが残っていた。私はそっとレモンに手をのばした。

前に占い雑誌を立ち読みして仕入れたおまじないの方法のほとんどを、私はもうすっかり忘れていたけれど、レモンを見た瞬間、思い出した。こまかいやり方は覚えてない。けど、ただ、満月の夜にレモン水を飲むってことだけは、はっきり憶えていた。

コンコン、とノックして、お母さんが私の部屋のドアを開ける。私が布団にすっぽり入っているのを確認すると、おやすみ、と眠たそうに言う。

「おやすみ」

私はいつものようにそっけなく応じる。

それにつづいてお父さんも、コンコン、とノックして、おやすみ、と言っていく。

親の寝室からいびきが聞こえはじめると、私は台所へ抜け出して、コップに水を注ぎレモンを搾った。パジャマの上にコートを羽織り、ベランダへ出る。

スノームーンはたしかに夜空に浮かんでいた。こんな時間にたった一人で、外に立ってるなんてはじめてだった。すでに深夜十二時をまわって、見渡すかぎり誰もおらず、車の走行音さえしない。夜の外は怖い。私は怖がりだから、このあとトイレに行くことがもう怖い。

私はコップに口をつけ、レモン水をごくごく飲んだ。

うっすらレモンの酸っぱさを感じる。慣れない味がする。なんか、ちょっと気持ち悪い。けど、我慢して飲みきった。ごくり、ごくりと、のどを動かしてるあいだ中、私は祈った。

昨日の電話のことを、どうか取り消してください。青柳さんとの仲が、どうか修復されますように。青柳さんとまた友達になれますように。できれば親友に。時間を戻して、あの電話をもう一度受けたら、今度はちゃんと、自分の正直な気持ちを言います。お願いします。どうかどうか、青柳さんと、もう一度、親友にしてください。そんなふうにして私は満月に、祈ったり、あやまったり、誓ったりした。

結論からいうと、このおまじないはさっぱり効かなかった。私はこのあと何度か、またしても青柳さんを傷つけるようなことを言うし、本人にはまともにあやまりもしない。うやむやにしたまま、時間だけが過ぎて、私たちは中学を卒業する。そしてもう二度と会わない。だけど私は親友という言葉を聞くたび、青柳さんのことを思い浮かべる。十年後も、二十年後も。

3 写ルンですとプリクラの青春

1998年　18歳

北島《きたじま》は元気？　あたしは元気だよ。春休みも思ったほど遊べなくて、結局あのカラオケが最後になっちゃったね。携帯電話、ちゃんと買えたみたいでよかった。こないだの夜はかけてきてくれてありがとう。なのに、ぐずぐず長電話しちゃってごめん。北島の電話代が――……って心配してたんだけど、なかなか電話切れなかった。このさき北島とはなれればなれになってからどうやって生きていけばいいか、まだ不安なんだ。北島がそばにいないのが、たまらなくさびしい。自分が半分欠けちゃったみたいな気がする。北島は、新生活にわくわくしてるっていうのにね。

卒業して、女子高生でなくなった自分をまだうまく想像できないんだ。北島は、「女子高生でなくなってからが人生のはじまりでしょ」って笑ってたけど、あたしはすごく怖い。真剣に。北島はバカみたいって思うかもしれないけど。でも怖いものは人それぞれでしょう？　高校生になってからは、制服さえ着てれば自信持って外を歩けたからね。これから制服なしに、ただの人として、たった一人で人生を歩くってことが、いまは怖くて仕方ない。だからあんなふうに、ウザい女みたいになっちゃったんだ。せっかく最後の夜だったのにね。空気悪くしたこと、とりあえず謝らせてね。

　別にケンカってわけじゃなかったけど、心が通じ合えないままバイバイしちゃったことを、あたしはまだ後悔してる。でも、ついにこの日が来ちゃった。北島ともひとまずはお別れだ。もちろんこれで友情が終わるわけじゃないけど、少なくとも、高校時代のあの感じじゃなくなっちゃうのは確かだから。放課後、制服のままマックでだべったり、街を歩いたり、買い物したりっていう時間は、これでおしまい。あの時間があんまり楽しかったから、それがさびしくてさびしくて、駄々をこねちゃうんだよ。もう十八歳だし、少しずつ慣れていくつもり。だって卒業したら女子高生のときみたいな、世の中をナメた態度は許されないもんね。

　とにかく、電話くれてありがとう。北島が怒ってないってわかってほっとした。しょっちゅうかけるわけじゃないけど、携帯があればいつでも北島と連絡とれるんだと思えたから、すごくうれしい。文字制限あるけどメールもできるしね。そのうち手紙も必要なくなっちゃうのかも。だけどあたしは手紙が好きだから。これが最後の手紙……ってわけじゃないけど、そのくらいのつもりで書いてるよ。電車の中で読んでって言って渡すつもりだから、きっといま北島は、東京に向かう電車に乗ってるとこだと思う。北島はそういう約束をきっちり守る子だから。でしょう？

窓の外にはどんな景色が見える？　北島はどんな気持ちで眺めてる？　荷物を詰めてるのはエルベシャプリエの大きなトートバッグ？　修学旅行の準備の買い物でいっしょに買ったあのバッグかな？　履いてる靴はきっとドクターマーチンだ。修学旅行先の東京で買った編み上げブーツ。そして北島のことだから、プリクラをいっぱい貼ったあのポータブルCDプレイヤーで、なにか音楽を聴いてるんだろうね。

高校三年間、本当に楽しかった。北島と友達になれて本当によかった。女子校なんてきっとつまんないんだろうなって、入学が決まったときは暗い気持ちだったのが嘘みたいだよ。女子校を選んだのは自分だけど、行くのは本当に嫌だったから。前に北島に「メグはなんでこの学校に来たの？」って訊かれたとき、あたしなんて答えたっけ？　たぶんちょっと口ごもって、適当なこと言ってごまかした気がする。

北島があんまりあたしのこと好きでいてくれたから、昔のことは過去と切り捨てて話さなかったけど、誤解しないでね。あれは、中学時代のことはリセットして、北島と仲良くしていたかっただけだから。北島はいつもあたしに、中学時代のことも、小学校の思い出も、家族の話もなんでも、超オープンに話してくれたでしょ？　あたしはそれがすごくうれしかった。あたしも自分のことを話せるようになった。悩みを打ち明けたり、本音を言えるようになった。北島があたしに、そういう友達づきあいを教えてくれたんだよ。それまでのあたしは、あんまり女子のこと、信用してなかったから。

トラウマってほどじゃないけど、いまだにときどき思い出しちゃうことがあるの。中学三年のとき、友達に高校は女子校に行くって話をしたら、なんて言われたか。あたし、こう言われたんだ。「青柳さん、男子いなくて耐えられるの？」って。ひどい言い草だ。

中学のときはあたし、そういうキャラだったんだよね。男好きみたいなキャラ付けされてたっていうか。見た目の問題？　男子とよくしゃべってたから？　とにかく気づいたら、男たらしって女子から陰口叩かれてた。先輩からもシメられたりして。正直に言うと、たしかに女子より男子としゃべってる方が面白いって思ってたんだ。ベタベタしたつきあいがなんか苦手でね。群れるのも好きじゃなかった。そしたらいつの間にか女子から反感買っちゃってて。女子から好かれてないって自覚するようになってからは、ますます女子が苦手になった。好感度上げなきゃ、なんて思うと、余計に空回りした。せっかく仲良くなった友達とも、すぐダメになった。友達の好きな男子にちょっかいを出したとかで、嫌われちゃったみたい。ちょっかい出してるつもりはないんだけど、そういうふうに受け取られるんだよね。

いや、それはちょっと嘘だ。本当は自覚してた。男子を魅了するのって簡単だし楽しいから、ときどきそういう、嫌なところが出ちゃうんだよね。目の前の男子に、秋波を送るっていうの？　あたしは男子の前でだと、どういうふうに振る舞ったらいいか、手に取るようにわかったから。こういうリアクションが欲しいんだろうな、とか、こういうこと言ったらウケるんだろうな、とか。男子って単純だから、だいたいパターンは同じなんだよね。だから男子と話してる方が楽だったのかも。

でも相手が女子だとそうはいかないじゃん？　こういう感じにしておけば人気者になれるっていうセオリーがないから、かなり難しい。っていうか、全然わからない。そりゃあ〝女捨てます〟系でいけば、手っ取り早く女子モテするのかもしれないけど、だけどそんなの、あたしじゃないから。自分を偽らずに、女子とうまくやるってことが、あたしにとってはものすごい難問だった。あたしにとってはね。だからこそ、北島がまぶしかったんだ。北島は裏表がないから。

あとね、気楽だからって男子とばかりしゃべってたら、女子から妬まれるんだってことが、あんまりわかってなかった。バカでしょう？　いまなら、女子から変な嫉妬されたり、目ぇつけられないように大人しくしておくこともできるんだけど、中学のときは自分でセーブできなくてね。気がついたときにはもう手遅れだった。男子とも仲良くて、女子からも好かれてる子がうらやましかった。

それで中二のときにいろいろあったから、中三のときは丸一年、男子とはひとことも口利かなかったの。なんか悔しくてね。男子に話しかけられても思いっきり無視した。目も合わせないようにした。友達だと思ってた男子とも、しゃべるのをやめた。だけど努力も虚《むな》しく、名誉は挽回《ばんかい》できずに終わっちゃった。

　結局あたしは中学を卒業するまでずっと、心を許せる友達が見つからなかった。たった一人でいいから、親友みたいな存在がほしかったんだけどね。女子はみんなあたしのこと、大事なものを奪う悪者みたいに思ってた。

　気にしすぎ？　いやいや、そんなことない。嫌われてたし、敵みたいに思われてた。これは本当。人の気持ちって空気に乗ってあちこち漂うから、わかるんだ。だって、友達だと思ってた子すらあたしに、「男いなくて耐えられんの？」なんて言うんだからね。ちょっと鼻で笑うような感じで。よく考えたらあの子も、別に友達じゃなかったのかもしれない。あたしなんていなくなればいいって思ってたのかも。あたしのこと本当は嫌いだったのかも。じゃないとあんな言い方しないもん。友達には言わないよね、そんなこと。そうでしょう？　あたしが女子校に行くのを、「いい気味」って思ってるのがわかる言い方だった。あれは人を傷つける言い方だった。

　実際あたしは女子校を選んだのも、尼寺に入ります！　くらいの覚悟だったから。笑うでしょ？　悔しまぎれに男子のいない、女子の集団に、ショック療法的に自分から飛び込んでいったの。内心すごくビビってた。あー、どうせまた嫌われるんだろうな。いじめられたらやだなぁーって。ほら、『高校教師』見てたから、女子校にはああいう陰湿ないじめがあるもんだと思ってたし。相当なおじいさんじゃない限り、男の先生とも口利かないって、ひそかに誓ってた。女子校でどんなふうに振る舞えばいいか、どうすれば嫌われずに友達ができるのか、そんなことばっかり考えてたんだ。女友達がちゃんとできるか、不安で仕方なかったの。だから高校入ってすぐに北島が声をかけてくれたこと、本当に本当にうれしかったんだ。

北島、あたしになんて言って話しかけてきたか憶えてる?

「青柳めぐみさん、私の被写体になって!」って言ったんだよ。

一年の一学期の、たしかまだ四月だった。

あたしは「ヒシャタイ」って言葉を知らなくて、「え? なにそれ?」って聞き返した。そしたら北島は、「青柳さんのこと撮っていい?」って言いながら、リュックから写ルンですを取り出したの。あんまりマイペースで強引だから、「え、なんで? なんであたしのこと撮るの?」って困ってると、北島はあたしにこう言った。「青柳さんの顔が好きだから」って。

あの瞬間、あたしも、自分の顔が好きになった。好きになれた。可愛いとか可愛くないとか、人からさんざん言われて、切り刻まれてきた自分の顔が、北島の「好き」のひとことで救われたんだ。北島はあたしを、たったひとことで救ってくれたんだよ。

それから北島はいっつも写ルンですで、あたしのこと撮ってくれた。「かわいいかわいい」って褒めちぎりながらね。照れるくらい言いまくって、あたしが「やめろって」って笑ってつっこんだところでシャッター押すの。絶対ヘンな顔に写ってるからやだ～って廊下でじゃれ合ったりしてね。本当に楽しかった。ああいう時間があんまり楽しかったから、あたしはいま、こんなにもさびしいんだよ。

卒業して、あの瞬間がもう二度と来ないのかと思うと、すごく不思議な感じがする。あの教室にはきっともう行くことはないんだけど、あたしはまだあそこにいる気がしてる。あそこで北島が向ける、写ルンですのレンズの中にいる気がするんだ。


高二のクラスでアサミとタエちゃんと仲良くなってからは、四人でカラオケ行きまくったのも最高の思い出だよ。北島はスウェディッシュ・ポップとか、ちょっとマニアックなミュージシャンの、誰も知らない曲を歌った。アサミはＧＬＡＹとかビジュアル系ばっかり歌って、タエちゃんはアニソン専門。で、あたしはみんなから軽薄だってバカにされながら小室哲哉プロデュースの曲を入れるんだけど、結局みんな小室の楽曲でいちばん盛り上がるっていうね。あたしは安室ちゃんより華原朋美が好きだった。だって、恋人に夢中のちょっとぶりっ子なキャラって、一昔前なら女子にいちばん嫌われそうなのに、そんなこと全然なくて、むしろ女子のファンが多いって、すごいことじゃない？　みんなが朋《とも》ちゃんの恋を応援してるなんて、ありえないくらいすごいことだよ、あたしからすれば。

うちらの行きつけのカラオケボックスが、もとはマハラジャって名前のディスコだって知ったとき、全員のツボにはまってお腹が痛くなるまで笑ったこと。個室に入るとみんなソッコーで靴脱いで、深いシワが寄ったソファの上にどしんとあぐらをかいて座るの。で、盛り上がってくるとソファの上でぴょんぴょん飛び跳ねた。歌本をめくるときの真剣な表情と華麗な指さばき。タエちゃんが入れる『幽☆遊☆白書』とか『新機動戦記ガンダムW』の主題歌をみんなすっかり暗記しちゃって、全員で大合唱するのが定番になったこと。あたしが華原朋美の『LOVE BRACE』を歌うとみんなしんみりした顔でコンサートみたいに手をかざして揺れたこと。五分前を知らせる電話が鳴ると「やっぱシメはこれかな」って、SPEEDの『my graduation』を誰からともなく入れる。誰もSPEEDなんか別に好きじゃないのに、カラオケに来ると毎回必ず四人で歌った。

そういう、いつものカラオケ。いつものパターン。あの時間のかけがえのなさにいまごろ気づいて、一人で焦って、青くなってるよ、あたしは。

春休みにみんなで行った最後のカラオケの、全部の瞬間を忘れたくない。四時間くらい歌いまくって店を出ると、外の世界がなんだか変わったように感じられた。カラオケに行くと毎回そうだった。マラソンを走りきったあとみたいな、大きなことをやり遂げて、生まれ変わった気分がした。肺を満たす空気も、見える景色も違って感じた。世界がほんのちょっと新しくなったようないい気分で、人生って素晴らしいと思えた。自分は、自分の人生の主人公なんだって確信できた。

とにかく、女子グループに加わって、受け入れられて、超仲良しなんて、ほんと、中学時代のあたしには考えられないことだった。考えられないくらい幸せなことだった。

四人で最後に撮ったプリクラを、あたしは自分にも女友達がいるんだっていう、たしかな証拠みたいにして生きるよ。それはすごく、あたしに自信をくれることだから。彼氏がいるより、女友達がいる方がすごいことだよ。これはまったく本当に！

久しぶりに行ったあのゲーセン、プリクラコーナーが広くなってて、新しい機種が導入されてたね。みんなで百円ずつ出し合って、カーテンの奥でキメ顔を作るの。入学したころは四隅が丸い、十六分割のシートしかなかったのに、いまはサイズもいろいろあるし画質も良くなってる。この三年で、うちらよかプリクラの方が成長してんじゃんってアサミが言って笑った。プリクラコーナーには相変わらずいろんな高校の制服を着た女子がたくさんいて、丸いテーブルにボールチェーンでつながれたハサミは順番待ちだった。

「いい加減このハサミどうにかしろっつーの」

シールの糊《のり》で刃がダメになってるハサミを無理やり開いたり閉じたりしながらアサミが文句を言うの、超ウケた。きれいに等分になるよう切り分けるのも、いつもアサミが率先してやってくれた。トランプを配るみたいに「ハイ、ハイ、ハイ」って手早く三人に配って、アサミは「よし出よ」と号令をかけると、ゲーセンの外で「じゃあまたね」って手を振って別れた。あまりにもあっさりしたバイバイだったから、笑っちゃったよ。

地元に残るタエちゃんはさておき、アサミだって大阪行くのにね。

「えー、もっとなんかないの？」って言うと、

「どうせゴールデンウィークみんな集まるでしょ？」って。

アサミがああ言ってくれたおかげで、そっか、永遠のお別れってわけじゃないし、つーか一ヶ月後には会えるのかって思ったけど。

でも一ヶ月後なんて、あたしには一年先に思える。

あのあと二人で歩いてるとき、北島はあたしに、無印のアルバムに綴《と》じた写真集をくれたね。クラフト紙の表紙カバーに、《青柳めぐみ写真集 ～Y女子高の思い出～　撮

影 北島遥《はるか》》ってサインペンで書いてある、世界でたったひとつの写真集。高校一年の四月から三年の三月まで、写ルンですで撮りためたあたしの写真。

正直に言うと本当は、写真に撮られるのは好きだし、人に撮ってもらいたい願望もあったの。いまの自分を、この瞬間の自分を、残しておきたいっていう欲求は、たぶん普通にみんな持ってるものでしょ？　だけど自分からそれを言うと、おまえ自分のこと可愛いって思ってんだろって横やりが——頭の中に意地悪な男子の声で聞こえてきて——言えなかった。あたしは男子の期待に応えるのが得意な分、男子が口にしがちなネガティブな言葉に敏感なんだよね。それで最初は写真撮られるとき、照れたり嫌がったりしてた。でも、そのうち慣れて、カメラ向けられても気にしなくなったけどね。北島はあたしのこと、どんな状態でも「かわいいかわいい」って言ってくれたから。変なところにニキビができても、前髪切りすぎても。

自分が女子高生だった時間が、こんなふうに形になって、すごくうれしい。あたし、小学生のころから『セブンティーン』とか買ってたから、雑誌に載ってる女子高生にずっとあこがれてたんだ。中学なんてすっ飛ばして、早く女子高生になりたかった。テレビでもよく、最近の女子高生をどう思うか議論が交わされてたしね。「援助交際はけしからん」とか、「いやぁぼくはいいと思いますよ」とか。ああだこうだ人のことダシにして、大人たちは誰がいちばんカッコいいことを言えるか競争してるみたいだった。そういうのをテレビで見るたび、ああ、あたしも早く、世の中を引っかき回してる女子高生ってやつになりたいと思った。大人たちを手こずらせる、大人たちには到底理解できない、ちょっと危険な存在に。

でも、女子高生でいることはたしかに楽しいんだけど、ちょっとだけ窮屈でもあった。北島も言ってたよね？　テレビとか雑誌で見るような女子高生らしい女子高生は、こんな田舎の県立女子校には一人もいないって。渋谷にいるようなホンモノの女子高生があんまり持ち上げられるから、それと比べると自分のイケてなさに落ち込むって。

あたしは、モデルができるほど背も高くないし、痩せてもいないし、女優になるわけでもないし。せいぜい街でナンパされる回数が人よりちょっとだけ多いくらい。でもそれって一銭の得にもならない。むしろマイナスでしかない。気安く声かけられて嫌な思いもするし。変な男にナンパされる怖さはマジでヤバいから。まったくもっていいことなんてない。けどこうして息をしているあいだにも、時間は過ぎるし、あたしは歳《とし》をとる。若さがなくなっていく。若いって、貴重じゃん？　でもその貴重な時間は、どんどん減っていく一方なんだよ。その焦りだけはいつも、常にあった。

北島が撮ってくれた写真を見て思った。ここに写ってるのは、平凡で未熟な、野暮ったくて子供じみた、元気いっぱいの普通の女の子だ。一生懸命、雑誌の真似をして、親に駄々こねて買ってもらったラルフローレンのカーディガン着てるけど、ただそれだけ。

テレビが騒いでるほどの刺激はない健全な毎日を、それなりに楽しく生きてるだけのね。でも、なんか、可愛いじゃんね。

あたし、ちょくちょく写真屋さんについていったじゃない？　現像した写真をフジカラーの緑色のプリント袋から取り出した北島は、「よく撮れてる」って満足げだったけど、あのときは自分が写った写真を見て、いつもちょっとがっかりした。あたしが期待してた写真とはずいぶん違ってたから。あたしが期待してたのは、ジュディマリのＹＵＫＩちゃんみたいにおしゃれに写ってる写真だったから。

だけどあの最後のカラオケの夜に北島がくれたアルバムを見て、考えが変わった。三年分の写真がまとまって写真集に綴じられたら、全然違う意味になってた。

休み時間にトイレで眉毛描いてるとことか、昼休みにチョココルネとこしあんパンとクリームパンをだらだら食べてるとことか、体操着に着替えてあくびしてるところ、授業中に寝てるとこなんかを見て、ああ、そういうことだったのかって思った。

もう充分、あたしはあたしの青春を、満喫してたんだね。髪の毛切りすぎて失敗したり、お母さんの洗濯ミスでルーズソックスがうすピンク色になったり、冬はちょっと太ったり。そういう自分の姿を見てると、すごく愛《いと》おしくなってきて、もういいんだって思えた。北島が撮ってくれた写真見てると、そう思えた。

北島が言うように、あたしもそろそろ〝女子高生〟ってやつから解放されていいんじゃないかって気がしてきたよ。作られたイメージを真似して、合わせて、自分を押し込めるんじゃなくてね。卒業したのに、高校の制服で街にくり出すような哀れな人間になっちゃいけないなって。今を生きなきゃなって。北島が三年間、ずっと撮ってくれたおかげで、気が済んだ。北島はあたしにカメラを向けながら、そういうことわかってたんだね。なんていうか、愛を感じた。北島が、高校時代っていう時間も、その時間を一緒に過ごしたあたしのことも、愛してくれてるんだってことが、たくさん伝わってきた。

北島は、写真家にもなれると思う。なににだってなれると思う。まあ、プロになるには写ルンですじゃなくて、ちゃんとしたカメラ買わなきゃいけないとは思うけど！

あたしが横でぼーっとしてるあいだ、北島の夢はどんどん変わっていった。どんどん大きくなっていった。フォトグラファーになりたいんだって言ってた夢が、いつの間にか映画監督になってた。高二くらいからだっけ？　北島が学校の帰りにレンタルビデオショップに寄るようになったのって。たっぷり時間をかけて映画を選ぶから、たまについて行くと退屈でね、あたしだけ先に外出て、自販機のセブンティーンアイス食べたりしたっけ。そんでまた店から出てきてた北島が、こっそりあたしに写ルンですを向けて、車止めに座って無表情にアイス舐めてるところを写真に撮ってたりするんだ。

もしあのとき、あたしが写ルンです持ってたら、逆に北島のことを撮りたかったよ。

青いナイロンの袋にＶＨＳテープ大量に詰めて、赤ちゃんでも抱くみたいに大事そうにかかえながら、カメラを構えてこっちを見ている制服姿の北島のこと、撮りたかった。その姿は写真には残ってないけど、大丈夫。あたしは一生忘れないから。

なにかに夢中になってる北島を見ると、あたしは半分、疎外感。趣味の話にはついていけないし、あたしに布教しようとしても無駄だったしね。でもね、あとの半分では、北島の両親みたいな気持ちで、北島のこと応援してるから。才能を開花させてねって祈ってるから。

北島に大学で同じ趣味の友達ができたら、嫉妬しちゃうかもな。北島に彼氏ができるよりよっぽど嫉妬するかも。うそうそ。大学でも気が合う友達と出会えるといいね。もしそういう友達と出会えなかったとしても、大丈夫だから。さびしくなったらあのプリクラを見て。ＣＤプレイヤーにべたべた貼ってあるプリクラを見て。アサミやタエちゃんやあたしのことを思い出して。北島に救われた女の子がいるってことを思い出して。

それじゃあ、お互いがんばろうね。

またすぐに会おう！

4

白いワンピース殺人事件

2000年　20歳

●ACT1

✓撮影現場（大学一年・三月）

コットンの白いワンピースを着て、裸足で川辺に立つ。手には回転式拳銃《リボルバー》のモデルガン。監督の「よぉーい、アクション！」の声。ゆっくり七秒数えて静かにふり返り、カメラ目線でセリフを口にする。

「コウくんのこと、ずっと大好きだから！」

それは自分の耳にもはっきりわかるほど、見事な棒読みだった。

こめかみに拳銃を当て、思いつめたシリアスな表情で引き金を引く。カチッ、という気の抜けたおもちゃの音がするけど、あとでちゃんと音響で処理されるはず。される……よね？　私はさっき演技指導されたとおり、衝撃に弾《はじ》き飛ばされるふりをして、石ころだらけの地面に倒れ込んだ。

「はい、カット！」

監督の怒ったような大きな声に思わず肩がびくっとなる。

NGを出されるかも……。ドキドキしながら次の一言を待つ。

「……OK。カメラ位置変えて」

監督の声を受けて、現場にいる全員がいっせいにガヤガヤと動き出す。

私も体を起こそうとしたら、

「あーバカ！　死体は動くな！」

バカって言われた。

男の人の大声が昔から苦手だった。とりわけ合田《ごうだ》先輩の声はよく響いて、怒ってなくても怒ってるみたいに聞こえる。本人は、自分の声量に酔いしれて歌うベテラン演歌歌手みたいに、実に気持ちよさそうに声を張り上げるんだけど、こっちはいちいちビクついてしまう。

倒れた拍子に膝をすりむいて、たまらず脚を抱えて丸まると、合田先輩からまた怒号が飛んできた。

「あーダメダメぇ！　モエは動くなって！」

みんな私を〝北島〟でも〝遥〟でもなく役名で呼んだ。

「モエ、走って！」「モエ、叫んで！」「モエ、泣いて！」

次から次に指示が飛び、私は夏もののワンピース一枚で川辺に転がった。

空は曇ってた。

大学の、最初の一年が終わった春休み。三月はまだ充分に寒くて、みんなユニクロのフリースにマフラーをぐるぐる巻いて防寒に余念がない。撮影監督の峰さんはカメラと三脚を黙々と移動させ、ヘアメイク担当の弥生さんは血糊をといた紙コップをうれしそうにかき混ぜながら、美術班の森宮先輩と仲良く小突きあってふざけてる。監督の合田先輩は脚本担当の三島先輩と台本を手に怖いくらいシリアスな顔で打ち合わせ中。録音担当のハッシーとテッシーは川に向かって石を投げて水切りの回数を競い合い、そこに衣装担当の宇野さんがまざって三人で地味に遊びはじめた。一年の柴田くんはレフ板を持って所在なげに空を見上げてる。

誰も私のことなんか見てなかった。

主演女優が私になったことでチームの士気は露骨に下がっていた。大学生は容赦なく人を見た目でランク付けするけど、映研の人たちはルックスに関しては非人道的といえるほど残酷だった。土下座する勢いで出演を乞われ、渋々引き受けたというのに、舌の根の乾かぬうちに合田先輩は、「じゃあまあ、ロングショット多めで」と、失笑気味に峰さんに指示を出していた。ロングショットっていうのは引きの画《え》のことで、つまりアップで撮るにはマズい被写体だってこと。こういうときに自虐できない女は心が狭いって思われるから、私も「ははは」と笑った。

死ぬほど寒いしお腹も空《す》くし、待たされてるあいだに芯まで冷えてきて、しまいには奥歯がカチカチ鳴って体がＳＯＳを発しだす。

「ちょっとちょっと大丈夫？」

スクリプターのプー子さんが心配そうに駆け寄ってきて、自分が着てるダッフルコートをかけてくれようとするけど、そこへ合田先輩が、

「あ～ダメダメ、服のシワが変わるから、モエはそのまま、そのまま」

厳しい物言いで制止した。

合田先輩のよく通る声が辺りに響いて、映研の人たちは手を止め、こちらに注目する。

「……すいません」

プー子さんは合田先輩にあやまって、自分のコートを羽織りなおした。プー子さんはいつも笑顔で誰かにあやまってる。

「モエ、もうちょっとそのままでも大丈夫だよな？」

合田先輩は日頃から、女優を過酷な状況に追い込んでこそいい画が撮れるとか、名監督は全員サディストなんだぜと熱く語っているから、いまこそ実践とばかりに、私を雑に扱った。私は全然マゾじゃないから、つらい思いをすればするほど気持ちが萎えていくけど、それを態度に出すことはできなくて、

「ハイッ、大丈夫です！」

ほとんど条件反射で、昔の大映ドラマのヒロインみたいにけなげな返事をした。

大丈夫ですと言った直後に、いやこれは死ぬほど寒いぞ、風邪ひくぞって思ったけど、

前言撤回なんてできない。がんばるしかない。なにしろこの映研で合田先輩はカリスマ的な存在だった。誰も逆らえない。

「三島ぁ、ちょっと」

「どうした？」

「ここにも血ぃ垂らして、涙のメタファーみたいにしたら？」

「血の涙か、いいね、それでいこう」

合田先輩と三島先輩は、現場でこういうアドリブの演出を思いつくたび「いいね、いいね」とお互いの才能を褒め称《たた》えあった。自分たちのタッグにほれぼれしてるような、得も言われぬ連帯感の高揚を漂わせながら、撮られる側にさらなる負担を要求した。

「おーい、弥生ぃ！　ここに血ぃ足して」

「はぁーい」弥生さんは従順に駆け寄ってきた。

みんな合田先輩の役に立てることを心から喜んでる。そういう求心力も、映画監督に必要な資質なんだと、いつだったか三島先輩が言ってたっけ。

「血糊入りまーす」

弥生さんはキヒキヒいたずらっぽく笑いながら、横たわる私の顔や髪に、筆でぺたぺた血糊を塗りたくる。

「あたし血ぃ見ると興奮するんだよねー。ヤバい、変態かな？」

それは私にじゃなく、ついてきた森宮先輩に向けて放たれた言葉で、

「変態だな変態。でも俺、変態好きだよ。自分も変態だから」

二人は変態という単語をうれしそうに連呼しながら、私のことを石像かなにかのように、いないものとして扱った。

「じゃあここに、こんな感じ？」

「うーん、もうちょっと欲しいな」

そこに合田先輩も来て、「血の色もう少し暗くできない？」と注文を出すと、「あ、じゃあ黒足しまーす」、弥生さんはさらに液体をぺたぺた混ぜる。

目を閉じて死んだふりをしていると、人の声や川のせせらぎが他人事みたいに私の上を滑っていくから、なんだかもう本当に死んじゃった気がしてきた。疎外感と孤独が手足の末端からじわじわ私を侵食する。幽霊が生きてる人間を恨めしく眺める気持ちってこんなだろうか。夏休みにはいまも『あなたの知らない世界』ってやってるんだろうか。

「よし、ラストカットいくぞ！」

「はいっ！」

木製の三脚に固定された十六ミリカメラがジィーッと回りだす。

カメラの前で私は死んでる。血を流して死んでる。銃刀法が凄まじく厳しいこの日本で、拳銃自殺を遂げて。白いワンピースを着て。死にながら、あれっ？　と思っていた。

私、こんなところでなにしてるんだろう？

大学で私、映画を撮るはずじゃなかった？

なりたかったのは女優じゃなくて、監督じゃなかった？

なのに気がつけば私は、白いワンピース姿で、血みどろの死体になってた。

――ああ、なんてことだ。

大学に入学して、一年が経っていた。

●ACT2

✓新学期のキャンパス（大学二年・四月）

先輩たちの自主制作映画の撮影に明け暮れた春休みが終わって、新学期がはじまる。

冬のあいだは閑散としていたキャンパスに新入生があふれて、桜の並木通りはお祭り騒ぎのにぎわいだった。オリエンテーションを終えたばかりの一年を狙い、各サークルがブースを出して勧誘に待ち構える、一年でいちばんキャンパスが活気づく季節。

坂をのぼってその気配に気づき、私はあわてて裏道へまわった。大学に入って一年経っても人混みは苦手なままだった。

去年は私も、あの混沌の中にいた。

✓同、回想シーン（大学一年・四月）

「わぁ～！　キャンパスライフのはじまりだぁ」

青春の狼煙《のろし》を上げるように、意気揚々と人混みに分け入って行く麻衣《まい》ちゃんの後ろ姿。ピンと伸びた背筋を見て、きっとこの子は小学生のころからバレエをやっていたに違いないと思いながら、はぐれないようあとを追いかけた。麻衣ちゃんとは入学式の翌日のオリエンテーションでたまたまとなりに座っただけだけど、彼女にはそれが誰かと友達になる必要十分条件らしい。人懐っこい笑顔で「はじめまして。わたし原田《はらだ》麻衣、よろしくね」と、中一の英語の教科書一ページ目みたいなあいさつをして、あっという間に懐に飛び込んできた。

「遥って呼んでいい？　あとで遥のケータイ番号教えて！」

誰にも警戒心を抱かせない人好きのするルックスと、誰にも拒絶されたことのない人特有の、有無を言わせぬ強引さ。直感的に、東京の子なんだろうと思った。

肩甲骨までたっぷり背中を覆う長い黒髪、垂れ目気味の大きな瞳が細眉と奇妙なバランスを保って、雑誌のモデルみたいな不健康な魅力がある。可愛いなーっと思いつつ、なんかちょっと引いてしまう。こんな子にいきなり友達に選んでもらえて舞い上がる気持ちと、私でいいのか？　というためらいとがごっちゃになる。けど、キャンパスのお祭り騒ぎがすべてをうやむやにかき消してくれた。

「サークルどこにしよう？　これけっこう大事な選択だよね。大学生活かかってる」

一緒のサークルに入ることはもう確定してるみたいな話しぶりに戸惑いつつ、

「そうだね、どこにしよっか」

鳥の羽根みたいに軽い東京のノリに、あわててチューニングを合わせる。

勧誘に沸く通りは仮装大会みたいな様相を呈している。チアリーダー姿の美女と、分厚い胸板にピチピチのラガーシャツを着たいかつい選手たち。『笑点』メンバーみたいなカラフルな着物姿の、鉛筆みたいに痩せた坊主頭の人々。袴《はかま》姿で弓矢を持ってうろうろする地味顔の男女。テンガロンハットでステップを踏むカントリー軍団を見て笑い、ジャグリングを披露してる大道芸グループに「わ〜すごーい」と乾いた拍手を送る。

目立つ麻衣ちゃんには次から次に勧誘の声がかかった。

「え、新入生？　ヤダめっちゃ可愛い〜。チアリーディングやらない？」

「うちのインカレ入れば友達百人できるよ！」

上級生はここぞとばかりに胡散臭いセールストークで、ぎょっとするほど無責任かつ軽薄な誘い文句を口にする。彼らのあまりの調子の良さに、私は思わず親から言われていた「怪しいサークルにだけは入るな」という忠告を思い出した。オウム真理教事件の報道を長年見すぎたせいで、大学のサークルなんてものはカルト宗教の入口に違いないと、うちの親はけっこう本気で信じていた。

　サークルの人たちに絡まれても、優柔不断なうす笑いを浮かべるしかできない私の横で麻衣ちゃんは、

「ねえねえスノボ興味ない？」

「ないでぇーす！」

「うちのサークルに入れば大学生活がバラ色になること間違いなしだよ！」

「キャハハハ、超適当なこと言いますね～」

　次々襲いかかってくる悪党どもを、ばっさばっさと斬り殺す剣客みたいに、華麗にあしらっていった。

「……すごいね。私あんなふうに上手に断れない」

「そう？　普通じゃない？」

　こともなげに言ってのける麻衣ちゃん。遊び慣れてる都会の子だけが身につけた、真にクールな物腰を生で見た衝撃と感動に、私はバカみたいに打たれていた。

「軽音だって、興味ある？」

「うーん、音楽は好きだけど楽器は弾けないから……」

「演劇はどう？　演劇」

「私、舞台って観たことないな……」

消極的なことしか言えない自分に情けなさを感じながら、愛想笑いでこうつけ足す。

「麻衣ちゃんが入りたいならついてくよ」

けど、本当は私、大学に入ったら、映画研究会に入るって決めてた。映画が好きな人としゃべってみたかった。同じ趣味の人に出会いたかった。高校にそういう子はいなかったから。

映研でいい仲間とめぐりあって、自主制作映画を監督して、その作品がぴあフィルムフェスティバルに入選して次は商業映画を撮って、二十五歳になる頃にはカンヌ国際映画祭に出品されて、世界から絶賛されるところまで私は想像を膨らませていた。フォトコールにこたえて南仏の青空の下、出演者と笑顔で写真に収まるところも、それが映画雑誌に載るところも、『めざましテレビ』に生出演して軽部《かるべ》アナからお祝いを言われるところも、なにもかもイメージできていた。弱冠二十五歳で新人監督賞《カメラドール》に輝いた新鋭、北島遥監督というテロップ。私は〝弱冠〟という甘美な響きに死ぬほど弱い。

もちろんそんなバカげた誇大妄想的な夢を、誰かに打ち明けたことはなかった。それはずっと自分の中だけで温めてきた淡い願望にすぎなくて、ふれた瞬間、指の熱で溶けてしまう薄氷みたいにもろかった。

だからいざ目の前に〈映画研究会〉と書いてある看板が見えても、私は肝心なところで内気になって、ものほしげな視線を投げたまま自分の気持ちに蓋をして、見なかったふりをした。一歩を踏み出す勇気すらなく、自分をごまかし、そそくさとブースの前を歩き過ぎた。

そのときだ。

「あのぅ、ちょっといいですか？」

「はい？」

麻衣ちゃんは返事をすると、私の上着の袖をつまんで一緒に立ち止まらせた。

「俺たち映研なんだけど、いま自主制作映画の主演女優を探してて」

「女優ですか？」

「あ、興味ある!?　よかったらいま監督が部室にいるんで、ちょっと来てもらっていい？」

✓映研の部室（大学二年・四月）

新入部員の勧誘に沸く人混みを避け、裏道からサークル棟に出て映研の部室に入ると、薄暗く空気の淀《よど》んだ部屋の真ん中で、新入生の女の子が男の先輩たちに囲まれ、ちやほやと歓待を受けているところだった。ちょうど去年のいまごろの、私と麻衣ちゃんみたいに。

「名前は名前は⁇」

「高田歩美《たかだあゆみ》です」

「アユミちゃんかぁ〜」

みんな新入生にでれでれするのに忙しくて、二年の私には見向きもしない。というより、男の先輩たちは、より若い子をちやほやしている姿を、私に見せつけたがってるみたいだった。そうすることで、世の中そんなに甘くないいんだぞと、教えてやってるんだとでも言うように。

高田歩美さんは部室の奥の、普段は合田先輩と三島先輩しか座ることを許されないソファに通され、記念写真の撮影みたいに膝に手を重ねて、子供じみたまなざしできょろきょろ部室を眺めていた。古すぎて色がすっかりぬけた『酔拳』のポスター、誰かが置いていった綾波レイの等身大パネル、『バグダッド・カフェ』や『トレインスポッティング』や『パルプ・フィクション』や『恋する惑星』といった、ミニシアター系映画のチラシがぺたぺた貼られた壁は、日当たりの悪さにくわえて積年のヤニでくすみ、市川崑《こん》監督があみだした銀残しの手法みたいに彩度が低く見えた。

映研では誰もがタバコを吸い、吸ってないと〝本物〟じゃないような空気があったから、入部するとみるみるうちに喫煙者になって、ピンクだった肺を真っ黒にした。キャメル、ピース、クール、ハイライト、マルボロ、アメリカンスピリット、ホープ。タバコの銘柄やタールの重さは、そのままその人の価値や才能を表すバロメーターみたいになってる。

「アユミちゃんはどこの出身？」

「アユミちゃんは何学部？」

質問攻めに遭う新入生をよそに、私はパイプ椅子に腰かけ、バッグからタバコケースを取り出した。マッチを擦り、かすかに顔をしかめながら最初の煙を吐き出す瞬間だけ、私はシャルロット・ゲンズブールだし、ユマ・サーマンだし、ナスターシャ・キンスキーだった。

二本目に火を点けたところでテッシーがこっちをふり返り、

「あれ？　北島さーん、ピチピチの新入生のことは無視ですかぁ？」

嫌味っぽい口調で煽《あお》るようなことを言う。

「え、別に、なんで？」

「……なんでも！」

テッシーは「そんなことないですよぉ〜！」が欲しかったんだろうな。ご所望どおりのリアクションをとったためしのない私のことが、テッシーはすごく苦手そう。もはや最下級生でもなくなった私をどうイジったらいいかわからない様子で、遠目に頭のおかしい人を非難するみたいに、「は？」って顔で首をかしげた。

✓同、回想シーン（大学一年・四月）

自主制作映画の主演女優にスカウトされた麻衣ちゃんを伴って、映研の部室を訪ねる。一人では尻込みする場所へ、友達を盾にして進むことに若干のやましさを覚えながら、自分だけ才能を見込まれる展開が頭をよぎった。目利きの先輩が私をひと目で天才だと見抜き、「あんた、監督やってみる？」って背中を押してくれるの。

四階建てのサークル棟はぱっと見、完全な廃屋だった。くすんだ灰色の外壁に、無数の落書きが何層にも重なって、史跡みたいな迫力がある。秘境に足を踏み入れる探検隊の気分で階段をあがると、廊下の先に〈映画研究会〉と札の出ている部屋が見えた。

胸を高鳴らせ勢いよく中をのぞくと、男子部員の姿しか見えなくて、思わず首を引っ込めた。女子校のぬるま湯に浸《つ》かっていた身からすると、男子だけの空間はまるで結界が張られているような疎外感。

「どうしたの？」

麻衣ちゃんはそう言うと、つかつか中に入って行った。自分はどこでも歓迎されるに決まってると信じている人の歩き方だ。

「こんにちはぁ、さっきスカウトされた者ですけど〜」

鈴を転がすような女の子の声に反応して、男子部員が一斉にくるっとふり向く。その機敏さは、よく訓練されたドーベルマンを連想させた。耳をピンと立て、舌をぺろりと出し、目をギラギラさせて、一糸乱れぬ動きで右を向いたり左を向いたりする。

彼らは麻衣ちゃんのルックスに瞠目《どうもく》し、狼狽《ろうばい》し、慌ててガタッと立ち上がって、机の角でスネを強打してる人までいた。

「ダッセェ〜。『BOYS BE…』かよ！」

誰かがすかさず強めにつっこみ、どっと笑いが起きる。

「アハハハ、大丈夫ですか？」

麻衣ちゃんもくすくす笑いながら、上級生相手にもてあそぶような口ぶりで言った。

そのとき部室の奥の、ちょうど逆光になっている暗がりから、低くてよく通る、いやに落ち着いた声がした。その人がここの〝長《おさ》〟であることが一聴してわかる、ボス猿の声だった。

「うん、アオイにぴったりかもな」

こうしてあっという間に麻衣ちゃんは、自主制作映画のヒロインに抜擢《ばってき》された。

正式に入部届を出してほどなくすると、部室で上映会が開かれた。

去年撮影された自主制作映画が、ようやく編集作業を終えてお披露目されるという。部室の窓に暗幕が張られ、フィルムが映写機にセットされる。映写機が助走をつけるようにカラカラ音をたてて回りだすと、カウントダウンの数字が映写用のスクリーンに照射された。黒バックに物々しい明朝体で、〈合田博行《ひろゆき》第一回監督作品〉の文字が、じらすように浮かび上がる。

陰鬱なトーン、やけに暗い画面と、極端な長回し。録音はがさがさして粗く、役者のセリフはほとんど聞き取れないけど、ときどきビクッとなるほど大音量の効果音が鳴って、盛大に眠気がとんだ。ヒロインはカラオケ映像によく出てくるような大人顔の美人タイプ。相手役の男は完全にただの凡人で、彼が映っている画面を観つづけることさえしんどく、逆説的に浅野忠信の偉大さを証明していた。ストーリーをなんとか追いかけようと頭を働かせていると、いきなり女性が白いワンピース姿でくるくる踊りだし、唐突に〈終〉のテロップが出て、悲しげな波の音をBGMに短いエンドロールが流れた。

上映会のあと、先輩たちは缶ビールで乾杯した。私たち一年生は、撮影のこぼれ話をにこにこしながら拝聴し、先輩の会話にまぜてもらえている人には羨望のまなざしが注がれた。

「ねえ、どう思った？　あの監督、才能あるのかなぁ？」

麻衣ちゃんがこそっと耳打ちしてきた。次回作の主演女優としては、そこはかなり気になるところなんだろう。

果たして合田先輩に才能があるのかないのか。あれはいい作品だったのか、そうではないのか。映画は悪くなくて、観る側の感受性の問題なのか。

私には、正直なにもわからなかった。

映画は好きだけど、批評眼みたいなものには自信がなかった。私が気に入って何度もリピートする映画は、たいてい映画雑誌で双葉十三郎先生が辛い得点をつけていたし。逆に『市民ケーン』や『天井桟敷の人々』はなにがいいのかさっぱりわからなかった。そういう白黒映画をわざわざレンタルしてきて無理して観るのは、自分に課した修業みたいなものだった。田舎でそれなりの修業を積んできた自負は、私を少しだけプライドの高い人間にさせただけで、実際は受け売りの知識でしか映画の良し悪《あ》しを判断できなかった。

「ねえ、才能あると思う？　あの映画、意味わかった？」

私はいきなり魔球を投げつけられたバッターみたいに混乱して、当たり障りのないことを言ってお茶を濁すのが精一杯だった。

「うん……雰囲気はあったね」

✓新歓コンパ（大学二年・四月）

新歓コンパの会場は、映研ご用達の居酒屋で、テーブルも去年と同じだった。

今年の新入部員は男子六人に女子一人。お店の人がシーザーサラダを高田歩美さんの前にぽんと置いたので、私はそれを奪うようにして自分の方に寄せ、トングで豪快にかき混ぜると、手早く全員分の皿に取り分けてまわした。

「あ、ありがとうございます」

高田さんは肩をすぼめるようにして取り皿を受け取り、ぺこりと頭を下げる。

紅一点の新入部員である高田さんが、去年の麻衣ちゃんみたいな姫ポジションに座っていたのはほんの一瞬だった。自己紹介で一浪していることを明かすと、男子部員からはブーイングに近い声があがった。美人でなくても、特別可愛くなくても、自分たちより若いってだけで彼女をちやほやしていた男子たちからは、「騙されたぁ！」なんて酷い言葉も飛んだ。

「たしかになんか新入生のフレッシュさがないと思ったんだよなー」

森宮先輩が彼女をそうイジってからは、「フレッシュ」というあだ名が定着、プー子さんのあとを継ぐ人材として強引にキャラ付けされた。

「あのー、プー子さんって？」

「先月卒業した先輩。ずっとテレビの制作会社でADのバイトしてて、春からそのままそこに就職したの」

「テレビ局に入社したんですか？　すごいですね」

「違う違う、局じゃないよ。番組を制作する専門の会社。下請けっていうのかな」

「あ、そうなんですか」

「それでもすごいけどね。めちゃくちゃ就職難だから。うちの大学のレベルだと普通は書類で落とされるようなとこなんだって。プー子さんはずっとバイトでがんばってきたから、そのまま採用してもらえたみたい」

　春休みに映画の撮影現場で会ったとき、担当する番組ももう決まってるんだとプー子さんは教えてくれた。外国の電車を紹介する、誰もが知る五分のミニ番組だ。その番組は入社以来携わっていた女性スタッフが妊娠して仕事を辞めることになり、海外を飛び回れるタフな人材を求めていたそうで、プー子さんのバックパッカー経験が買われて採用につながったという。

「ベタだけど猿岩石に感動してね、どうしても大学生のうちに海外行ってみたかったんだ」

　と言いながら、香港土産のマグネットをくれたことを思い出す。

大学生にとって海外放浪は、まったりと平和で安全で退屈な日本を飛び出し、荒々しい危険の中に飛び込んだ勇敢さを証明する勲章であり、自分探しのゴールだ。

「うちは新入社員とらないよって言われてたからどうしようって焦ってたんだけど、ちょうど空きが出て滑り込めたの。よかったよほんと……。就職決まらなかったら九州に帰らなきゃいけないとこだった」

就職が無事決まり、プー子さんは本当にうれしそうだった。

プー子さんの名前が耳に入ると、

「プー子ぉ？　ああ、あの立ち回りばっかうまい器用なやつのこと？」

合田先輩が絡むように遠くの席から言った。となりで三島先輩が、くすりと笑った拍子に前髪がぱらりと目にかかっていい感じになってた。

合田先輩や三島先輩は映画志向が強くて、テレビのことを一段も二段も低く見ているから、テレビ業界に内定をもらったプー子さんを「悪魔に魂を売った女」とさんざんイジり倒していた。先輩たちはプー子さんより一年先に入学してるけど、二人とも二度目の留年が決定して、後輩に卒業を追い越されてしまった。

飲み会も終盤になると、合田先輩と三島先輩はこの先の展望についていよいよ熱く語った。就職活動はせず、バイトでフィルム代を稼いで自主制作映画を撮るという。「この一年が勝負」「二十五歳までに俺たちで日本映画界を変える」というものの話を、みんな真剣な顔で、遅くまで聞いた。

一年前、私が映研の新入部員としてここに座っていたときも、彼らは同じ話をしてた。

「遥、その取り皿まわして」

耳打ちされて麻衣ちゃんに一枚だけ渡すと、

「違う違う、みんなにまわしてっていう意味」

呆《あき》れ半分にくすくす笑われてしまった。

新歓コンパの会場に指定された居酒屋に、私はがちがちに緊張してた。友達同士で行くのはサイゼリヤがせいぜいだったし、親ともめったに外食なんてしないから。

麻衣ちゃんはこういうところにも場慣れしていて、箸袋をそれとなく指でもてあそびながら、折って結んで箸置きにしたり、グラスが空になっている人がいれば、「次なに飲みますか？」とすかさずたずねたり、ふるまいがもう大人だった。「気が利く」と褒められれば「そんなことないですよ」と恐縮してみせ、「おまえ高校時代かなり遊んでただろ」とつっこまれたら「やめてくださいよ」と科《しな》を作る。麻衣ちゃんは男の人の扱いもうまく、お酒にも強い。ビールを麦茶みたいにごくごく飲んで、みんなをあっと言わせた。

「北島先輩、あ、同い年なら先輩って変か。北島さん、北島さん？」

何度も呼ばれて、「え？」と顔を上げると、高田歩美さんがこっちを見ていた。

「その箸置き、どうやって折るんですか?」

✓映研の部室(大学二年・五月)

去年の夏休みに撮った映画がようやく編集を終えて完成したらしい。

上映会のセッティングは二年の仕事。講義のあと部室に直行し、机にのぼって窓に暗幕を張っていると、高田歩美さんが一人でやって来た。

高田さんは、ちょうど去年のいまごろ私がしていたような、あっさりした洒落っ気のないショートカットだ。母親行きつけの美容室に、小学生のころから同行して、ついでに切られているみたいな。ノーメイクでリュックを背負う姿は、スカートじゃなければ少年に見間違いそう。一年の女子にはそういうタイプがけっこういた。私もそうだった。

「お疲れさまです。手伝いましょうか?」

「あ、うん、じゃあお願い。そこの黒いテープを……取ってもらっていいですか?」

「これですか?」

「うんそれ。ありがとう」

同い年の下級生相手に、不器用に敬語とタメ口を織り交ぜて話す。私の方が先輩なんだから、会話のイニシアチブをとらなきゃと思うけど、そういうお姉さん的なふるまいはすごく苦手。しばらく無言でいると、沈黙に耐えかねたのか高田さんが、「今日観るのって、映研の人が撮った映画なんですよね？」と質問してくれた。

「そうだよ、去年の夏休みに撮影したやつ」

「誰が監督ですか？」

それはもちろん、という調子で私は言った。

「合田先輩だよ。脚本は三島先輩が書いてる。あそこはコンビだから」

「ふぅーん」高田さんは、かすかに不満そうに漏らした。

「ほかの人は映画撮らないんですか？」

「ほかの人って？」

「ほかの映研部員は、映画を監督したりはしない？」

「ああ、えっとね」

私は去年の自分がされたように、先輩ヅラで教えてあげた。

自主制作映画は、志を同じくする仲間同士が、協力し合って撮るものなのだ。「今度こういうの撮ろうと思ってんだけど手ぇ貸してくれね？」「ああ、いいよ。じゃあ次は俺のも手伝ってよ」という具合。持ちつ持たれつの、仁義でまわっている世界。けれど実際は、お金の問題が大きい。

「基本的には挙手制で、撮りたい人が監督をやって、部員は協力するって感じ。だけど、そうなると監督が資金も調達してこなくちゃいけないから」

「資金って？」

「映画撮るのってお金かかるからね。撮影機材もレンタルしなきゃいけないし、フィルム自体も高いし。あと、ロケに行くのに車輛《しゃりょう》なんかも必要になってくるから」

「どのくらいかかるんですか？」

「合田先輩はいろんなバイトしてお金作って、だいたい百万円くらい貯《た》めてるって言ってた」

「百万!?」

驚きの声をあげる高田さんに、私はしかつめらしい顔でこくんとうなずく。

「ミニDVのビデオカメラ持ってる人は、それでちゃちゃっと撮って、パソコンで編集してるみたい。それだったらまあ、テープも安いし一人でも撮れるかもしれないけど。でも、どっちみち役者は必要になるからね。誰かとチームにならないと映画は撮れないんだよ」

私の口調は無意識に、あきらめを促すものになっていた。

なんだか嫌な気分だった。知らないあいだに体制側に染まった元理想主義者みたい。自分だって夢があったのに。映画を撮りたいと思ってたのに。いまや人民に、「我慢こそ美徳なり！」「人生あきらめが肝心！」と説いてまわってる。

✓撮影現場（大学一年・八月）

映画を撮影するチームには名前がつけられる。監督の名字をとって下に「組」がつくから、合田先輩が監督する映画の制作チームは「合田組」。なんかヤクザみたいだなと思うけど、映研部員は合田組という名称を誇らしげに口にしたし、予算が許せば合田組と書かれたスタッフTシャツやスタッフパーカーを作ってみんなで着そうな勢いだった。

私には助監督という役職が与えられた。それは私が生まれてはじめて手にした肩書きで、思わずゲームセンターに置いてある機械で、〈合田組　助監督　北島遥〉なんて名刺を作りたくなった。紙の端に切り取り線のぷつぷつした手触りが残るちゃちな名刺を、会う人会う人に配りたくなった。

けれど撮影がはじまってみれば、助監督なんてのは雑用係の別名でしかなくて、しかも私はまったくの役立たずだった。私は上級生とろくに口も利けないほどおどおどした一年にすぎず、体力がなくて暑さにすぐバテるし、早起きができずしょっちゅう現場に遅刻した。定員オーバーでロケバスに乗せてもらえないから、地図をたよりに電車やバスで移動することになる。地元ではどこへ行くにも親の車でドアツードアだった私は、東京の煩雑さにこてんぱんに打ちのめされた。一度なんて現場にたどり着くことさえできなかった。

用意しておいてと言われたものを当日忘れて撮影ができなくなったり、車や人を通すなと言われて道路に立たされても、誰も私の制止なんか聞いてくれなくて、そのたびにNGが出て撮影が止まった。本番中にケータイを鳴らすだけじゃなく、めずらしく親からだったからなんだろうと心配になって電話をとってしまったのには、スタッフ全員が凍りついていた。

「おまえ常識どうなってんの!?」

合田先輩は呆れ顔で怒鳴った。きっと私が男子だったら、グーで殴られてただろう。慰めてくれたのは衣装担当の宇野さんだった。宇野さんも、いつも合田先輩から怒鳴られてたから。

「なんだよI♥NYって！　バカか！　わざとか！」

合田先輩は宇野さんが用意したTシャツを広げると、それを彼女に投げつけた。

「すいません……。でもシンプルなTシャツって言われたから……」

となりにいた弥生さんは小声で、「シンプルなTシャツって言われてニューヨークのお土産T持ってきちゃったんだ」と意地悪く笑った。

宇野さんは、どう考えても衣装の仕事には向いてなかった。彼女がファッションセンスを欠片《かけら》も持ち合わせていないことはひと目でわかる。だけど合田組のメンバーが仕事を振られるとき、宇野さんが自動的に衣装担当になったことは、誰もあえて指摘しないほど、ごくごく自然な役割分担に思えた。カメラや録音といった機材を扱うテクニカルな仕事や、照明や大道具などの力仕事は、基本的に男子に割り振られる。ルックスが断トツの麻衣ちゃんが主演女優、下っ端の私は助監、信用のあるプー子さんは記録をとるスクリプター、弥生さんはヘアメイクに自分から挙手した。残った女の仕事は、衣装くらい。宇野さんがいつも髪をおばさん結びにして、体型にあってないスキニージーンズを穿《は》き、年中だぼっとしたシルエットのチュニックを合わせてるからって、彼女が衣装の仕事に絶望的に向いていないとは誰も思わなかった。だって『ローマの休日』や『麗しのサブリナ』でアカデミー賞衣装デザイン賞を受賞したイーディス・ヘッドは、へんてこな前髪に色眼鏡をかけて、本人はお世辞にもおしゃれとは言いがたいけど、ちゃんと素敵なコーディネートでオードリー・ヘップバーンの魅力を引き出していたし。

それを言えば麻衣ちゃんだって女優には向いていなかった。麻衣ちゃんは「よーい、アクション」の声と同時にぎくしゃくとわざとらしい動きになり、ぎこちない表情でセリフを棒読みし、カットがかかると元通りの自然体になった。けど、セリフを間違えない限りNGにはならなかった。そんなことにこだわってたら、フィルムが何本あっても足りないから。あと、麻衣ちゃんはこのときもう、合田先輩の彼女だったから。

✓再び、映研の部室（大学二年・五月）

去年の現場経験が、私をすっかり現実的な人間に変えてしまった。

「高田さんは自分の映画が撮りたいの？」

その質問は口に出してみると、自分への問いかけみたいに響いた。

自分の映画が撮りたいの？

撮りたかったの？

あなたはなにがしたかったの？

あなたはどうしてこんなふうになっちゃったの？

目の前の、一年前の自分によく似た女の子にたずねる。

高田さんは養生テープをいじくりながら、「わからない」と言った。

I don't know. Je ne sais pas《ジュヌセパ》. 映画のヒロインはみんな、大事なことはわからないと言う。彼女たちはなにもわからずに生きてる。私もわからなかった。自分がなにをしたいのか。なにをしにここへ来たのか。こんなはずじゃなかったんだけど、なんか違うなと思いながら、一年が経ってる。

✓回想シーン。北島遥の部屋（大学一年・四月）

「遥の部屋、見せてよ」

　休講になって暇を持て余した麻衣ちゃんが急にそんなことを言い出しても、うちはあわてて片付けるものもないほど殺風景だ。ブラウン管とVHSのデッキが一緒になったテレビデオ、透明プラスチックの衣装ケース、パイプベッドと白木のテーブルを置いただけでいっぱいになるちっぽけなワンルームが私のすべてだった。

「狭いでしょ？」

「うーん、コンパクトだね」麻衣ちゃんも苦笑い。

　大学から二駅の、学校指定の女子専用マンション。ここは地方でまじめな両親に育てられた女の子たちが、憧れの東京行きと交換条件にぶち込まれる、マンションとは名ばかりの女子寮だ。共用部分の玄関で内履きに履き替えなきゃいけないし、来客はいちいち名簿に記入する決まりがある。もちろん男子禁制。部屋にはコンロが一つだけの小さなキッチンとユニットバスがついているから、実質一人暮らしだけど、建物内に同じ大学に通う女子しかいない安心感は絶大だ。おかげで〝東京で一人暮らし〟の手応えはいっさいなかった。

二分とかからず部屋の点検を終えた麻衣ちゃんはベッドの端に座ると、

「ねえ、ちょっとメイクさせて？」退屈しのぎに言った。

「え、私に？」

「前から思ってたんだけどさぁ、遥は原石だよね。磨けば光る！」

麻衣ちゃんは決めゼリフみたいに言う。

「髪は絶対のばした方がいいよぉ。その方がモテるし。眉毛ちょっといじっていい？　とりあえず眉下のむだ毛は全部抜こうよ。ここが生えっぱなしだとなんか汚いから」

バッグからプラダのナイロンポーチをとりだして、毛抜きを持って私に襲いかかった。

「えー！　待って待って！　やだやだ！」

「いいじゃん～悪いようにはしないから！」

ささやかな攻防戦のあと観念して、羽根を毟《むし》られる鶏みたいにされるがままになりながら、「これってなんか『クルーレス』みたい」私は暗号を送るようにぼそりとつぶやいた。

『クルーレス』は、学園の人気者を演じるアリシア・シルバーストーンが、冴《さ》えない転校生のブリタニー・マーフィを、イケてる子に変身させるティーン向け青春映画だ。主人公はタータンチェックのスクールガールルックでハイスクールの廊下を闊歩《かっぽ》し、ブリット・ポップバンドのスーパーグラスは「ウィ・アー・ヤング」と能天気に歌う。

「……『クルーレス』観たことある？」

東京の人に対する期待を込めて訊くと、

「なにそれ知らない」

ばっさり吐き捨てられてしまった。

疑問形の「なにそれ？」じゃなくて、知らないし知りたくもない、以上、というニュアンスだったから、それが私の大好きな映画だってことは黙っておいた。

「メイクしたことないなんて信じられないな。あたし高一のときからファンデ塗りまくってた。男子が厚化粧とか言ってきて超ウザかったな」

「うちは女子校だしみんなこんなもんだったよ」

「ああ、なるほどね。遥、女子校って感じ！」

それがよほどツボだったのか、のけぞって「あはは」と天を仰ぐ麻衣ちゃん。「共学の子は常に男子の視線を意識するから鍛えられるんだよね」と、どこか得意げに言う。

私たちの方が大人でしょ？　と言いたげなその目つきは、たしかに高校時代、放課後の街を男子と連れ立って歩いていた共学の女子生徒のものだった。青春を謳歌してる優越感が、レーザー光線みたいに私たちをぐさぐさ突き刺したっけ。

「女子校ってあれだよね、生理用ナプキン投げて渡したり、大股で座ってスカートでバサバサ扇《あお》いでるイメージ。あはははは」

その笑い方にはもれなく人をバカにしてる感じが漂ったけど、麻衣ちゃんに顔をイジられて悪い気はしなかったし、むしろ感謝しなくちゃいけないくらいだった。子供のころから心のどこかで、こういうシチュエーションを夢見てた気がする。とびきり可愛くて魅力的な子が、となりのおねえさんみたいに親切に、私を変身させてくれるのを。

でもそんな濡《ぬ》れ手で粟《あわ》みたいなこと、実際は不可能だ。おとぎ話のお姫様はみんな魔法の杖《つえ》をひとふりするだけで美しく生まれ変わるけど、現実に女性がきれいになるにはポテンシャルだけじゃダメ、「お父さん改造計画」みたいに一時的な付け焼き刃でもダメ、それは絶え間ない買い物と試行錯誤、日々のまめな手入れによってしか成し遂げられない人生の難事業だ。

麻衣ちゃんはいたずらっぽく笑って、

「なんか無理やり遥の処女奪ってる気分」

私を征服したみたいに言った。

そういう喩《たと》えをうれしそうにするのはどうかと思うけど、

「あはは」

私は笑った。それは笑うところだった。

✓ゴールデンウィーク（大学一年・五月）

待ち合わせは駅の柱の前。約束の時間は午後六時。高校時代なら放課後いっぱいマクドナルドでねばって、じゃあそろそろと手をふって家に帰る時間だ。

「えー、みんな変わってる！」

「全然変わってない！」

高校時代の仲良し四人組の卒業以来の集まり。今夜は同じような会があちこちであるみたい。きゃーきゃー再会を喜びあう女子の声が、駅構内に反響しまくっている。東京ではたとえ悲鳴をあげてる人がいても、通行人は頑《かたく》なに無視して歩きつづけるけど、田舎ではちょっとでも目立つと、なんだなんだとあちこちから視線が飛んでくる。私もみんなも、あわてて声のトーンを落とした。

「久しぶりだね」

相変わらず屈託ない笑顔のタエちゃんに、

「一ヶ月しか経ってないけどね」

アサミはクールに言い放つ。

アサミ、タエちゃん、メグ。たしかにみんな変わってるけど、変わってない。カバーだけ付け替えられたソファみたいな感じ。まるでこの一ヶ月間、みっちり〝女〟になるためのレッスンを受けて、その成果を見せびらかしにここへやって来たようだった。リップクリームくらいしか塗らず、恋愛なんて少女漫画で充分だった私たちが、クラウチングスタートでもするみたいにいっせーのせで、女らしさを身に纏《まと》ってる。

あんなに女子高生でなくなるのを嫌がってたメグが、どこからどう見ても女子大生にしか見えない仕上がりで、花柄の膝丈ワンピースなんて着てる。アサミはコロナビールの瓶口に添えられたライムを慣れた手付きで中に押し込んだ。地元の女子大に進んだタエちゃんはこのなかで唯一自分の車を持っていて、店の予約もしてくれた。

「ここの店員さんめちゃくちゃかっこよくて有名なんだよ!」

タエちゃんが言うとおり、同世代の女ばかりのお客はみんな半ば本気で、店員との恋を期待してこの店にやって来ているようだった。ふと別のテーブルの子と目が合うと、フンと鼻を鳴らすような牽制《けんせい》の視線が返ってきた。そのひどく狭量な目つきは、少ない資源を奪い合う貧しい村人を思わせる。水が湧き出る井戸を独り占めにしようと、シッシッと人を追っ払うさもしさ。

とにかくみんな、恋をする準備を万端整えていた。メグは彼氏の話しかしないし、タエちゃんは店員さんをそわそわ見てばかりだし、アサミは好きな人がいると言って、実はもうセックスもしたと打ち明けた。

「まだつきあってないのにやったってこと!?」

興奮状態のタエちゃんの質問に、

「だってその人、学生じゃないし」

アサミは秘密めいたロジックではぐらかすように言った。要約すると、サラリーマンとの不倫ってことだった。

会計を済ませると、次はカラオケに行こうってことになる。

「おっ、マハラジャ?」

「なに言ってんの、マハラジャなんてとっくにないよ!」

その昔ディスコだったというギラギラした内装の、高校時代にみんなで通いつめたカラオケボックスは、商店街の再開発で取り壊されていた。

タエちゃんが別の店に案内してくれたけど、個室は狭いし曲も少ない。マハラジャには洋楽がたくさん入ってたのに。私は手垢《てあか》でくたくたになった歌本をめくりながら、あれもないこれもないと落胆しつづけた。そのあいだメグも、アサミも、タエちゃんまで、競うように椎名林檎を入れた。みんな真剣だった。椎名林檎の曲を情念深く歌うことで、自分がどれだけ本気の恋をしたがってるか、誰かに伝えようとしてるみたいに。

高校を卒業し、大慌てで、欲望の対象になろうとする私たち。

連休が明けて学校に戻ると、そこはいよいよ性欲がとぐろを巻いたような場所になっていた。四月のあいだ、ふわふわ浮いて漂っていた綿毛が土に着地するように、みんな次々手頃な相手を見つけてカップルになり、誰と誰がどこでどんなセックスをしたかなんて噂話まで耳に入った。麻衣ちゃんは当然のように合田先輩とつきあったし、三島先輩は親友の彼女になった麻衣ちゃんに恋心を募らせ、その苦しい気持ちはそのまま脚本に反映された。

✓再び、映研の部室（大学二年・五月）

暗幕を張った映研の部室。

上映の準備が整い、いよいよ合田先輩たちもやって来てソファの定位置についた。いつもは顔を出さない部員も来てるから、椅子が足りなくなって私はドアのそばで立ち見、目の前には高田歩美さんの後頭部があった。

「北島さん電気消して」

映写機をいじる峰さんに言われ、壁のスイッチをオフにする。

暗闇になった部室に「じゃあはじめまーす」と号令が響き、映写機はアナログな唸《うな》り声をあげてまわりだした。スクリーンに光が射《さ》し、今年もまたあの文字が浮かび上がる。

〈合田博行第二回監督作品〉。

監督と主演女優と脚本家の三角関係により、かくしてこの映画は、ひょんなことから町はずれの廃墟で奇妙な共同生活をはじめた男二人と女一人の、無為な日常が淡々と描かれることになった。内輪の事情を知らない一年生を置いてけぼりに、映研部員は本編と関係ないところでくすくす笑ったり私語を交わしたり、関係者ぶった素振りを見せる。まるで自分たちがクロエ・セヴィニーとハーモニー・コリンのスケーター仲間かなにかで、この映画は私たちにとっての『ＫＩＤＳ』みたいに。実際は岩井俊二の真似でしかなくても。

スクリーンに麻衣ちゃんが登場すると失笑めいたざわめきが起こった。部員たちは麻衣ちゃんをこうやって笑うことで貶《おとし》め、合田先輩への忠誠をそれとなく示しているのだ。二人はこの撮影の半年後にかなりもめて別れ、麻衣ちゃんは新しい彼氏に言われて、春休みの撮影が始まる直前に映研を辞めてしまった。代わりを探す時間がなくて、私が出るはめになった。

映画は、いままさにラストシーンというところ。

麻衣ちゃんは最後、屋上から飛び降りる。やっぱり白いワンピースで。合田先輩に言わせると映画に出てくる白い服っていうのは、死装束のメタファーであり、死を暗示させるアイテムなのだそうだ。そして三角関係の映画では必ず女が死ぬ。『突然炎のごとく』も『冒険者たち』もそうだった。だから、とくに深い意味はなくても、そうしておくのがいいのだろう。先人たちの手癖を目を瞑《つむ》ってなぞりさえすれば、この映画も映画史に残る名作になるとでも思っているのか、どのシーンも既視感だらけだった。

麻衣ちゃんが映画の中で死ぬと、さすがに理不尽で、もやもやした嫌な後味が残った。現実で失恋した仕返しを、映画の中でお見舞いしてるみたいにしか見えなかったから。みんながそう感じている空気だけが漂ったまま、リールが終わってカラカラ回転した。

「北島さん電気つけて」

スイッチをオンにすると、高田歩美さんの頭が挙動不審に揺れているのが目に入った。体をぽきんと二つに折って、口を押さえ、ゆさゆさ、小刻みに体を震わせている。いまにも口からなにかを吐き出しそうで、必死に手で押さえていた。

「ちょっと大丈夫?」

彼女の肩に手をかける。

すると高田さんはバッと椅子から立ち上がり、顔を隠しながら外へ駆け出していった。

✓部室棟の階段（大学二年・五月）

部室を飛び出した高田さんを追いかける。

外階段の踊り場でうずくまっているところを見つけて、

「大丈夫？」

バカのひとつ覚えみたいに意味のない言葉をかけた。私ならたとえ死にそうなときでも、大丈夫じゃないとは答えないだろう。

ぶるぶると小刻みに体を動かす高田さん。やがて彼女が、悪寒に震えているわけでも、吐き気と闘っているわけでもないことがわかった。彼女は笑いをこらえていたのだ。

蛇口を思い切りひねった勢いで、笑いがプッシャァーと噴射した。アマゾンの奥地に生息する珍しい鳥みたいな奇妙な笑い声に、私は思わずのけぞった。

それはぎょっとするほど邪悪な笑い声だった。まだ善悪を区別できない男児が、自分が仕掛けたいたずらにまんまとハマった人を見たときにするような。ヨーロッパのカルト映画に出てくる、家族を皆殺しにする悪魔的な少女のような。私は呆然と口を開けて、彼女の笑いがおさまるのをただ見守った。高田さんは岡田あーみんのタッチで顔面を歪《ゆが》ませ、片腹を押さえて「ヒィーお腹痛い」と涙をぽろぽろこぼしながら、どうにか我に返った。

「ごめんなさいごめんなさい、あんな面白いもの観たのはじめてで……」

「面白いもの？」

呆気にとられながら私は訊いた。

「それは、あの映画のこと？」

私たち映研部員が去年の夏休みに汗水たらして大真面目に作った、あの？

高田さんはまた思い出したのか、くちびるをふにふにと震わせる。ロープを輪っかにしたストップモーションアニメみたいに。

落ち着いたころを見計らって私は言った。

「あの映画、コメディではないと思うけど？」

きっとそのまま高田さんがなにも言わなかったら、お説教じみたことをしゃべってた気がする。人が一生懸命に作ったものをバカにしちゃいけないよ、とかなんとか、つまらないことを。

高田さんは、まさしく箸が転んでも笑う少女の無邪気さで、こうまくし立てた。

「だってその、映画には百万円かかるって聞いてたから……。百万円も注《つ》ぎ込んで、大勢に手伝わせて、どんなすごいものを作ったんだろうって思って観てたら、なんかすごくその、シュールで……ブハハッ。しっ、しっ、白いワンピースで……ぅぷぷぷっ、白いワンピースで飛び降り自殺するとか……ベタっていうかなんていうか、ちょっと笑いのツボすぎて……。あの先輩が撮ったんですよね？　いかつい感じの。カリスマぶった態度の。裏原系のショップの店長みたいな。ああいうマッチョな人の頭の中にこんなベッタベタな世界が広がってるのかと思うと、ちょっとあたしもう耐えられなくて……あーっ、ひぃー、マジできつかったぁ。腹筋ヤバい。おしっこ漏らしそう」

高田さんの狂態を見守りながら、カチッと、頭の中でなにかが鳴った気がした。

それは春休みに川辺で、拳銃自殺の芝居をしたとき、こめかみで鳴った安っぽい乾いた音とは違う。あんな愚鈍で空虚なカチッじゃなくて、もっと気持ちのいい、快楽的な音だ。エアキャップを豪勢に雑巾絞りするような。おばあちゃんががま口財布の口金を留めるときのような。望遠鏡をのぞいて二重三重に見えていた満月に完璧にピントが合った瞬間のような。目覚まし時計が鳴る一拍手前のような。気持ちよくなにかがハマるときに出るカチッ。眠っていた脳の一部が覚醒するようなカチッ。

高田さんに、ピンとくるものがあった。

その「ピンとくる」はとても直感的なもので、説明はとうてい不可能だ。この世には言葉にはできないものすごく感覚的な、けれど見過ごしたら絶対にいけない、ここで自分の心の声に従わなくちゃ後悔するぞっていう瞬間がある。

直感に従い、私は生まれてはじめて、この言葉を口にした。

「私たち、友達にならない？」

高田さんは爆笑から一転、きょとんとした真顔で私と目を合わせた。

私たちは見つめ合う。

これって運命かも。

運命の出会いかも――。

そう確信した瞬間、やにわに四隅から黒いものが迫ってきて画面は塗りつぶされ、私たちが向き合う横顔だけがまあるく残る。そして『スティング』のテーマ曲みたいなめちゃくちゃ軽快なピアノが流れる。お嬢さんたち、深刻ぶってないで、さぁ、お楽しみはこれからさ！　とでもいうみたいに。黒人の小粋な紳士が頭にのせたソフト帽を、ひょいと持ち上げてウインクしてくれる。やがて、向き合う私たちの横顔を切り取っていた円形の小窓が、シューッと一点に集約され、すぼまっていく。星がまたたくような音が鳴り、そのままフェードアウトして終わるのだ。なんともいえずチャーミングな余韻を残して。

もしこれが、映画ならね。

●ACT3

✓映研の部室（大学二年・八月）

自分の一生を映画にするなら、あの瞬間がラストシーンで決まりだな。ちょっと古典的な手法だけどアイリス・アウトで、私たちの出会いを強調して終わらせたい。そう言うと高田歩美は、「そうだねそうだね、うん、それがいい」とうなずく。

「あたしの映画のラストシーンもそれでいく」

「で、間違っても白いワンピースを着た女が自殺したりしない」

私は呪詛《じゅそ》を込めて小声で言いながら、懐中電灯で部室のロッカーを一つ一つ照らす。

夜中の学校に忍び込むのははじめてだった。

警備員に見つかったらどうしようとドキドキするけど、そのくらいの刺激はむしろ望むところだ。夏休みに入ってもう二週間ほど、学校にも行かずバイトもせず、お互いの部屋に入り浸って果てしないおしゃべりをしたり、夕方まで惰眠を貪ったりしていたから。永遠みたいに暇な夏休み、私たちはスリルと興奮にほとほと飢えていた。

「もう退部してるから、これって立派な不法侵入だよね？」

高田歩美の声はあきらかにナーバスだ。

「そ、そうなるね……」

私も同じくらいビビってる。二人ともすごく小心者なのだ。

だけど二人で話しているとどんどん気が大きくなって、なんでもできそうな気がしてきた。私たちは世界一冴えてて、面白くて、エッジがきいてる。たぶん天才。だけどそのことを、私たち以外は誰も知らない。

夜通ししゃべり明かす悪ノリの日々の果てに、私が春休みに出演したあの忌《い》まわしき映画のフィルムを、キャッツ・アイよろしく盗み出そうという壮大な計画が持ち上がったのだった。部室の鍵はドアの木枠の上の窪みに隠してあるのを知ってたから、忍び込むのは笑えるほど簡単だった。

灰色のロッカーはシールや落書きだらけで、誰かが怒りに任せてパンチを連打したみたいに扉がべこべこに潰れてる。中には昔の学生が撮った自主制作映画のフィルムが山積していた。フィルム缶のサイズはいろいろだった。アルミ製で、フリスビーくらいの大きさの缶もあれば、ソニプラで売ってる外国製のお菓子のパッケージみたいな缶もあった。懐中電灯でラベルを照らす。ラベルは砂漠で風化したみたいに激しく経年劣化しているし、そうでなくてもみんな字が汚くて題名もろくに読めない。かろうじて平成元年とか昭和四十七年といった年号が見えた。なんだか墓荒らししてる気分だ。

「あ、あった!」

〈合田博行第三回監督作品　三部作完結　現像待ち!!!〉

合田先輩はいまごろ、現像代を稼ぐためにバイトしてるんだろうな。合田先輩はホストのバイトで制作費を稼いでるんだと、前にプー子さんから聞いた。プー子さんも自分で資金を貯めて映画を撮りたいけど、制作会社のバイトではお金が全然貯まらないとぼやくと、合田先輩に言われたそうだ。「俺だって水商売で金作ってんだから、プー子だってやろうと思えばいくらでも稼ぐ手段あんだろ」って。

〝三部作〟の文字を見て高田歩美が、

「あれ三部作だったんだ……」

ほとほと呆れたように言った。

「白いワンピースの女がやたらめったら自殺する三部作ってなに？　そんなに女に死んでほしいの？　それどういう願望？　映画撮るんじゃなくてカウンセリング受けた方がいいんじゃない？」

「ほんとただの性欲だよね。性欲っていうか性癖？」

女にモテたいという欲望が男子にギターを持たせ、白いワンピースを着た女の子がどうしようもなく好きな男がそういう映画を百万円かけて撮る。あの人たちの性欲は原子力くらいエネルギー出せるから、映画だって三本も作れちゃう。

高田歩美がさらにこう言う。

「でもさぁ、監督はいいよね。自分は映ってないんだから。カメラのこっち側の安全なところで人のこと操って、あしろこうしろって言うだけで。恥かくのは出演してる方だもん」

私の頭に、五月の上映会でくすくす笑われていた麻衣ちゃんの姿がよぎった。ペチコートなしで白いコットンのワンピースを着て、体の線が逆光にぜんぶ透けていた麻衣ちゃんが。

私の体もあんなふうに映ってたらやだな。

私は麻衣ちゃんみたいに痩せてないし、きれいでもないし、髪だってあんなに長くない。合田先輩のセンスは最低だけど、私にはその最低のセンスが、なにを欲しているか手に取るようにわかった。純粋無垢な白いワンピースは、がりがりに痩せた黒髪ロングヘアーの美少女に着てもらいたいよね？

それをバッカじゃねーのと軽蔑する反面、自分がそういう理想的な女の子でないことに、私はどうしようもなく傷ついてしまう。自分の外見は好きじゃなかった。お風呂で鏡に映る自分を見ていいなと思うときもあったけど、あれは白熱電球と湯気のおかげでいい感じに見えてるだけだから。

春休みに川辺でカメラの前に立った私は、きっとひどいありさまだったろうな。肌も荒れてたし、冬はいつも太る。大学に入ってから五キロは太った。ふくらはぎなんてきっとパンパン。でももし、仮に、自分が完璧な美少女なら、どんなふうに撮られても平気？　一度引き受けたのにあとで意見を変えるのは無責任？　人の大事なものを奪うなんて犯罪？　後悔先に立たずで断りきれなかった自分が悪い？

誰か私に、あなたは悪くないよって言って。

私が犯した浅はかな間違いを取り返すチャンスをちょうだい。

映研の部室のロッカーの前、私はフィルム缶を抱えて言った。

「こんなものがこの世に存在してるだけで、これから先一生ビクビクしてなきゃいけないなんてやだ」

するとと高田歩美が凛々《りり》しい声で、すぐに私の迷いを払拭してくれた。

「大丈夫だよ、今日燃やすもん」

✓川辺（大学二年・八月）

未現像フィルムの入った缶を抱えながら部室を出て、それが撮影されたあの川に向かった。夜の十二時をまわったいまくらいの時間、私たちはいちばん元気になる。

「このあたりだ」

私は現場を指し示した。

映画の中で私が自殺した現場。血糊まみれで横たわって死んでいた場所。あの日の私。まだ親友と出会えず、さびしくて、誰かとつるんでいたくて、断れずのこのこ白いワンピースを着て、カメラの前に立たされてた哀れな女の子。

たった数ヶ月前なのに、それはずいぶんと昔のことのように感じられた。イエス・キリストの誕生によって紀元前と紀元後が振り分けられるように、私の歴史において高田歩美と出会う前と後では、世界が違うのだ。

川辺に座ってタバコに火を点ける。タバコの煙をふぅーっと吐き出すと、雲みたいに浮かび、それは世の儚《はかな》さを人々に伝えようとしてるみたいに、呆気なく夜空に溶けて消えた。

私たちは無言で景色を眺める。キャンパスが広がる小高い丘の稜線《りょうせん》が、月夜にくっきりとシルエットを映して、書き割りみたいにのっぺりして見えた。か細い支流が蛇行するこのあたりは、東京とは思えないのどかさだ。なんで私たちこんなところにいるんだろうって、不思議な気持ちになる。私立だから学費が高いと親がこぼしてた。そのくせ授業はサボってばかりいる。大学、卒業できるかな？　でも大学を卒業したところでなにになるんだろう。私たちは先のことなんてなにも考えない。目の前にただ、夏休みが無限にあるだけ。

「それじゃあやりますか」

立ち上がってお尻を手で払い、高田歩美は言った。

「気をつけてね。フィルムってめちゃくちゃ燃えるんだよ」

「知ってる知ってる、『ニュー・シネマ・パラダイス』観た」

高田歩美は私よりたくさん映画を観てた。もちろん『クルーレス』だって。

「それでは」

私は腰を上げてマッチを擦り、フィルムの先端にそっと近づける。

フィルムを燃やすなんて、映画の神様に呪われるかもしれない。けど、呪われたっていい。私たちはとっくに呪われてる。

その証拠に、フィルムに触れた火は、風にふっと吹き消された。

もう一度、もう一度と、何度やってもフィルムからは嫌な臭いが出るばかりで、かぐや姫が所望した火鼠《ひねずみ》の皮衣《かわごろも》みたいに、私たちの炎を固く拒絶した。

「え、ちょっと待って、フィルムって可燃性じゃないの？」

「……さては燃えないように改良しやがったな」

「……チックショー！　改良しやがった！」

ふつふつと笑いがこみ上げてきて、自分たちのバカさ加減に、文字どおりのたうち回った。

私たちはこんな調子だった。ろくに計画を実行することすらできない。映画好きのくせに安全フィルムの存在すら知らない。間抜けで世間知らず。中途半端で生意気。未熟で未完成。なにも生み出さないし、なにひとつまともにできない。ろくなもんじゃない。

でも楽しかった。

二人でいれば無敵だった。

5 ある少女の死

2005年　25歳

1、タンブルウィード集成

〈ひざ丈のシフォンワンピースを着て美容院に行き、凝ったアレンジヘアにしましょう。羽衣みたいな布巻いて、細ヒール履いて、自分とそっくりにめかしこんだ女友達と群れたら、どんな賢い人間も、ひと目でこれから友人の結婚式に出席しようとしているバカな女に見えるはず！〉

久しぶりに親友に送ったメールにずいぶんと的外れな返信が来て、二つ折り携帯につけたストラップが虚しく揺れた。

……え、これなんて返せばいい？

巧妙な当てこすりか、それともこれで気の利いたこと言ってるつもりなのか。もしかして北島、結婚式なんかに行こうとしてるあたしのこと、遠回しに責めてる？　バカにしてる？

あたしは休憩用の灰皿が置かれた非常階段で一服しながら、ペットボトルのレモンティーを一口飲む。手のひらで銀色の玉を転がしながらものを考える天才数学者みたいな風情で、パカパカと携帯を閉じたり開いたりしながら、文面の解釈に頭を悩ませた。あたしはただ、〈今度ね、知り合ったばっかの人の結婚式に出ることになった。数回しか会ってないのに。みんな距離感おかしいわ〉って送っただけなのに。それでそのメールの真意はというと、〈さびしい〉ってだけなのに。

今朝、バイトがはじまる前に北島遥に送ったメールは、昼休みにこんな形で返ってきて、午後いっぱいあたしを複雑な気持ちにさせた。

レンタルビデオショップでのバイトはもう一年になる。七万円の家賃を折半していた北島が、あたしを残して田舎に帰ってからは半年。北島も地元で、やっぱりレンタルビデオショップで働いているという。そこは北島が中高時代に通い詰めていた聖地だ。

〈大卒で地元に戻ってきてそんなところで働くなんて、だいぶ悲惨でしょ〉

〈いやいや、そういうシチュエーションの小品映画、あたし好きだよ。ズーイー・デシャネルが出てそうなやつ〉

〈そうだね、これは現実じゃなくて、その手のインディーズ映画なんだと思い込んでがんばる〉

〈発注に口出せるようになったら品揃えをマニアックにしたりして〉
〈うん。この店の向上に努めるよ。そこに生き甲斐を見出すわ〉
〈常連から未来の映画監督を輩出だ！〉
〈そんな有望な人材、この街にはいねーよ〉

そのビデオショップの品揃えの凡庸さについてはよく話に聞いていた。駐輪場の横にセブンティーンアイスの自販機があることも、併設の書店で大好きな雑誌を発売日に買ってたことも。あたしもその雑誌の愛読者だった。知り合ってすぐその話になって、あたしたちは運命的なものを感じたのだった。クラスにその雑誌を読んでるような子は自分以外いなかったから。あたしたちは、世界でたった二人の同志みたいな絆で結ばれた。実際にはその雑誌も、何十万と発行されてたんだろうけど。

相変わらず気分はノーフューチャーだけど、とにかくあたしは北島が、彼女の聖地に仕事を得たと知り、安堵したのだった。あたしは、北島が地元で公務員みたいな堅い仕事に就いて、摩耗して、イノセンスを失うことを恐れていたから。少なくとも映画とか音楽を扱う場所にいれば、北島の核の部分は変わらないように思えた。イノセンスは減点方式で、減ることはあっても増えることはないから、いつも失くさないようにびくびくしてた。自分のも、北島のも。

あたしが働いてる東京のレンタルビデオショップは、わりとマニアックな映画も置いているくせに、バイトの同僚には映画を愛してない人もいて、そういう人と口を利くだけでもイノセンスは減る。とりわけあたしが俗物だと思ってる篠《しの》さんとは、シフトも重なることが多くて、同じ空間で息してるだけでも減る。イノセンスは毎日ちょっとずつ、確実に減る。

篠さんはいつもダボッとしたメンズサイズの服を着て、メイクも薄くて女っぽさは控えめ。だけどものすごく女を感じる。あたしより十センチは背が低くて、棚のいちばん上には手が届かないから、ビデオの返却作業はいつも途中で人に頼ることになる。でも人にお願いする前に、思いっきり背伸びをして腕を伸ばしてがんばってみせる。そこが嫌い。結局いつも「ごめん、ヨシくん、やっぱり無理だあ。お願いしまーす」とか言って、背の高い男子に代わりにやってもらってる。そういうシーンを見るだけでもあたしの中のイノセンスは死滅するから、本当にやめてくれと思う。篠さんはこんなにウザいのに、誰もウザいと陰口を言わないなんて、ここのバイトたちは欺瞞《ぎまん》だらけだ。バイトの人全員嫌い。

篠さんがバイト内で好かれていて、なんなら一目置かれてるのは、彼女に業界人の友達がいるからだろう。会話の端々に篠さんはその名をちらつかせる。日本中の誰もが知る有名人ってわけではなく、テレビに出てる芸能人とも違うけど、マガジンハウスの雑誌を隅々まで読み込むタイプの人間なら絶対に知っているその名を。篠さんが「昨日一緒に新宿武蔵野館で映画観てきたんだ」などとその名を口にするたび、あたしの脳裏に「虎の威を借る狐《きつね》!」の言葉が墨痕《ぼっこん》あざやかに浮かんだ。友達っていうのは嘘で、本当は会ったこともないんじゃないかとすら疑っていた。

だけど篠さんが、感度の高い業界人が実名でやっているという噂の、招待制の〝ソ《S》ーシャルネ《N》ットワーキングサ《S》ービス〟っていうインターネット上の交流サイトみたいなものに登録したというので、信じないわけにはいかなくなった。

「ミクシィっていうんだけど、高田ちゃんも招待しようか?」

あたしはミクシィをはじめるとすぐにハマって、家にいるときはノートパソコンにかじりついた。どんなプロフィール写真にするか、どんなニックネームにするか、どんな自己紹介文を書くか、どんな日記を書くか、どんなコミュニティに入るかで自分を表現できるので、腕の見せどころが多い。おもしろい日記を書いたらどこかの編集者に文才を認められて、文筆家デビューの話が来たりして、そしてマガジンハウスかロッキング・オンの雑誌で連載を持ったりして、なんてことを考えるともなく考えてしまう。

日記を書こうと意気込んでキーボードに手を置く。だけどなにを書いても、薄汚い自意識が鼻につくから、書いては消した。自意識を悟られまいとするあまり一行も書けない。一晩かけてどうにか書く。だけどそれは、隠しに隠した自意識が、風に吹かれて大地を転がり、いつしか大きな球状の物体《タンブルウィード》になって人々から気味悪がられる、そんな日記になっていたので消す。日記は書かないことにする。

日記は書かず、やっぱりコミュニティのセレクトだけで自分を表現することにする。〈村上春樹〉コミュに入ってていいものかどうか頭を悩ませたり、一体〈フリッパーズ・ギター〉コミュに入ることは今なにを意味することになるのだ？　なんてことを自問し、逡巡するうちに夜が更ける。ミクシィは、知る人ぞ知る秘密結社的なものだと聞いていたのに、ウェス・アンダーソンのファンコミュニティにはもう何百人もの人が登録している。コミュニティを見つけたときはうれしかったけど、同時になんだか少しショックだった。ウェス・アンダーソンの映画を愛しているのは、世界中であたしと北島と、中原昌也の三人だけだと思ってた。

あたしはさびしかったから、やれることは全部やった。孤独に耐えられない哀れな人たちが行くものだと侮蔑していたオフ会にも参加した。最初に行ったのは〈ミニシアター同盟〉のオフ会。結局ただの飲み会に過ぎなかったその会でしゃべったのは、自己紹介のときの簡単なやりとりだけだ。

「高田歩美です。いちばん好きなミニシアターは吉祥寺バウスシアターです」

「へぇ。バウスのどういうところが好きなの？」

その質問に、あたしはこう答えた。

「東京っぽいところ」

すでに時代から取り残されたような風情があった吉祥寺バウスシアターは、いつ行っても、ある種の郷愁を思い起こさせた。たとえばそれは、子供のときにテレビで見ていた宮沢りえ主演ドラマみたいな陽気なムード。たとえばそれは、わたせせいぞうや『きまぐれオレンジ★ロード』の絵柄みたいな明るい感傷。一九八〇年代のわくわくするポップさが経年変化で適度にくすみ、無性に懐かしくて、そこがすごくよかった。好きだった。

「東京っぽい？　ああ、きみ、田舎の出身なんだ」

オフ会を仕切るキモい文系男子に雑にまとめられ、あたしの心は貝のように閉じた。映画が好きで、固有名詞が注釈なしに通じる人間となら、思いきりしゃべれると思ったら大間違いだとあたしは学ぶ。

やっぱり北島にしか通じないんだ。北島じゃないとダメなんだ。

オフ会のあと、あたしはそっと〈ミニシアター同盟〉コミュを脱退した。

それから〈洋楽カラオケ好き〉コミュのオフ会にも参加した。知らない人たちと六本木のパセラでアンドリューW.K.を熱唱した。そこで出会った人たちが結成した〈洋楽カラオケ好きロキノン系分離派〉のオフ会にも何度か行った。けど、世代的にブラーよりゴリラズに対しての方が愛着があるんですと打ち明けると、とたんに村八分みたいな空気になってしまった。

　これだからサブカル好きって嫌いだ。同じものを好きじゃない人をわかってないやつ扱いするし、すぐ人をランク付けするし。話してみるとみんな案外軽くてスカスカだし。けどあたしは、サブカル基礎教養がない人とは二言以上話せないから、ここしか居場所がない。サブカル趣味はあたしと地上とを結ぶ蜘蛛の糸だ。あたしにできることといえば、中村一義の歌を大合唱するカラオケルームの端っこにふてくされた顔で座り、タバコをひっきりなしに吸って煙幕を張り、自分の身を守ることだけ。これ以上話しかけないでくれという態度を全身でアピールしながら、それでいて、あたしはいつまで経っても帰らない。二次会にも、三次会にもしぶとくついて行く。だってあの部屋で一人きりはさびしいから。北島がいなくなった部屋には帰りたくないから。

　絶対気が合わなそうな人たちと、上辺の会話で気をまぎらせながら、あたしは芯から北島を恋しがる。ほらね、あたしたちの友情はこんなにも本物だったんだよって、心の中で語りかける。

2、恥辱にまみれたことある？

北島に言われたとおり〝友人の結婚式に出席するバカな女〟のコスプレをして、東海道新幹線の停車駅に降り立つ。気づいたら、知らない街の、知らない駅に立ってる。さびしさはあたしを、こんな遠くにまで連れて来る。

複雑なヘアアレンジのせいで、新幹線に乗ってるあいだ、一度もシートにもたれられなかった。この髪型には本当に吐き気がする。鏡を見るたび死にたくなる。シフォンワンピースにパンプスって格好もありえない。脚なんか普段は出さない。こんなふざけた格好で、よく知りもしない人のためにのこのこ新幹線にまで乗るなんて、前代未聞の珍事だ。出不精なのに。お金ないのに。なにもかも、どうかしてる。あたしは完全に、自分を見失ってる。

北島とルームシェアして、友達っていうか家族みたいに毎日一緒にいて、長い間ふたりでひとりだったから、いまはひとりじゃなくて、自分が半分になったみたい。テレビ見てても笑えないし、ごはん食べても味がしない。だから、行ったところでどうせ消耗するだけだとわかってても、性懲りもなくオフ会に出かけてしまう。

「あたしなんて友達少なすぎて、結婚披露宴に呼ぶ人いないんだから」

と陽気に告白したその人は、〈友達少ない〉コミュのオフ会で知り合ったちはるさんだった。

仕事は美容師。もう何年も毎日遅くまでカットの練習に励んできたから、念願だったスタイリスト昇格を果たせたものの、

「美容師って美容師しか友達いないの」

昔の友達とはすっかり音信不通になってしまったと肩をすくめた。

あたしは美容師じゃないけど学生時代の友達とはもう会ってないよ、と言ったところで慰めになるかなぁと思いながら、最近美味しいと感じはじめたビールをちょっとだけ飲む。

ちはるさんは神妙な顔でつづけた。

「とにかく一日中店にいるでしょ？　スタイリストになれたころは、自分についてくれるお客さんがめちゃめちゃありがたくて、大事にしなきゃって気持ちも強かったし、ほぼ友達だと思って接してたのね。友達みたいなテンションでプライベートなことまでしゃべってると、友達に囲まれてるみたいに錯覚しちゃうんだけど、でも実際は、もちろん友達じゃないいんだよね。ある日突然、そういえばあの人最近来てないなーって気づい

たりして、そうすると美容師としての腕を否定されたって気持ちと、友達として嫌われちゃったって気持ちが両方くるの。

実はわたし今度、結婚するんだ。相手も同じ店で働く美容師の先輩だから、結婚披露宴にはお店の人がみんな来てくれることになってて。でもそうするとあたし、ほかに友人席に座ってもらう友達が一人もいないことになっちゃうんだよね。いまさら昔の友達に声かけるのも変だし……」

ちはるさんの身の上話を聞き、美容師には美容師の悩みがあるもんなんだなぁと同情した。

本音を言えば、呼ぶ友達がいないと悩むくらいなら、結婚式なんてくだらない茶番、やめちまえばいいのにな。もしちはるさんと北島くらい仲がよかったら、そう言ってるとこだけど。

結婚なんか、なんでするんだろう。結婚なんか、バカのすることじゃん。

でもまあ、あたしはそれでも、ちはるさんの結婚式に行くけど。

あたしに声をかけてくれるなら、誘ってくれるなら、いまのあたしは行くよ。どこへでも行くよ。

「ほんとに？　ほんとに招待状送ってもいい？」

あたしは結婚式ってものに呼ばれたことがなかったから、単純に興味もあったし、二十五歳の普通の女の人生経験として、行っておいてもいいかなぁと思った。

ちはるさんは美容師らしく、おしゃれにしか興味がない感じで、いまのところ共通点は同い年ってことしか見当たらない。けど、友達の少なさを口実に知らない人がわらわらと集まったこの浅ましい飲み会のなかで、同い年という事実はなによりも固く、人と人を結びつける拠《よ》り所に思えた。

ちはるさんは身を乗り出し、

「お車代出すし、ご祝儀袋の中身は空でもいい！」

と両手を合わせる。

そのとき、ぐっとアップに近づいた彼女の瞳の奥に、内気で自分の見た目に自信の持てない、ダサくてピュアな女子中学生の姿が見えた気がして、もう断れなくなった。


結婚披露宴はこの世でもっともおぞましいもののひとつだった。

新幹線が停《と》まるだけが取り柄の地方の街の鄙《ひな》びたホテルの宴会場に、老いも若きもが入り乱れ、NHK紅白歌合戦みたいな超絶シュールなグルーヴが渦巻く。オリジナリティ皆無の紋切り型スピーチ、美容院の同僚一同によるマイケル・ジャクソン『スリラー』のゾンビダンスは中途半端な出来、蝶ネクタイを締めた半ズボンのクソガキがわーわーと走り回り、なにもかもが既視感に満ちて凡庸で、あたしを苛立《いらだ》たせた。この因習に満ちたくだらねえ儀式に耐えてはじめて一人前の大人として認められるのかと思うと、いますぐ筏《いかだ》を漕《こ》いでこの国を脱出したくなる。

でもそんなの、序章に過ぎなかった。

ひと通りの進行が終わって宴会タイムに突入すると、赤ら顔のおっさんがキリンラガービールの瓶片手に新婦友人席にお酌《しゃく》にやって来て、

「まあまあ、先越されたからってひがんどったらいかんよ」

とか言いだすので、最初、なんのことかわからなかった。

「はい?」あたしは真顔で訊き返す。

「まあまあどぉぞどぉぞ、飲んだってちょ」

お酌ジジイはテーブルを一周し、あたしのグラスにも勝手にビールを注ぎ、

「みなさん独身男性のテーブルはあっちだで、どんどんお酌しに行ったげてちょーでゃあよ」

上機嫌に言い残して去って行った。

デリカシーゼロの狼藉者《ろうぜきもの》の来襲に、女子たちの反応はさまざまだった。

ひたすら愛想笑いでジジイを感じよくいなす子。となりの女子とくすくす笑いで「行く?行く?」と突っつき合い、もじもじしてる子。我関せずで無表情を貫く子、無言でジジイをにらみつけてる高飛車な感じの美人。そしてあたしはというと、知らないお

っさんから突然見下した扱いをされたショックで、田舎から出てきたばかりのうぶな生娘のように固まってしまった。

　新婦友人席に座る若い女の子たちは、これ以降ことあるごとに、あらゆる人から、「友達に先を越されて焦ってる女」扱いされ、早く結婚したがっているていで話をふられ、積極的に新郎の友人席に出張して、お酌してまわることを勧められた。

「え……行く？」

「無理」

「うちらがお酌するのがマナーなの？」

「えー、別にしなくてよくない？」

「なんでそんなことしなきゃいけないの？」

「だよね、おかしいよね」

　初対面の女子たちは突如として連帯し、独身差別への抵抗を試みる。うちらはうちらだけで飲も～と結託する。ところがそこへ、しびれを切らした新郎サイドの男たちが、「どうもぉ～！　みなさん飲んでますかぁ～？」

　ビール瓶を持って威勢よく絡んでくると、彼らの体育会系ノリに一気に場がもっていかれ、テーブルにいる女子たちの態度はころっと変わった。

　自分たちを一瞥《いちべつ》していく彼らの目つきに、グランバザール初日の客みたいな血走った値踏みの色を感じながらも、女たちはドッグショーの犬みたいに背筋を伸ばして澄まし顔を作ったり、脊髄反射的に愛想をふりまいた。あたしは自分が、女として認識されても怖気立つし、女として見られなくてもそれはそれで傷つくたちだから、ただただ「消えたい……」と思いながら白いテーブルクロスをいじいじとさわる。そして事件は起こる。披露宴の終盤、ブーケプルズでのことだった。

「みなさん、あちらのひときわ華やかなテーブルをご覧ください！」

唐突に司会の女性がこちらに注目を促し、スポットライトがあたしたちのテーブルに当てられた。

「独身女性のみなさん。ついにこの時間が参りました。さあ、ぜひ前の方へ！　恥ずかしがらずに前の方へお越しになってください。ブーケプルズのお時間です！」

そうして未婚女性が高砂席《たかさごせき》の前に一列に並ばされ、ピンクのサテンリボンを一本ずつ持たされた。立ち上がった花嫁のブーケからのびるリボンが何本も、放射状に広がる。あたしを含めて十人ほどのドレスアップした二十代の女がずらり、扇子の骨みたいに整然と並んでいる姿は、華やかな見世物として場を沸かし、無情にもしばしの写真タイムがもうけられた。フラッシュの嵐に晒《さら》されながら、司会者の合図とともにリボンを引くと、そのうちたった一本だけがブーケに繋がっていて、それを引き当てた人が次の花嫁になれる、あとの女はハズレという、見せしめみたいな醜悪なイベントだった。スカを引いた女たちに向けて、どっと笑いが起きた。あたしが引いたリボンはもちろんスカで、ひらひらと床に、時間をかけて舞うように落ちた。

ふと、となりを見ると、蛯原友里《エビちゃん》みたいな美人が立っていて、彼女が手にしているリボンの先も、虚しく床に落ちていた。

「ははっ」

あたしたちは顔を見合わせて思わず無表情に笑った。そのあとだ。

独身女性としてのお勤めを終えてすごすご席に戻るとき、留袖の中年女性が、通り過ぎるあたしの鼓膜を狙ったとしか思えない位置取りとタイミングで、

「ざーんねーんでーしたぁー！」

なんともねちっこい大声を、いやにはしゃいだ調子で放ったのだった。

ものすごく楽しそうに優越感をみなぎらせて！

小学五年生の男子みたいなムカつく感じで！

腹の底から独身女性への蔑みをたたえて！

表情といい声の調子といい、あまりにもグロテスクだったので、一瞬、それが自分に向けられているものだとはにわかに信じられなかった。あたしは過去、ここまで人をバカにした扱いを受けたことはなかったから。

——あ、なるほど、そういうことだったんだ。

瞬時に、あたしはすべてを悟った。

女は結婚してないと、こんなにバカにされるんだってことを。あたしって世間じゃここまで下等な生き物だったってことを。こういう、どうってことのない普通のおばさんたちが、誰かの妻ってだけで、どんだけ調子こいていたのかを。そうじゃない人をバカにすることで、いじましく自分たちの自尊心を守っているんだってことを。

あたしはふと、中学とか高校のころを思い出した。

独身の先生と見れば、クラスのみんなはめっちゃバカにしてイジり倒してた。その先生が二十代だろうと四十代だろうと、男だろうと女だろうと。結婚してないなんておかしい、独身なんて怪しいと、集団でイジって、無邪気に笑ってた。自分がなにをしてるのかわからないままそんな行動をとっていた。独身の先生は笑っていいっていうコンセンサスだけはなぜか一致していて、先生への嘲笑を止める者はいなかった。みんな腹の底から笑ってたけど、あれは酷いことだったんだ。立派な差別だったんだ。そしてあのときの差別意識のおおもとがなんだったのか、いま、解き明かされたと思った。

――母親だったんだ。

あたしたちの母親が、独身のこと笑ってたんだ。

こんなにも笑ってたんだ。

自分がつかんだ平凡な幸せを、誰にも否定させないために。

あたしは留袖ではしゃぐ独身差別ババアを見ながら、無性に悲しい気持ちになっていた。男に傷つけられると怒りがわくけど、女に傷つけられると悲しくなる。この世はあたしが生きるには汚すぎる。

3、スターバックス、iPod、ジルスチュアート

「マジで全員死ねって感じ。なんなのあれ」

キメキメにドレスアップしたエビちゃんみたいな美人が、スタバで轟々《ごうごう》と吠《ほ》えた。

「筒井麗子《つついれいこ》」

いかにも高飛車そうな名を名乗った彼女は、当たり前のように座り心地のいいソファ側に腰かけ、腕を組み、脚を組み、間違えて虫でも食べてしまったみたいに眉間にしわを寄せ、口の端を歪ませた。

「わざわざこんな田舎まで来てご祝儀まで払って最悪な目に遭わされた！」

あたしは彼女の気迫に圧《お》され、自動的に太鼓持ちと化す。

「ほんとですよね！　あたしそもそも結婚式が人生初だったんですけど、あんな気色悪いことみんな本気でやってんすね。余興とか、公衆の面前で親に手紙読むとか、キッシ

ヨー。マジで頭どうかしてる」

「あたしも親戚じゃなくて友達の結婚式ははじめてだったから、いろいろ衝撃だったわ。いいメンズいないかなって期待してたのに、キモい男ばっかだった」

知らない街でもスタバの中は安定のシアトル感であたしたちをやさしく包む。喧騒《けんそう》にまぎれて、ふわふわした心地で。スタバで楽しくしていると、普通の女の子に上手に擬態できてる気がして、あたしはなんだか満たされる。いつもスタバの前を通り過ぎるとき、心の中で「阿呆《あほう》どもが」って毒づいてるけど、いまはこっち側の楽しさに身を任せて、俗っぽい楽しさに酔った。普段のあたしを知ってる人とだったら絶対に無理。知り合ったばかりの人と話すときは、過去の自分から解放されて、誰でもない自分でいられるからいい。サブカル用語が通じるかは期待薄だけど、少なくとも言葉の波長は合ってたし、おもしろい人だと思った。筒井麗子の方がだいぶ大人っぽく見えるけど、実は同い年だってこともわかった。

「あたし昔から老けてたからな」

「あたしはずっと子供っぽかった」

「たしかに、年下だと思ってしゃべってた、ごめんね」

と言いながら、彼女は二次会の余興のビンゴで当てたｉＰｏｄの箱を、猫を撫でるみたいなうやうやしい手つきでまさぐる。

「いいなぁ〜ｉＰｏｄ」

ｉＰｏｄは今世紀最初の偉大な発明だ。

あたしは重度の音楽依存症だから、ちょっと外へ出かけるにも、ＣＤウォークマンと愛聴盤をあれこれ収納している分厚いＣＤケースが手放せなかった。そのときどきの精神状態に合わせて、自分で自分に処方箋を出すみたいに、聴く音楽を選ぶ。ベル・アンド・セバスチャンで現実世界にシールドを張り、景気づけが必要なときはダフト・パンクでドーピング、感傷に浸りたいときはジェフ・バックリィの『ハレルヤ』に限る。あたしは、手をのばせばさわれる距離にあるｉＰｏｄをうっとり眺めた。

しかし筒井麗子は見るからに音楽に特別な愛情のない人物で、

「あの白いイヤホン、セレブ感あっていいなーって思ってたんだよね、ラッキー」

という、人格を疑ってしまうほど軽薄な発言をかましてくる。あたしがいちばん苦手で、心底軽蔑していたタイプの人種だけど、俗も極まれば聖になるってなもんで、中途半端にサブカルに通じてるバイト先の篠さんなんかより全然話せると思った。

「ねえ、ｉＰｏｄってどうやって使うの？」

「パソコンでＣＤを一枚一枚取り込んで、データをｉＰｏｄの中に入れるんだよ」

「ヤバ、なに言ってるかわかんない。それにあたしパソコン持ってないわ。なんだ、使えないいじゃん。いらね〜」

だったらくれよと思いながら、あたしは「見せて」と手を広げた。

はじめてさわったｉＰｏｄの外箱は、息をのむほど美しかった。ただの四角じゃない、キリリと冷えた天然氷のような緊張感を四隅にたたえている。宇宙から降ってきた完璧な無機物みたいに、神々しいほど一点の曇りもない、禅を感じる佇まいだ。現代にはアップル製品のパッケージにしか真の美はないなとため息を漏らしながら、「ありがと」と言って名残惜しく返す。

「でもさ、なんか変な式だったね。結婚式ってあんななの？」筒井麗子が言った。「ちはる、主役なのに脇役みたいだった」

「たしかに。緊張してるのかなって思ったけど、なんか居心地悪そうだったね。気配消してた」

「特に二次会ではね」

筒井麗子はしかつめらしく言い、あたしも激しくうなずいた。

流れで参加した二次会は、間違えて知らない学校の同窓会に紛れこんだみたいだった。会場へ移動すると道ばたに人だかりができてた。似合わないスーツ姿の男たち。教室の真ん中でデカい声でイキってるやつらをそのまま瞬間移動させたみたいに、内輪の盛り上がりを公道でダダ漏れさせてる。ある種の男子だけが持つ、見事なまでの場の支配力には既視感があった。ナチュラルにあっちが主役で、こっちを脇役にしてくる感じも、また懐かしや。

はじまってすぐ会場に流された新郎新婦の紹介VTRも、やっぱりあっちが主役でこっちが脇役だった。新郎は新婦より四つ年上で、この町は彼の地元。東京で長年、美容師の修業をし、トップスタイリストとして活躍していたが、このほど結婚して身を固め、地元で店を構える決意をしたという。そのテロップが出るや、パーティー会場のあちこちから歓迎の意をふくんだ指笛が鳴った。

一方、あたしが〈友達少ない〉コミュで知り合った新婦ちはるさんの紹介映像は、いささか受けが悪かった。東京のはずれに生まれ育ち、美容学校を卒業してすぐに就職。その店で彼女がアシスタントについたのが、当時すでにスタイリストとしてハサミを握っていた新郎でしたという出会いが、本人出演の再現ドラマ仕立てになっている。小中高、美容学校、美容院の三パートでざっくり構成されたその人生は、新郎より人生が四年短い分、尺も短い。なにより、わかりやすく美人系ではない女性が花嫁である場合、こんなふうに全員が褒めどころに困った空気になるのかと、わが身を顧みて肝が冷える思いだった。あたしは今後、万が一、自分が結婚することになっても、絶対に結婚式も披露宴も二次会もしないと心に誓う。

ちはるさん、おしゃれでかわいいけどな。いまどきな感じで。あれ以上は望めないレベルで、彼女は彼女のベストに到達してた。

もちろんそんなこと多くは語らなかったけど、その磨き抜かれた外見からは、彼女がこれまで歩んできた苦難の道のりがにじみ出ているようだった。容姿にコンプレックスを抱えた少女が、美容師という、人を素敵に変身させるプロになって、自分自身にも魔法をかけたんだろうことは、想像に難くなかった。いっぱい悩んで、いっぱい落ち込んで、いっぱい笑えるようになったんだろうなと思った。

だけどそんな女の子の歴史も、結婚式という場ではさらりと隠蔽されてしまう。なかったことにされてしまう。笑顔にピースサインの写真だけが正史とされ、複雑な人間性も、『新婚さんいらっしゃい!』みたいに同じフォーマットに嵌《は》められていく。ちはるさんが自分自身にかけた魔法は、花嫁さんの皮をかぶせられた瞬間に、呆気なく解けてしまったようだった。

新郎の友人の誰かが新婦のVTRのとき、クスッ「個性……(笑)」とつぶやいた。かつて教室で無神経に女子を傷つけていた男子は、なにも成長しないままおっさんになって、こうやって世間を汚しまくっているんだなぁ。あたしは男子という生き物にほとほと幻滅する。

ビンゴ大会も、一等の景品がプレイステーション・ポータブルなんて、あきらかに新郎側の友人を喜ばせるために仕込まれてる感じがした。ビンゴマシーンがまわされ、数字が読み上げられ、あちこちから「ビンゴォ！」「キタァァァービンゴォー！」と体育会系ノリの威勢のいい声があがる。彼らが盛り上がるにつれて、こっちの肩身はどんどん狭くなった。

「やば、ビンゴだ」

となりに座った筒井麗子がつぶやき、

「ハイハイハイ！　美人がビンゴでぇーす！」

お調子者がすかさず彼女を壇上にあげた。

人目を引く筒井麗子がしゃなりしゃなりと前に出ると、男たちはゴクリと唾を飲んで彼女の一挙手一投足を舐めるように見つめた。たとえ自分に向けられたものでなくとも、性的な空気に敏感なあたしは、彼らの露骨な視線の熱量だけで具合が悪くなりそうだった。あんなふうに公衆の面前に晒されるのが嫌すぎて、あたしは自分のビンゴカードにリーチがかかってもいっさい無視してゲームを放棄した。

ｉＰｏｄを引き当てた筒井麗子は席に戻ってくると、

「あー居心地ワル」

ぼそりと吐き捨てて、「終わったら二人でふけない？」とあたしに小声で言った。

ふける、という言葉を聞いたのが久々すぎて、最初なに言ってるのかわからなかった。

三次会の誘いをふりきり、あたしと筒井麗子は新幹線の終電までちょっとお茶しようとスタバに入り、呪詛《じゅそ》の言葉を吐きつづけた。

「ちはる、こんな縁もゆかりもないところによく住めるな」筒井麗子が言った。

「よく考えたらすごいことだよね。名前も変わって、知り合ってたった数年の人と知らない街に住むなんて。それってすっごい、人生の大冒険」

あたしは生まれてはじめて結婚をリアルに考え、そのとんでもなく乱暴なシステムに呆然となってる。

「冒険っていうか、ほとんど賭けじゃん。宝くじじゃん」

「賭けって、人生を決めるときにいちばんしちゃダメなやつでは?」

あたしの問いかけに筒井麗子は、

「でもまあ、賭けに出たくなる気持ちはわかるなー」と言う。「だって結婚したらさぁ、とりあえずもうバイトしなくていいんだし」

「あ、筒井さんもフリーター?」

「うん。ルミネのアクセサリーショップで働いてる」

「へー、似合いそう」

「そっちは?」

「レンタルビデオショップ」

「あ、なるほど。そっちも似合いそう」

バイト辞めたいよね〜という話でひとしきり盛り上がる。あたしが実は父親からいまだに仕送りをもらっていると打ち明けると、筒井麗子は、実は元カレのアパートに転がり込んで居候しているのだと告白した。

「なんだ、どっちも生活の基盤は男頼りか」

筒井麗子はさっぱりと自嘲する。

「でも、自活なんてどう考えても無理だよね。バイトの給料じゃ。あーあ、正社員になるのと、結婚するの、どっちが難しいんだろ」

「その二つを天秤《てんびん》にかけるか？」あたしは鋭くつっこんだつもりでいたが、

「かけるでしょ。同じでしょ」断言されてしまう。

「だっていまあたしは、元カレのアパートに居候してて、家賃は払わない代わりに家のこと全部やってるのね。ごはん作ったりフライパン洗ったり、パンツも洗濯するし、掃除もやるし。朝起こしてあげたりもして。別れてはいるんだけど、たまにエッチもするし。それってさあ、やってることはほとんど主婦と変わらないじゃん。だけど結婚はしてないから、すごく弱い立場なわけ。元カレの顔色うかがって、追い出されないようにヒヤヒヤしながら生きてるの。でも結婚さえしてれば、さっき結婚式ではしゃいでたクソババアみたいにふんぞり返っていられる。そういうことでしょ？」

「そういうことかなぁ？」

「そういうことだよ。やってることはほぼ同じなのに、結婚してて主婦っていう肩書きさえあればちゃんとした女で、あたしは居候でしょ？　生活の中身は変わんないのに、独身ってだけであんなふうにバカにされてさ」

「筒井さんは元カレとよりを戻したいの？」

「いや全然。もう好きじゃないし」

「じゃあいいじゃん」

「なんでよ〜」

「だって好きでもない人と結婚してたら、いまより悲惨じゃない？」

「そうなる？」

「なるなる」

死ぬほど甘いホワイトモカでのどを潤し、

「結婚なんてリアルに考えたことなかったけどな。うちら、もうそんな歳なんだね」

あたしは遠くを見た。

結婚かぁ。そこにたどり着くのは、いつのことだろう。ていうかそれって、絶対マストなことなんだろうか。あたしはただぼんやりと、好きなことをして生きていきたいとか、好きなことを仕事にしたいとか、素敵な感じになりたいとか、そういうあてのない欲望しか抱いたことがなかった。結婚なんてまともに考えたこともなかった。あたしが結婚してもいいと思えるのは、北島くらいだ。北島と結婚して、女ふたりで生きていいっていうなら、まあ、してもいいかな、結婚。

するとと筒井麗子も、「あたしも考えたことなかったわ、結婚。ていうかこの歳で結婚って、ちょっと物足りなくない？」と言った。

「物足りないとは？」

「だって結婚するって、青春が終わるってことでしょ？　あたしまだ全然遊び足りないっていうか、気が済んでないっていうか。そりゃあヤンキーみたいに中学のときから遊び散らかして、高校にも行かず男と同棲とかしてたら、二十歳になるころにはやり切った感あるんだろうし、あとはもう結婚して子供でも産むかっていうモードになるかもしれないけど」

筒井麗子は口を尖らせる。

「ああ、たしかに」

「あたしはまだだなぁ～。人生にまだ、なにかすごいドラマが起こることを期待しちゃう。ビッグウェーブ待っちゃう」

「……うん、そうだね。あたしも。人生に期待してる」

「でも、結婚してるかしてないかで、人としての立場っていうか、社会的信用が違ってくるのは、なんかすごいムカつく。そんで、そっちの安定をとる人の、守りに入ってる感じもなんかやだ」

「あれ、さっき結婚は賭けって言ってなかった？」

あたしの指摘を無視して、筒井麗子は肩をポキポキ鳴らしながら、すれっからしみたいな言い草でこうつづける。

「まあ、人生にこれっていう目的がないと、結婚するしかなくなるのかもね」

「あの二人はこれから美容院を開店させるんでしょ？　目的あるじゃん」

「うーん……そういうんじゃなくて……」筒井麗子は眉根を寄せる。

あたしは、「わかったわかった。とにかくなんか、気に食わないんだね。わかるよ」と慰め、「そういえば筒井さんは、新婦とはどういうご関係で？」とたずねた。

「高校時代に同じクラスだったの」

「へぇ～」前にちはるさんが、いまさら昔の友達に声かけるのもなーと気に病んでいたのを思い出す。それがこのひとだったと知り、たしかに、とあたしは納得した。ちはるさんは筒井麗子に、ずっと気後れしていたことだろう。

「一応親友だった」と筒井麗子は言った。

「そこ過去形なんだ？」

筒井麗子はきっぱりとうなずく。

「いまも親友ってことはないかな。結婚式に呼んでくれたってことは、向こうはいまも、あたしのこと友達だと思ってくれてるのかもしれないけど。元親友で、いまは昔の友達って感じかな。ねえ、高田さんはさぁ、高校のときの友達のこと、いまも友達だと思ってる？」

「え？　どうだろ。高校ねえ」

「卒業して環境変わると、ほんと縁って切れるじゃん。エスカレーター式の私立に行ったような子はさ、よくも悪くも世界狭くて、ほとんど変わらないメンツでつるみつづけるらしいけど。あたしみたいに公立行ったりしてるとさぁ、卒業後はほとんどバラバラだから。たまに集まってもお互い探り入れるみたいな近況報告するだけで、ちはるとも全然連絡とってなかった。はっきり言って、ほとんどちはるの存在忘れかけてたころに、いきなり招待状が来たんだよね。それって友達なのかなぁ？　数合わせに声かけただけなんじゃないかなぁ。あたし正直もう、ちはるのこと全然わかんないんだよね。なんであんなキモい男を結婚相手に選んだのかも、もう訊けないし。本当にこんな微妙な田舎に一生住んでいいと思ってんのかなぁ。それってちはるの本心なのかなぁ。そんなこと考えたりもして、祝うに祝えないっつーか」

筒井麗子は一気呵成《いっきかせい》に本音をぶちまけ、

「そういえば高田さんて、ちはるとはなに友達？」

あたしに話をふった。

あたしはちはるさんとの出会いを正直に話した。〈友達少ない〉コミュのこと、オフ会で知り合ったこと、実はほんの一、二回しか会ってないこと。

「ちはるさん、最初から結婚式に招待する人を見繕うために、あのオフ会に来てたのかも。明らかに新郎側の友達が多かったしね。人数のバランスとるためにかなり苦労してるっぽかった。美容師には美容師の友達しかできないって。でもそれって同僚だし。お客さんとも友達みたいにしゃべるけど、お客さんはお客さんだし、みたいなことも言ってた」

すると筒井麗子が突然、上下のまつ毛にたっぷりマスカラを塗って、浜崎あゆみみたいになってる目から、ぼろぼろぼろぼろ、涙をこぼした。

「………え!?」

あたしが呆気にとられていると、筒井麗子は動じることなく、トートバッグからお化粧ポーチを取り出した。ジルスチュアートの、お姫様願望の結晶みたいなキラキラしたコンパクトを開いて鏡をのぞき、鼻をすすりながらこう言った。

「なにそれ、ちはる、めっちゃさびしかったんじゃん。やりたいこと見つけて、結婚相手も見つけて、順調に生きてんのかと思ったら、めっちゃさびしいんじゃん。はーあ、なんだよ、うちらみんな超さびしいんじゃん。さびしいのになにやってんだよ。バカじゃないの……」

彼女は目頭にたまった涙をティッシュペーパーでぎゅっと押さえた。涙はあとからあとから沁みだしてくるみたいだった。ようやく落ち着くと、筒井麗子は下まぶたにファンデーションをうすく塗り足した。ついでにリップグロスも塗った。マスカラも塗った。左右の鼻をかみ、それからもう一度コンパクトを開いて鏡をのぞきこむと、小鼻のまわりのよれを指先でなじませ、あたしに向き直って言った。

「どう？　変じゃない？」

4、ウィノナ・フォーエバー

ポリカーボネート製の安っぽいキャリーケースが一つと、そこに入り切らなかった服や靴を投げ入れたショッパーを提げて立っている筒井麗子を見て、ああ、あたしたち、もう〝家出娘〟って歳じゃないんだなってしみじみ思った。

見た目だけはたしかに二十五歳、もしくはそれ以上。大人びてるし、落ち着いてる。けど、住むところもなくて人生あやふやで、人間として実際のレベルはやっと十九歳ってところだ。十九歳だったらまだ格好がついたのに。十九歳だったらよかったのに。

あたしは「ようこそ」とぎこちなく笑い、昨日せっせと掃除しておいた部屋に、どうぞどうぞと招き入れた。

「ほんとに広いんだね。これなんて間取り？」

「2DK」

「へぇー。うわ、景色やば。となり空き地？」

「うん。向かいは田んぼ」

「やば」筒井麗子は窓の外を眺めて言った。

「うちの実家があったあたりもだいぶ田舎だったけど、こんな景色はもうなかったな。まわりぜんぶ新興住宅地で」

褒めてるのか貶《けな》してるのかわからない言い方だけど、とにかく緑の多さに感動している。北島もそうだった。北島は地方の出身だけど、田んぼや畑とは無縁の街なかで育ったから、農作業にやって来るおじさんの仕事ぶりを、ベランダからめずらしそうに眺めてた。

「実家があったって、過去形なの？　もうないってこと？」と訊くと、

「うん。もう実家ない。うちの親、いまさら離婚してさぁ」

筒井麗子は軽い調子で言う。

「離婚したら実家ってなくなるの？」

「なくなるでしょ」

そんなの当たり前じゃんと彼女は笑うけど、ピンとこない話だった。実家なんて、絶対なくならないものの象徴みたいなものだから。

あたしが上京してからの数年で、地元の景色はずいぶん変わった。よく行ってた本屋さんが壊されてマンションになったり、CDショップだったテナントがリサイクルショップになったり。でも、街がどんなに変わっても、実家は変わらない。リビングの家具の位置はおろか、玄関脇のアロエも、毎年同じ壁の同じ位置にもらい物のカレンダーが掛かるのも。時間が止まったみたいにそのままで、テレビだけがどんどん薄くデカくなっていく。それほど盤石な実家の景色も、親の結婚が現在進行形で成立しているから保たれているものなんだと思うと、不思議な感じがした。結婚ってなんなんだ。

「でもあたし、ちはるの結婚式行ってほんとよかったぁー」

筒井麗子は、かつて北島の定位置だったひとりがけのソファに座って、晴れ晴れと言った。北島がｕｎｉｃｏで買って、置いてったやつ。

二次会のあとスタバでだべってから、帰りの新幹線に乗ってあれこれ話すうちに、もしかしてあたしたち、一緒に住めばいいんじゃない？　ってことになった。ルームメイトに去られてしまったあたしと、元カレのアパートに居候中で住所不定の筒井麗子。これは利害関係の完璧な一致だと盛り上がって、一週間と経たずに彼女が引っ越してきた。

「え、この部屋ぜんぶ使っていいの？　マジ？　うっれし」

襖《ふすま》で仕切られた四畳半を見て、筒井麗子は声をあげた。

居候していた元カレのアパートはワンルームだったそう。

「元カレ、部屋にいるあいだずーっとゲームしてるんだよね。それがほんときつくて。プライバシーがほしくなるとユニットバスのバスタブの中に隠れてた」

それを聞いて、けっこう悲惨な暮らしだったんだなと思ったけど、筒井麗子はケロッとしたもんだ。人の家に転がり込むのに慣れているのか、

「個室サイコー」

堂々たる態度でくつろぎだした。一方あたしは、大学で北島と出会ってからというもの、北島以外の人間と新しくつきあうこと自体久しぶりだから、距離感がいまいちつかめずぎこちない。

「え、この布団使っていいの？　やった！　超うれしい」

彼女は畳んである布団一式を抱きしめるみたいに、天真爛漫《てんしんらんまん》にもたれかかった。

それも、北島が使っていた布団だった。北島が大学時代にはじめて一人暮らしするとき、実家から持ってきたというダサい花柄の、通販で買ったみたいな毛布と布団のセット。あと、三段のカラーボックスも北島が置いていったやつだ。

「その棚も使っていいよ」

そこにはかつて、北島の魂が収められていた。北島を北島たらしめる、本やCDや、好きな映画を録画したVHS、それから雑誌。そのセレクトは、北島そのものを表す。いわばこのカラーボックスは三方《さんぼう》だ。正月に鏡餅をのせる白木の台だ。

そんな霊験《れいげん》あらたかなカラーボックスに、筒井麗子はキャリーケースの中身を次々並べはじめた。カラーボックスを横に倒して、女子高生が休み時間に机で使うような卓上ミラーを真ん中に立て、両サイドに化粧水のボトルや香水、ヘアアイロン、ヘアブラシ、メイク道具の入ったポーチを並べた。その所作は、さながら巫女《みこ》が神への儀式を執り行う準備のような厳《おごそ》かさ。洋服はマスごとに、ボトムス、トップス、下着類を区分けし、三枚ぽっちのワンピースは持参のハンガーで長押《なげし》に吊《つ》るした。最後に空になったキャリーケースを四畳半の〝半〟の部分にあたる板の間の隅へ寄せると、

「これ、敷金だと思ってとっといて」

ビンゴで当てたあのｉＰｏｄを差し出した。

「ありがと。欲しかったんだ」

「それバレバレだったから」

筒井麗子がニヤリと笑う。

北島が地元に帰って半年。

寂寞感《せきばくかん》に満ちたつらく厳しい一人ぼっちの日々は、こんなふうにして終わった。

筒井麗子は案の定、なんていうか、中身が空っぽだった。趣味らしきものはとくになくて、部屋にいるときは携帯をいじってるかテレビをザッピングしてるかで、ドラマを見ても感想らしいことも言わず、本当にただ見ているだけだった。

かつて北島とテレビを見るときは、腕組みしながら辛口の批評に明け暮れたものだ。お笑い芸人たちを上から批評し、小器用な女性タレントの自意識を意地悪く指摘し、テレビドラマの完成度の低さに絶望して、クドカンだけを愛した。放送がはじまった『タイガー&ドラゴン』を夢中で見るあたしのとなりで、筒井麗子は「長瀬智也好き～」と言いながらも、回を追うごとに興味をなくしていった。そして同じクールに放送されていた『曲がり角の彼女』という、稲森いずみと釈由美子が出てるつまんなそうなドラマを、つまんなそうに見てた。

食に対してもこだわりはなかった。あたしが遅番から帰るとシンクには、たこ焼きのトレイや値引きシールのついたデパ地下の弁当の殻が放置されていたりする。あたしも料理は嫌いだけど、ここまで潔く自炊を放棄され、不健康な食生活をされると怖くなってきて、たまにカレーやチャーハンを作ると、「一緒に食べる？」と声をかけた。

「料理しないの？」

「しないわけじゃないよ。けっこう上手い方だと思う」

実際、元カレの部屋に居候していたときは〝飯炊きババア状態〟だったそうだ。そして、「料理って面倒くさい」という結論に達したと言う。しなくて済むなら、しない主義だと。思わず、お前もうちょっと丁寧に生きろよ！　と説教したくなるような居直り方だ。

でもそんな雑な食生活を感じさせないほど、筒井麗子はいつも小綺麗な格好をしている。といってもファッションを愛しているとかではなく、家の外に出るときだけ、いまどきな感じの、おしゃれに気を配っているきれいな若い女の容貌に変身するのだった。常に今売ってる、今おしゃれな、今のシルエットの服を着ていて、ある日を境にそれが別の服にすげ替わった。その服が〝今〟じゃなくなったら、売ってるのか捨ててるのか、とにかく別の、新しい、今の服になった。

今の服っていうのは、そこはかとなくエビちゃんぽいってこと。新世紀が幕を開けて五年。国民の制服と化したユニクロと、ゼロ年代の手応えのなさのなかで、いつの間にかどんな女もエビちゃんを目指してる。

だけどあたしはここへきて、誰を目指せばいいか、どんどんわからなくなっていた。ウィノナ・ライダーは万引きで捕まった。ジュリエット・ルイスは変なパンクバンドを率いるようになった。ユマ・サーマンすら旦那に浮気されて離婚した。憧れていた無敵の女の子たちは、もう道しるべにはなってくれない。あたしはこんがらがったプライドから、エビちゃんになることを拒んだり、心の底ではなりたがったり、せめぎ合いをくり返した。結果、珍妙で独特な、合コンに行けば下等生物扱いされること間違いなしの、中途半端に個性的な人になってしまっているのだった。こじれにこじれた自意識でがんじがらめになったあたしからすると、なんのこだわりもなく流行に適応している筒井麗子は、むしろ新しかった。

あたしや北島みたいな人間にとっては、ヘッドホンで鳴る好きな音楽は、心を守るお経みたいなもので、部屋の壁に貼った好きな映画のポスターやポストカードは魔除けのお札。それだけじゃだめで、時折りカンフル剤として、テンションのあがる本や雑貨を買うことで、なんとかぎりぎり精神の平静を保っていられた。あたしたちがこの世界で正気を保って生きるには、日々文化的消費に励まねばならず、金がかかった。

それに比べると筒井麗子の暮らしぶりは、僧侶が精進料理を食べるときに使う朱塗りの、全部きれいにスタッキングできる器のように、禁欲的でコンパクトだ。持ち物の少なさは生き方のシンプルさに通ずる。彼女は人生に深い悩みも、これといった不満もなさそうで、淡々として、満たされているようにさえ見えた。あたしの趣味の領域に対して、興味もないかわりに、侵略してくることもない。小さな差異をはやし立てたりもせず、まるで見えていないかのように無だった。自分の小さなこだわりがバカらしくなってくるほどに。その無頓着な態度は、あたしが北島と密室で煮詰めつづけ、いまだ囚《とら》われている青春に、静かに引導を渡してくれるみたいだった。少なくともあたしはそのように解釈した。

もういいんじゃない？

そろそろ、終わりにしてもいいんじゃない？

もう九〇年代じゃないんだよ。

時代も変わったし、北島も変わった。

高田歩美、あなただってもう、変わっていいころなんじゃない？

言われなくてもあたしは、すでにそっちに転びかけてる。

正直、もう新しい音楽には心を動かされない。新しいものは、もうそんなに欲しくない。次から次に現れる、前髪で目を隠した繊細な天才少年たちのかき鳴らす痛々しい音楽を、最後まで聴きとおすことすらできない。音楽には真実があるって信じてたけど、もしかしてあたしが、音楽産業のこのマーケットから、外れつつあるだけのこと？

ラックに詰まったＣＤを一枚一枚ノートパソコンに入れてデータを取り込み、ｉＰｏｄに同期させる。何日もかけてその作業を終えると、筒井麗子は言った。

「そのＣＤ、あとどうすんの？　邪魔じゃない？　売っちゃう？」

「ハッ!?　売らないよ！」

あたしはムッとした。

けど部屋の一角を占めるCDラックからは確実に負のバイブスが出ていて、一度「売る」という選択肢を提示されると、それもアリかなという気がしてきた。百歩譲って実家に送るとか。実家に送るってことはつまり、完全にいらないものってことだけど。

気が合うとか合わないとかじゃなくて、筒井麗子と一緒にいるのはすごく楽だった。

「あー彼氏ほしー」と筒井麗子。

「どんな人がいいの？ 好みってある？」とあたし。

「んーわかんない。結婚できそうな男なら誰でもいいんだけどな。まあ、そうなると年上か」

「年上……想像つかないな」

「年上いいよ。楽だよ。おごってくれるし、こっちが若いってだけでちやほやしてくれるし」

「そうなんだ」

「うん。でもさぁ、年上ってなんかこう、すごく、汚い感じがするんだよね」

「それなんかわかるな」とあたしは言った。年上とつきあったことないけど。ていうか、まだ誰とも、ちゃんとつきあったことないけど。

「なんだろうね、なんでだか、汚い感じがするんだ」

「年下の若い女とつきあってる時点で人間として下劣だからじゃない？」

「ああ、そうかもね」

こういうゲスい会話、北島とはできなかった。北島は高潔な存在だったから、あたしのなかで。それにあのころはあたしも、もっと人生をシリアスに受け止めてたから。

5、クラスでいちばん可愛い女子の病理

筒井麗子とルームシェアして一ヶ月ほど経ったころ、こんなことがあった。

「そういえばここって、前に誰が住んでたの？」

彼女の質問があまりに唐突だったから、あたしは心の準備ができてなくて、スムーズに北島の名を口にすることができなかった。挙動不審にあわあわして、頬がカァーッとなり、「えーっと、北島っていう人」と視線を外してこたえるのが精一杯だった。

筒井麗子はあたしの狼狽ぶりにきょとんとしながら、

「ふぅ～ん」

そう言ったきり、以来、なんだかよそよそしい。

早番の日は一緒に駅まで行ってたのに、バス一本すら待ってもくれなくなった。夕飯

を作ったついでに「食べる？」と声をかけると、これまで断ったことなんてなかったのに「ううん、いい」と襖を閉めて四畳半に引っ込んだ。突然の、露骨な拒絶だ。

こういうことは北島とのあいだにもあった。むしろ、北島とのルームシェア時代、後半はずっとこんな感じだった。ぎくしゃくして、どちらも本音を話さなくなり、小さなことで傷つけあった。

「あのぅ、なんかいきなり態度おかしくなってません？」

筒井麗子に正面きって話し合いを求めるのは、北島に同じことを言うより、はるかに簡単だった。パジャマ姿の筒井麗子は、肩にかけたバスタオルで濡れた髪の水分をとんとん押さえながら、

「……別に？　自覚ないけど？」

しらばっくれた。

「いやいやいやいや、絶対なんかおかしいでしょ」今度はちゃんと食い下がる。

北島もこんなふうにしらばっくれて、心を閉ざしたまま、この部屋を去って行った。「なんかおかしい、どうしたの？　あたしなにか気に障ることした？」と訊いても、北島は、「ううん、別に。普通だよ？」としか言わなかった。あたしも「そっか」と言って流した。

北島と本音で話せたのは、あのころは、人と衝突するのが怖くてしょうがなかった。実家に戻った北島が、落ち

着いて、ようやく自分を取り戻せたころ、電話をくれた。三時間か四時間、話し込んだ。

あたしは筒井麗子に、ちょっと冗談めかして、こっちから心を差し出すように言う。

「あきらかに心閉じてるじゃん。北島のこと話した日から。別にルームシェアしてるからってべたべた仲良くする必要はないけど、そんな態度でいられるとやりづらい」

あのとき北島にこう言えてたらなぁと思うような言葉で、筒井麗子を問いただす。

「なんでか言ってよ。なにが気に障ったの？」

「別に気に障ったってわけじゃないんだけど。高田さんに、同棲するような彼氏がいたってことが、なんかあたし、地味にショックだったっていうか」

「はい？」

それは思いもよらない回答だった。

「高田さんにもそういう男がいたんだと思うと、高田さんのこと、なんか女として油断できないじゃんって思っちゃったっていうか。気を許せなくなったっていうか……」

ていうかていうかと歯切れの悪い日本語をぶつぶつぶやきながら、筒井麗子は手のひらに洗い流さないトリートメントを広げ、気怠《けだる》げな手つきで長い髪に揉み込み、

「そういうの、態度ににじみ出ちゃったみたい。ごめんね」と言った。

あたしは首をかしげた。

「もしかして筒井さん、北島のこと、男だと思ってる？」

「え?」

「北島は女だよ」

「女……?」

筒井麗子は自分のなかの思い込みを書き換えるように、「女なの?」とくり返す。

「うん。そう、女。友達。あたしの親友。ここでルームシェアしてた相手」

あたしは押し入れからクッキー缶を出して、「ほら!」とひっくり返してみせた。中からはどっさり、北島の写真。大量の、北島のスナップ写真をあらためて見て、あたしははっとした。たしかにこれはもう、完全につきあってたんだな、あたしたち。

大学時代、あたしたちはたくさん写真を撮った。まだデジカメを持ってなくて、鞄にはいつも写ルンですが入ってた。街にはスピード現像ののぼりを立ててたプレハブ小屋みたいな写真屋さんがいくつもあって、フィルムを現像に出すのは日常的な行為だった。あたしはチェキも持ってたし、北島はポラロイドカメラを持ってた。ロモの、おもちゃみたいなフィルムカメラもいろいろ持ってた。ロモで写すと、現在が一気に三十年前みたいな郷愁を帯びる。そうするとあたしたちの友情が、時間によって精製された、純度の高いものみたいに見える。なんでもない日常が、ドラマチックなものに加工されるみたいでわくわくした。

そのうちカメラ付き携帯電話が普及したし、コンパクトデジカメを買ってからは、いちいち現像することもなくなった。だからこのクッキー缶には、北島とこの部屋に住んでいたときの写真は、ほとんど入ってなかった。まるで北島とルームシェアしてたこと自体、なかったことなのかもしれないと錯覚するほど、それを立証する写真は見つからなかった。

悔しい。北島とここで暮らした時間は、ちゃんとあったんだってことを証明したい。写真がないから代わりに言葉でぶちまけた。

「これが北島。あたしの友達。友達っていうか親友。大学時代からずっと一緒だったの。彼氏じゃないけど、彼氏にはなれないけど、彼氏になれたらよかった。だってそしたら、結婚して、一生一緒にいられるわけじゃん。男と女ならそういうことができるけど、うちらはただの友達だから、恋人ですらないから、なににもなれなかった。どれだけ仲が良くても。一緒には生きていけなかった。もう地元に帰りたいっていう北島に、ついていくわけにはいかなかった」

だからあたし、ひとりになっちゃったんだ。

北島の写真を手にとってしげしげ見ながら、筒井麗子は、

「えっと、ごめん、それは、つきあってたってこと？　同性愛的な意味合いで？」とたずねた。

あたしは首をふる。

筒井麗子はまだ腑《ふ》に落ちない様子。

「え？　違うの？　なんだ、レズビアンってことかと思った。なにが違うの？」

「なにがって……」あたしは途方に暮れる。

「そういう性的なやつじゃないし、別にセックスとかしないけど……あたしは北島のことめちゃくちゃ好きだったし、一緒にいたいって思ってた。ずっと関係が変わらなければいいのにって思ってた。それってそんなに変なことかなぁ？」

「……わかんない。あたし女友達と、そういうテンションでつきあったことないから。どちらかというと女子には嫌われてきたし」

筒井麗子がついでみたいにぽろっとこぼした言葉に、

「だろうね！」

あたしはいつになく強い語気で言った。

「あんな態度をいきなりとってくる人に、女友達なんてできないでしょ」

筒井麗子はカチンときたのか、

「いるし！　女友達くらいいるし！」

と対抗してくる。けど、その勢いはすぐにしぼんだ。

「女友達はいる……けど、わいわいやって過ごすその場しのぎの仲間って感じで、別に特別じゃない。同じクラスになった子でグループになったり、バイト先の人とかともそれなりに仲良くなるし、いつもちゃんと友達はいたよ。いたけど、それだけのことだよ。卒業したり、バイト辞めたりしたら、それでおしまい。女友達なんてそういう呆気ないもんでしょ。ほら、その北島って子とも、結局はフェードアウトしたわけでしょ？」

そう言われてしまうと二の句が継げなくなった。北島との友情は、もうほとんど、終わったも同然。あたしは、二人でいるときの楽しさが忘れられなくて、後遺症と闘ってるけど、北島はもうとっくに切り替えてる。

言われっぱなしは悔しいけど、売り言葉に買い言葉をつづけてもしょうがない。あたしと北島にしかわからないことだ。他の人には、わかってもらわなくていい。

「とにかくあたしにとっては、前にここに住んでた北島は、特別だった。単なる友情って言われたらそうなんだけど、すごく、すごく、特別だったの」

神妙な無音の数秒のあと筒井麗子は、

「あたしも、変な絡み方しちゃってごめん」素直にあやまってきた。

「なんか勘違いして、すごい感じ悪かったよね。それはほんと、ごめん。あたしって昔からそういうとこあるから」

「そういうとこ？」

まじめな顔で一つうなずくと、猛烈な勢いで自分語りをはじめた。

「小学生のころからそうなんだよね、競争相手に敏感っていうか、クラスに顔の可愛い子がいたら無性にそわそわして、ライバル意識もったし、意地悪もしちゃったし。ほら、二学期くらいになると顔じゃなくてキャラで目立ってくる子もいるでしょ？　そういう子にもイライラしたな。それまで普通に仲良くしてても、突然、この子も男子から女として見られてるんだって思うと、気が許せなくなるの。この子、男子にモテるんじゃない？　って思った途端、態度に出ちゃうの。だから高田さんのことも最初は、全然男っ気ないから気ぃ許してたけど、でも男と同棲するくらいには恋愛経験とかあるんだと思ったら、なんかいきなり意識して、バリア張っちゃった。ごめんね」

「それは、恋愛至上主義ってこと？」とたずねる。筒井麗子はすかさず、

思ってもみない内容だったんで、あたしはなんて言っていいかわからず、

「そうじゃない人なんているの？」と訊き返した。

たしかに。たしかにそうかもしれない。あたしは違うけど。

「でも筒井さん、そんだけ美人なんだし、あたしみたいなサブカル女にまでカリカリする必要なくない？」自虐のつもりで言ったら思いきりスルーされ、

「いや、あたしってほら、ぶっちゃけ高嶺の花タイプでしょ？」

筒井麗子は悩みを告白しだした。

「高嶺の花って、実はあんまりモテないんだよね。怖がられてるから、基本待ってても来ないし。あたしに積極的に声かけてくる男はみんな、度胸試しに来てる感じ。あんな

女に自分から行けるなんてオレ勇気あるだろ、みたいなノリっていうか。まともな男は、自分からは来ないいんだよね。で、仕方なくこっちから行くでしょ？　アプローチしやすいようにハードル下げて。でもどんな男もつきあってみたら結局は同じで、調子に乗るだけなんだよ。浮気するし、大事にしてくれない。男って結局、高嶺の花なんかじゃなくて、もっと手頃な、適度に可愛い女が好きなんだよね。身長も低くて、無意味ににこにこしてる、なんでも言うこと聞きそうなのがいいんだよ。わかる？」

あたしの脳裏に、レンタルビデオショップの同僚、篠さんがよぎる。

敵が決まれば味方が決まる方式で、篠さんのことをわーっと話し、「なにその女ムカつくぅ〜」みたいに盛り上がれば、筒井麗子とのこの対話はそれなりの着地をして、あたしたちの距離は二センチくらい縮まっただろう。けど、そんな話をしてもしょうがない。むしろそんなレベルの会話ならしない方がマシ。あたしはもうそんなところにはいない。

「わかるよ、わかるけど、言ってることはわかるし、気持ちもわからなくはないけど、でもだからって男がちらついた瞬間に、あたしのことあそこまで遠ざけてトゲトゲするってなに？　それは、なに？」

「なにって……なんだろ、自己防衛本能？」

「本能？　本能なの？　恋愛のライバルになりそうな女を片っ端から敵視することが？

でもそれ、そんな本能あったら、あなた生きるのめちゃくちゃ大変じゃない？　それ、どうするの？　どうやって生きていくの？　どうしたら幸せになれるの？　全世界の男が筒井さんのこと愛してるって言ったら幸せになれるの？　世界一の美女に選ばれたら幸せになれるの？　お金持ちと結婚したら幸せになれるの？　でもそしたら、結婚相手のまわりにいる女を全員殺さないと安心できなくない？　その自己防衛本能がある限り、気が休まらなくない？　身が持たないよ」

筒井麗子はぽかんとした顔で言った。

「ほんとだ。けど全然そこに気づかなかった。あたし、どうやったら幸せになれるんだろう」

「どうやったら幸せになれるんだろう」

あたしも、自分に言い聞かせるみたいに言った。

6、普通

恵比寿の居酒屋の二階の座敷、掘りごたつ式の長テーブルに、ランダムに二十代の男女が座る。スーツを着てる男もいれば、働いてるのか無職なのかもわからない、異常にラフな格好の男もいる。女性チームはおおむねみんな髪が長くて小綺麗。ドラマでよく見るような、男と女があっちとこっちに分かれて座ったり、もしくはきっちり交互に座ったりってこともなく、端から一人ずつ自己紹介するくだりもなく、ただ知り合いが集まってわいわいやってるだけの、定例の飲み会にお邪魔してるって感じ。

「これが合コンなの？」

となりに座る筒井麗子に耳打ちすると、「これも合コン」と彼女は小声でこたえた。

合コンを仕切ってる〝長〟みたいな人によって、形式はまちまちらしい。真ん中あたりで人気者オーラをふりまきデカい声で笑ってる男と、その向かいの席に座るこなれた感じの女がその〝長〟なんだろうなと遠目に観察しつつ、自分のポジションの低さを顧みる。あたしってどこにいてもほんとよそ者だな。なんだか急に学生時代に引き戻された気分になって、またここかよ、せっかく逃げられたと思ったのにと内心ぶつぶつクダを巻くけれど、あたしはもう不機嫌な顔になったりしない。人に話しかけられたら失礼のない態度をとったし、普通に自分のことを明かした。

「高田さんっていうんだ、で、仕事は？」

「レンタルビデオショップでバイトしてます」

え、フリーター？　相手の顔が曇ったのを見て取ると、すかさず、

「いまＷｅｂデザインの勉強しようと思ってお金貯めてて」

それらしいことを付け足しておいた。

「あ、そうなんだ。オレは普通の会社員」

「へぇー」

普通の会社員って、そんな自信たっぷりに言われてもな。普通の会社員ってだけで、こんなに大手を振って歩けるもんなのか、この社会は。

昔のあたしなら「ハッ、会社員？　つまんねー人生だな！」って毒を吐いてたけど、いまのあたしは、「会社員ってことは正社員？　契約社員じゃなくて正社員？　そこんとこを聞き出したいときはなんて言えばいいんだろう？」と素で思ってる。

「オレも映画好きで、前はよくＴＳＵＴＡＹＡにも行ってたな。仕事忙しくなってからは全然行ってないけど」

「あ、そうなんですか？　どんなのが好きですか？」

いきなり重要な局面だ。この返答にすべてかかっている。コーエン兄弟？　ティム・バートン？　『ビッグ・フィッシュ』よかったな。『チャーリーとチョコレート工場』はあんま好きじゃないけど。身構えていると男は言った。

「どんなのって、普通のやつだよ。『踊る大捜査線』とか」

邦画ーッ!?

しかも『踊る大捜査線』とはこれいかに。普通だな、それはほんと、普通だな。

日本だ。この男は日本そのものだ。会社員で、『踊る大捜査線』が好きで。

あたしはほとんど度肝を抜かれながら、

「アハハ、おもしろいですよね、『踊る大捜査線』」

と笑って言った。

筒井麗子に誘われれば喜んで合コンに行った。二回、三回と行くうちに慣れて、小さなダメージは受けなくなった。人脈という名の都合のいい連絡網に入れられてることも気にならなくなったし、テーブルの末端で空気を汚さずニコニコして我を抑えることもストレスではなくなった。観念してしまえばそれはとても楽なことだった。普通の人としてそこにいるのは。

〈こっちも昨日は合コンだった。収穫なし。この世にはもう希望もない〉

北島も遠い街で、もう特別じゃなくていいって思ってるみたい。

デニムと黒っぽい服ばかりだったあたしのワードローブが、レッセ・パッセのふんわりした色合いのワンピースに侵食されていく。髪色を明るくしてヘアアイロンで毛先をくるくる巻いて、黒目が大きくなるコンタクトレンズをつけ、まつげエクステやネイルサロンに通うと、あたしの見た目はどんどん筒井麗子に近づいていった。友達に影響されて似るなんて、女子小学生みたいでなんか恥ずかしい。でもよく考えたらあたしは、中学のときも高校のときも、大学で北島と出会ったときもそうだった。仲良くなった子と一緒に過ごすうち、影響を受けて、いつの間にかニコイチになっていく。どんどん同じ人間になっていく。

レンタルビデオショップで篠さんに、

「ねえ高田さん、なんか垢抜けたんじゃない？　彼氏でもできた？」と訊かれる。垢抜けるって言葉の嫌らしさも、前ほどは気にならない。あたしは愛想笑いで「できないですよ」と流し、

「今日合コンなんで」

さらっと付け加えた。

「合コン……？」

篠さんは動きをピタリと止め、こう言う。

「高田さんて、合コンに行くような人のこと、軽蔑してるんだと思ってた」

あたしはにっこりとほほえみ、鷹揚《おうよう》な笑顔で言った。

「普通に行きますよ」

6 あなたは三十歳になる

2010年　30歳

これを言ったら、あなたはすごく驚くと思う。

だって想像したこともなかったでしょ？　まさか自分が、三十歳になるなんて。

でも本当。これは真実。

筒井麗子、あなたはもうすぐ、三十歳になるの。

あなたはこれまで、せいぜい十八歳までの人生しか考えたことがなかった。だけど残念ながら人生は、むしろ十八歳から、本当の意味ではじまる。あなたは、少女マンガに描かれてるような甘酸っぱい青春時代を過ぎてからも、人生はつづくってことをまだ知らない。そんなの想像したこともない。けれどあなたは、気がついたら二十歳になっているし、もちろん二十五歳にもなる。自分も歳をとるんだってことを、だんだん実感するようになる。

そう、あなたは歳をとる。みんなも歳をとる。それは火を見るより明らかな自然の摂理。もっとも原初的な基本ルール。でもこれは、女の子にとってはなかなか厳しい現実で、歳をとるたびにあなたは、自分の価値が目減りしていく恐怖に襲われる。

あなたのなかでいちばん価値が高い年齢は十四歳だった。十五歳もまあまあ、十六歳もそこそこ。でも、十七歳のときはすでに、下り坂に突入してしまったと思った。十八歳になると、もうババアじゃんと自嘲した。

けどね、あなたの人生は、そこからはじまるの。


あなたは覚えてる？　将来、自分がなにになりたかったか。

十歳のあなたは夢を訊かれて、お花屋さんとこたえる。けれどあなたは本当は、花なんて別に好きじゃないし、興味もない。だけど夢がないなんてあんまりだから、無難なこたえにそれを選ぶ。女の子はお花屋さんかケーキ屋さんとこたえておけばいい。ほかの選択肢は、看護婦さんか保母さん。そのどれにも、あなたはとくに興味がない。

「お花屋さんかぁ」

あなたの出した想定内のこたえに、大人たちは目を細める。あなたは、よしよしこれが正解だったんだと胸を撫でおろす。やっぱりそれが、自分に期待されたこたえなのだ。それに本当にお花屋さんになれなくても、誰にも文句を言われないこともちゃんとわかってる。

でも十歳のあなたは、まさか自分がすっかりおねえさんになったときにも、自分がなになりたいかわからないとは、さすがに思わなかった。

ある日あなたは高校の進路希望調査で、親友のちはるちゃんが迷いなく美容専門学校と書いているのを見てショックを受ける。ちはるちゃんとは高三のクラスでいちばん仲良しだし、将来についてもよく話した。進路をどうするか、なにになりたいか。そんなことが話題にのぼるたび、

「やっぱ手に職だよね」

と、あなたはものがわかってるみたいに言った。

ちはるちゃんはあなたの老成した口ぶりに笑いながら訊き返す。

「そうなの？」

あなたは自信たっぷりに言う。そんなの当たり前、常識じゃない。

「そうだよ、女は手に職だよ」

でも本当はそれは、あなたのお母さんの口癖だ。

あなたのお母さんは、あなたが物心ついたころからずっと、手に職だ、手に職だと言いつづけている。洗濯物をたたみながら、「やっぱり女は手に職ね」。あなたの制服のブラウスにアイロンをかけながら、「レイちゃん、大学は行かなくてもいいけど、手に職はつけなさいね。じゃないとお母さんみたいになっちゃうから」。ため息まじりに同じ

ことをくり返す。まるでそれが、たった一つの教訓みたいに、何度も何度も。

そんなわけであなたはちはるちゃんに、

「やっぱ女は手に職だよ」

お母さんの言葉を丸パクリして言う。自分の意見みたいに言う。

だけどあなたはその意味が、わかってるようで、わかってない。あなたは「手に職」の〝職〟が、どんな種類のどんな職業のことか想像すらできない。言葉の本意をまるでつかんでいない。ちょうどあなたが、人が歳をとるってことを、わかってるようで、わかってないのと同じように。


あなたは、ちはるちゃんがいつの間にか、やりたいことを見つけていたのが悔しい。だってあなたにはなにもないもの。

それでつい、

「カリスマ美容師になりたいの？　ふぅーん、流行ってるもんね」

ちはるちゃんの将来の夢を、いかにも軽薄な進路だと言わんばかりに鼻で笑う。

あなたは昔から、いちばん親しい友達のことを、ライバルだと思ってしまうところがある。あなたは負けず嫌い。あなたはちょっとお姫様体質。その性格はあなたをしばしば孤立させ、あなた自身を苦しめるのだけど。

あなたは人前で、「ちはるは個性的だから」と、彼女の外見をイジったりするし、「ちはるは美容師になりたいんだよね？」と夢をばらしたりもする。そういう無神経なことを、あなたはわざとする。

それでいてあなたは、「うちらの友情は永遠」みたいな、陳腐《ちんぷ》な言葉を気軽に吐く。そういう言葉でちはるちゃんを束縛しようとする。

「レイちゃんは進路どうするの？」

ちはるちゃんからの質問は無視して、

「ちはるが美容師になったら髪切りに行ったげる」

もう客の立場で恩着せがましいことを言う。

あなたは高三の十月に、なにも決まってないなんて言いたくない。あなたはまだ、そのときが来れば自然と、自分の進みたい道がわかるんだと思っている。だけどそのときは結局来ない。いつまで経ってもあなたは、自分がなにをやりたいのかわからない。

あなたはちはるちゃんの真似をしていると思われたくなくて、美容系以外の専門学校を探す。そして消去法で、一流のホテルマンやウエディングプランナーを目指すとうたう観光専門学校に決め、締め切りぎりぎりに願書を送る。試験はなく、書類だけでその専門学校に合格する。あなたは自分の進路をもっともらしいものにしたくて、

「あたし子供のころからホテル好きだから」

なんて、とってつけたような動機を口にする。あなたのうちはめったに家族旅行しないから、ホテルに泊まった経験は数えるほどしかないのに。

でもちはるちゃんは、別にあなたのいきあたりばったりな進路を笑ったりしない。

「レイちゃんは美人だからホテルのフロントとか向いてると思う」

と言って、励ましてくれさえする。

そんなわけであなたは観光専門学校の学生になる。都心にあるその学校へ、あなたは電車を乗り継ぎ、一時間かけて通う。校舎は、外から見るとただの四角いビルだけど、各階には空港のカウンターや飛行機の客席、旅行代理店の窓口、ホテルのフロント、披露宴会場が原寸大で再現されている。あなたは放課後、実習で同じグループになった子たちと、鳴り物入りで店舗数を増やしているスターバックスへお茶しに行く。五、六人の女の子たちと、テーブルを二つくっつけて場所を占拠し、辺り構わずおしゃべりする。毎日のようにそういう時間を過ごす。あなたは学校帰りに、渋谷や新宿で遊ぶ。あなたはグループのなかでも、栗栖《くりす》さんという四国出身の子と仲良くなる。

「クリスは何科にするの？　ブライダル？」

「うーん、まだ決めてない。っていうか正直、全然興味ないんだよね、観光業界に」

「あたしもあたしも」

「本当はファッション系の専門に行きたかったんだけど、親がファッションみたいなちゃらちゃらしてるのはダメって。卒業したら地元に戻る約束なの。観光系の学校なら、地元のホテルとか旅館に勤め口あるだろうからって、しぶしぶ県外に出してくれた」

栗栖さんが住む寮の部屋は、原宿で買ったというカラフルでごちゃごちゃした雑貨で埋め尽くされている。栗栖さんは生まれてから十八年間、四国の外に出たことがなかったというのが信じられないくらい、おしゃれで垢抜けている。田舎の人という感じが全然しないと言ってほめると、

「現実見ないで雑誌ばっか読んでたからね」と栗栖さんは笑う。

なんとなく、グループの中では栗栖さんといちばん気が合いそうな気がする。

けれど夏休みがはじまるころには、あなたに彼氏ができる。頭の中もスケジュール帳も、はじめての彼氏でいっぱいになる。そして栗栖さんは夏休みが終わっても、帰省していた田舎から戻ってこない。あなたは栗栖さんと親友になりそこねる。

あなたは、研修で行った小田急ホテルセンチュリーサザンタワーみたいなところに就職したいと思う。再開発された新宿南口は家から通うのにとても便利だ。でもあなたが学校を卒業する二〇〇〇年は就職氷河期の真っ只中で、地方に展開するビジネスホテル

チェーンからしか内定をもらえない。あなたは仕方なくそこに入社する。あなたの勤務地は多摩地区内。あなたはなかなか多摩から出られない。

研修であなたが配属されたのは客室清掃。そこで、パートの人たちから仕事を教わる。あなたは菱田《ひしだ》さんというパートの女性とペアを組む。菱田さんはあなたに厳しい。あなたはそれを、自分の方が若くてきれいだからやっかんでいるんだろうと思う。年上の女の人はみんな、自分より年下の若い女を嫌っているんだとあなたは思っている。

でも本当は、菱田さんがあなたに厳しいのは、あなたが怠け者の役立たずだから。あなたは何度教わってもベッドシーツの折り込みが甘くて、ルーム・インスペクションで直される。あなたの代わりに菱田さんが注意されたりする。あなたは仕事が遅いし、いつも雑。あなたが掃除した洗面所にはきまって水滴が残る。あなたはウエスの拭き上げも手を抜くことばかり考えてる。女ばかりの職場は、あなたにとってはつまらない。あなたは結局、その仕事を三ヶ月で辞める。その三ヶ月は気が遠くなるほど長い。辞めると言ったあなたは、ロッカールームで菱田さんからきつく叱られる。

「信じられない！　正社員なんて新卒でなきゃもうなれないかもしれないのに。まだ研修中なんでしょ!?　客室清掃が終わったら次はフロントに行けるかもしれないんだし、もうちょっとつづけなさいよ！　絶対つづけるべき！」

菱田さんはすごい剣幕で言う。

あなたは、自分のために怒ってくれている菱田さんを、うざいと思う。あなたは彼女の説得を無視する。ちょうどあなたが、お母さんの言うことをいつも無視するように。なぜってあなたは二十歳。あなたはとても若い。あなたの若さはときどき醜い。目も当てられないくらいに。

あなたはもっと華やかなところで働きたいという思いを抑えられない。あなたは躊《ちゅう》躇《ちょ》なく辞表を出す。会社の人は呆れ顔。こんな不景気にせっかく採用してやったのにと嫌味を言われる。これだから最近の若者は、みたいなことも言われる。菱田さんも、最後は口を利いてくれなくなる。

新卒採用された会社を入社三ヶ月で辞めたあなたはフリーターになる。あなたは表参道のカフェで働きはじめる。その店は古いビルをリノベーションして、通りに面した一階がオープンになっている。床は打ちっぱなしのコンクリート、壁は白いペンキで塗られ、食器はフランス製の真っ白なアピルコで統一されている。形違いの椅子やヴィンテージのソファ。その空間にわがもの顔で収まる、裏原で遊んでるおしゃれピープルたち。あなたはラフな私服に黒いエプロンをつけて働く。ガラス製のサーバーを持って、コーヒーのおかわりはいるか訊いてまわったり、ステンレス製のお盆にこんもりしたニース風サラダを載せて運んだりする。あなたは仕事中、ツンと澄まして、愛想がない。ひと目で業界人とわかる人にはニコニコするけど、ダサい客の「すいませーん」は、気分次第で無視したりする。

あなたはその店が気に入って二年勤める。あなたはバイト仲間と青春を謳歌する。みんなで熱海に行って旅館で雑魚寝したり、秘宝館に立ち寄って騒いだりする。そんなことをしてるうちに恋が生まれたり、こじれたり、人間関係はせわしなく形を変える。あなたはモテる。なぜならあなたは見栄えもするし、男の子に気のある素振りをするのがとても上手だから。あなたは魔性の女気取りで、みんなの仲を引っかきまわしたりする。

勤続三年目になるとバイトのメンツもすっかり入れ替わる。すでに古株となったあなたはほとんど長老的存在で、オペレーションに問題があれば改善案を出し、人間関係がこわばっていればほぐしてまわる。あなたはそのカフェを自分の店のように思っている。けれどあなたの時給は相変わらず九〇〇円。死ぬほどシフトを入れても、月収は十五万円に届いたためしがない。だけどあなたは実家で暮らしているから、そのことをあまり気にしていない。あなたは実家にお金を入れていない。貯金もせず、バイト代をまるまる洋服につぎ込んだりする。

あなたは突然、両親から離婚すると聞かされる。あなたのお母さんは田舎に帰って、一人で暮らしているあなたのおばあちゃんと一緒に住むと言う。おばあちゃんは訛《なま》りがきつくて、見た目も昔話に出てきそうにしわしわだから、母を介さずにしゃべったことがない。

「レイちゃんはもう大人だから、お母さんがいなくても平気よね？　それとも、お母さんとおばあちゃんと、女三人で暮らす？」

あなたはその誘いを、「ハァ？　行くわけないじゃん」と拒絶する。東京から離れるなんて考えられないし、おばあちゃんと住むのも嫌。あなたはお母さんに、「そんな歳で離婚するとか、頭おかしいんじゃないの？」とまで言う。そのときの、ショックを受けたお母さんの顔を、あなたは忘れることができない。

あなたはこれまでも、お母さんをしょっちゅう傷つけてる。だからお母さんはあなたのことが苦手だ。あなたが気まぐれにふりまわすナイフにうっかりさわってしまわないよう、いつも適切な距離をとっている。

お母さんはよく、「レイちゃんはお父さんにそっくり」と嘆く。たしかにあなたは、小さいころからお父さんっ子だった。四六時中一緒にいるお母さんには不機嫌な顔ばかり見せ、お父さんには愛想をふりまいていた。あなたはお母さんの、「もう自由にさせてもらいたいの」という捨てゼリフを嫌悪する。お父さんもあなたにこう愚痴る。

「お父さんが縛ってたみたいな言い方してな？　お父さんはそんなことしてないよな？」

あなたは「そうだそうだ」とうなずく。あなたはずっとそうしてきたように、お父さんとタッグを組んで、お母さんはバカだと笑う。

でも本当にバカなのはあなたなの。

お父さんと二人きりになったあなたは、よき娘であろうとはりきる。あなたはバイトの帰りにスーパーに寄って買い物し、料理に精を出す。お母さんのいないキッチンは自由で快適だとあなたは思う。あなたは毎日洗濯機を回すし、廊下に綿ぼこりがたまらないよう、まめに掃除機もかける。前にお父さんが、「見ろよこのほこり」と、お母さんの掃除の雑さをこっそりあなたに愚痴ったことがあったから。あなたは、全部お母さんよりうまくやろうとする。

だけどどれだけお父さんのためにがんばっても、「女なんだから当たり前だ」という決まり文句しか返ってこない。二人きりで向き合ってみるとお父さんは、驚くほど冷たくて、とても偉そう。そして手がかかる。あなたはたまらずお母さんに電話をかけて愚痴る。

「お父さんほんと最悪。なにかしてもらったら〝ありがとう〟とかさぁ、普通は言うよね？」

あなたはお母さんに、嬉々としてお父さんの悪口を吐き出す。あなたはいつもその手で人と仲良くなってきた。そこにいない人の悪口を言うことで、相手との距離を縮めてきた。

あなたの話を聞き終わるとお母さんは、沈黙のあと、こうつぶやく。

「お母さん、時間を無駄にしちゃった。若い時間をみんなお父さんにあげちゃった。ごめんね、レイちゃん。お母さん、もうあの人のこと思い出したくないから、切るね」

あなたはずっとお父さんの味方だった。生まれ育った一軒家を、お父さんがあなたに黙って手放すまでは。お父さんはあなたに相談もなく、次に住む場所を決める。そこにはあなたの部屋がない。あなたは二十三歳で、家族はばらばら、住む家もない。

あなたが頼れる人は彼氏しかいない。あなたにはいつだって、彼氏しかいない。

あなたは彼氏のアパートに転がり込む。同じカフェの調理場で働いているその人は、ゆくゆくは地元に帰って自分のお店を持ちたいと夢を語る。あなたは同棲でしか味わえない底なしの馴《な》れ合いを楽しむ。あなたは家賃を払わない代わりに、彼のためになんでもしてあげる。カレーでもハンバーグでもチャーハンでも、言われたものはなんでも作る。臭い靴下も拾って洗濯機に放り込む。トイレ掃除もする。気分じゃないときもセックスを拒まない。

だけどある日あなたは、彼氏の浮気を知る。相手は同じカフェで働く、あなたより三つも年上の女だ。年下の若い女と浮気されるよりも、あなたははるかにショックを受ける。

「あんなババアと浮気するとかありえない！」

あなたは激高して、勢いで彼氏と別れる。店も辞める。

だけどあなたにはお金がない。住む場所もない。浮気の罪につけ込んであなたは、なに食わぬ顔で元カレの部屋に居座りつづける。


カフェを辞めたあなたは、駅直結のショッピングビルの、三階フロアのはしっこにあるアクセサリーショップで働きはじめる。値札をつけて、品出しして、レジを打つ。ぎこちない手つきでプレゼント包装したりする。飲食バイトに比べれば、その仕事はあくびが出るほどゆったりしている。けれど、あなたの心はかつてなく荒《すさ》んでいる。そこではバイトの誰もが人生に転機が訪れるのを待っている。彼女たちの多くは二十代から三十代の未婚女子で、時給八五〇円のために一日七時間立ちっぱなしで働いている。華やかな売り子を演じていても、スタッフオンリーのドア一枚向こうでは、くすんだバックヤードの空気が保護色みたいに侵食して、みんなの心をねずみ色に染め上げてる。

彼女たちはみなロマンスを期待する。出会いを求め、なにかが起こるのを待つ。すっかり停滞してしまったつまらない人生から、救い出してくれる誰かをいつも探してる。店員たちはみな雑誌から抜け出てきたみたいにキマってる。ハニーブラウンの髪をカールさせ、膝丈スカートをひらりとさせて、ヒールでかつかつ歩く。そのショッピングビルには、彼女たちをターゲットにした洋服や靴やバッグが毎日のように入荷する。彼女たちは日々、猛烈な物欲にさらされる。そこで売られている洋服は、次のシーズンには古臭く見えるよう巧妙にデザインされていて、稼いだお金は泡のように消える。ショッピングビルの中で働き、稼ぎ、そこでお金を使って、彼女たちはどんどん可愛く、おしゃれになっていく。

昼間はぱらぱらとしかいない客が、夕方五時を過ぎるとどっとあふれ、癒やしを求める会社勤めの女性客で殺気立った忙しさになる。女性らしさを押し出したきれいめＯＬファッションをまとう同年代の姿に、あなたはだんだん劣等感をいだくようになる。

気がつけばあなたは、二十五歳になっている。

そんなあなたのもとに、ある日、ちはるちゃんから結婚式の招待状が届く。

ちはるちゃんは美容学校を卒業すると中目黒の美容室に就職し、長いアシスタント期間を経て、スタイリストに昇格している。あなたが行き当たりばったりにバイトを変えているあいだ、ちはるちゃんは手に職をつけ、そのうえ結婚相手まで見つけている。

後頭部を『ゼクシィ』首都圏版で殴られたような衝撃を受ける。以来あなたは、結婚のことしか考えられなくなる。

あなたはちはるちゃんの結婚式に戦闘態勢で乗り込む。そして新郎側の友人席に未来の夫がいないかと目を凝らす。けれどあなたがちはるちゃんの結婚式で出会ったのは男じゃない。あなたはちはるちゃんの結婚式で高田歩美と出会う。あなたは元カレの部屋を出て、彼女とルームシェアする。家賃もちゃんと払う。あなたはちょっとずつ自分の足で歩きはじめる。あなたは派遣会社に登録して、ファッションビルの受付嬢の仕事にありつく。時給はようやく千円を超える。だけど仕事は相応につらい。クレーマー対応ばかりだし、女ばかりの職場じゃ出会いもない。一年経つころには、もう転職したくなってる。

あなたは外資系企業が入るオフィスビルの総合受付の仕事にエントリーして、採用される。こうしてあなたはついにオフィスワーカーの端くれになる。

あなたは二十七歳になっている。

あなたは企業での受付業務にもすぐ慣れる。だけど仕事は楽じゃない。ファッションビルの受付は椅子に座れたけど、今度の職場は座れない。あなたは立派なビルの、だだっ広いエントランスホールにじっと立ちつづける。蛍光灯に煌々と照らされながら、あなたはいつも見られていて、緊張しているし、毎日きれいでいなくちゃいけない。水を飲みたくても我慢して、トイレに行きたくても我慢して、とにかく感じよく振る舞わなくちゃいけない。どんな精神状態であろうと笑顔を忘れてはいけない。きっかり定時に帰れるけど、そのぶん朝が早い。

あなたはきれいでいることに、ものすごく神経をつかう。毎朝の身支度に四十分もかかる。あなたはダークブラウンに染めた髪を毎日ホットカーラーで巻き、清潔感のあるまとめ髪にアレンジする。下地が肌に馴染む時間を利用して、フルーツグラノーラに冷たい牛乳をかけて食べ、テレビで今日の運勢をチェックする。あなたはきれいでいることにお金も時間もものすごくつかう。あなたはネイルサロンだけじゃなく、まつげエクステ専門店にも通う。あなたは通勤用の洋服をたくさん買う。仕事中は制服を着るのに。

あなたは大きな会社の受付に立っていることで、なにか出会いがあるんじゃないかと期待せずにはいられない。そのころにはもう高田歩美は部屋を出て、地元に帰っている。あなたは一人残される。気のおけない女友達との同居生活を知ってしまったあなたに、一人暮らしはかなり堪《こた》える。

受付のカウンターにやって来た男の人が、にこやかに応対するあなたを見るとき、その目にはいろんな情報がつまっている。おや、美人だな、いい女だな、やりたいな……そんな情報が。そうやって欲望の対象になることは、あなたの表面を安物の化粧水のように一瞬だけうるおす。

あなたは、誘われた合コンに参加する。そこであなたは、昼間は清廉潔白にふるまっている大企業の正社員の男が、お酒を飲むとどういう態度になるかを知る。彼らは、あなたがこれまでつきあってきた男の子たちとは人種が違う。安定した会社に属して、それなりの給料をもらっていることは、彼らをとことんつけあがらせている。尊大さがしみついたナメた態度で、横一列に並ぶ女子たちに、お宝鑑定団が古物を査定するときのような視線を向ける。彼らは遠慮なくあなたたちを値踏みする。

「あれ？　筒井さん二十七かぁ。なんだ、見た目よりけっこういってますね」

そこではあなたは、あなたとして見られない。あなたは27と刻印された牛になる。

「俺は筒井さんがいいな、美人だし」

美人――。

その言葉は、もはやあなたを喜ばせはしない。きれいな牛だぜと言われてるみたい。


あなたが正社員から合コンに誘われてのこのこ出向いた金曜の夜のことは、ロッカールームでもう噂になってる。

「筒井さん、合コンどうだった？」

同僚の受付嬢に訊かれ、あなたはこう答える。

「最悪でした」

「そうだよね。うちらみたいな派遣に手ぇ出してくる男ってたいてい遊び目的だし」

あなたはぎくりとする。あなたは見下した態度で接してくる男に辟易《へきえき》しながらも、誘われれば悪い気はせず、なにかを期待して、一人暮らしの部屋へ招き入れてセックスしてしまった。そして週末ずっと、その男からの連絡を待っていた。

「正社員は正社員しか、結婚前提の恋愛対象に入れてないからね」

え、そうなんですか？　という言葉を、あなたは飲み込む。

あなたはいつからか、玉の輿《こし》めいた上昇婚ストーリーを、心の奥底で信じている。誰かがあなたを見つけてくれると、なんの根拠もなく思い込んで生きている。経済力と包容力のある男らしい人が、あなたにひと目でぞっこんになって、なんでも言うことを聞いてくれて、幸せにしてくれると思っている。でもそれは、世界中の小さな女の子に吹き込まれたおとぎ話であって、現実には起こりえない。

あなたには起こりえない。

あなたは物心ついたころからとても慎重に、きれいな女の子でいる努力をしている。絶え間なく努力している。こっそり色つきリップを試した少女時代。脱毛サロンの勧誘にひっかかって、あとからお金の計算をして青くなり、半泣きでクーリングオフを申し込んだ専門学校時代。あなたはあらゆるダイエットを試すあまり、肌荒れがひどくなるし、いつもイライラしてる。半身浴を信奉するあまり肩を冷やす。顔やせマッサージで肌をこすりすぎる。メイクを落とさず寝ると死ぬと思っている。肌のお手入れは年齢にともなってアイテムもステップも増える。化粧水の前にはブースターを塗れ。シートマスクは週に三回、いや毎日だ。毛穴の角栓は密着シートで根こそぎ取れ、いや取るな。あぶらを取れ、いや取るな。むしろオイルを塗れ。

でも、なにをどうがんばっても、あなたは二十七歳。自分の年齢を言えば相手から、「お肌の曲がり角」という慣用句が出ないことがない。

日々の努力は、あなたをどこにも連れて行ってくれない。あなたが求めているようなことはなにも起こらない。その代わり、セクハラ風味の小さな嫌味は頻繁に受ける。頭のおかしい役員の老人に怒鳴られたりする。

あなたはロッカールームで、通勤用の三センチヒールから、仕事用の七センチヒールに履き替える。あなたはそのパンプスで、受付カウンターに何時間も立ちつづける。あなたは毎日アパートに帰ると、シャワーで脚に冷水を当て、ゴルフボールを足裏で転がし、ふくらはぎに湿布を貼ってケアする。それでも足はひどいありさま。うおの目がぽつぽつ、靴ずれは日常茶飯事、大量のキズパワーパッドを消費する。踵《かかと》の水ぶくれはそのまま色素沈着して黒ずみ、夏でもサンダルを履けない足になる。あなたは疲れないパンプスを探していろいろ試す。そのたびにお金が飛んでいく。クッション性の高いインソールを買ったり、駅にあるミスターミニットに出して何度も裏張りしてもらったりする。それでも一日の仕事を終えると、足の裏がヤスリでもかけられたようにヒリヒリ痛くて、マッサージすらできないこともある。

受付嬢の制服はポリエステル生地の安物で、冬でも膝上丈のタイトスカートとストッキングが義務づけられている。大理石のエントランスホールは底冷えがひどい。あなたは毎日、背中と腰とお腹に使い捨てカイロを貼る。冬が終わるころには低温ヤケドしてる。腰痛もひどくなる。体全体がこわばり、背中がかちかちに張り、頭痛もする。どれだけ体調が悪くても受付の仕事は休めない。毎日きれいに身なりを整え、感じのいい笑みを浮かべながら、同じ時間に押し寄せてくるお客様をさばき、役員を応接室に案内しなくてはいけない。

あなたは体調に気をつかい、あらゆるケアを試みる。あなたはマッサージに行き、整体に行き、鍼《はり》に行く。同僚から勧められてスポーツジムの体験に行く。そのジムにはフィットネスマシンとプール、壁一面が鏡張りのスタジオがある。スタジオでは、日々あらゆる種類のエクササイズが行われてる。あなたはそこで、ヨガに出会う。

「みなさんはじめまして、このクラスを受け持ちます、ヨガインストラクターのYUMIE《ユミエ》です。初心者向けのクラスということで、今日はわたしが、ヨガでいちばん大切だと思うことをお伝えしていければと思います。

ヨガは継続して行うことで、肩こりや腰痛の改善、便秘の解消、自律神経のバランスや、骨盤の歪みを整える効果が期待できます。股関節まわりをしっかりほぐしてあげることで、脚の疲れ、むくみ、それから冷えの改善にもつながります。もちろんそういった体調面を整えるためにも、ヨガはとてもおすすめですし、習慣にしていくことで、心がポジティブになっていく、そんな効果も、実感してもらえるんじゃないかと思います。

これから、いろいろなポーズをとって体をほぐしていきますが、一つだけ、注意してほしいことがあります。とにかく、無理をしないこと。体が硬くて、お手本どおりのポーズがとれなくても、ご自分が、心地よい伸びを感じられる位置で大丈夫です。きれいにポーズをとる必要はありません。わたしたちは、お手本どおり完璧にすることや、となりの人と同じであること、後れをとらないこと、ちょっとでもきれいであることを重視する社会で生きていますが、ヨガをしているあいだだけは、どうぞご自分とだけ、向き合ってください。

ヨガは、極めようと思えばどれだけでも追究できる奥の深い世界ですが、人と比べず、ご自分とだけ向き合って、ご自分の気持ちのいい状態を探ることが、いちばん大事なことだとわたしは考えます。ご自分の中でだけ効果を実感していくものなので、となりの人より上手くやろうとは、思わなくても大丈夫です。これは競争ではありません。

なので絶対に、無理をしないでください。普段から無理をするのが当たり前になっている方、とても多いです。そういう方は、無理をしないでくださいと言われても、どうしてもがんばってしまって、体に力が入ってしまいますし、呼吸も浅くなってしまいます。せっかく大事なお金を払って、ここに通ってきてくださるみなさんには、ぜひ効果を感じていただきたいですし、ヨガを好きになって、長くつづけられる習慣にしていってほしいと思います。

このクラスではご自分をいたわる気持ちで、無理なく全身を伸ばしていきましょう。ご自分の呼吸、ご自分のペースで、ご自分の体の状態を知ることがなにより大事です」

あぐらをかき、胸の前で手を合わせながら、柔らかな声で語りかけるＹＵＭＩＥ先生。あなたはＹＵＭＩＥ先生の言葉を聞きながら、心の中ですすり泣く。あなたは、なぜそんなに先生の言葉が沁みているのか、自分でもわからない。

――無理をしないで、人と比べないで、これは競争ではありません。

その言葉は、空腹に流し込んだホットミルクみたいに沁みる。あなたを芯からあたためる。

それは平日の、仕事帰りの人が集まる、夜のクラスだった。スタジオには五、六人の女性たち。フィットネスマシンをパワフルに動かす男性たちから少し離れ、隔離されるように扉が閉ざされたそのスタジオは、ディフューザーでアロマが焚かれ、東南アジアのどこかの国の民族音楽が小さく流れている。外部から結界が張られたような、心地よい空間。

あなたはスタジオの鏡を見つめる。そこにはあなたと、あなたとよく似た、女性たちの姿が見える。年齢もばらばら、体型もばらばら、でもみんな、なんらかの理由があって、同じ場所にたどり着いた。あなたは女性たちに囲まれ、ヨガマットの上で、見よう見まねでポーズをとる。あなたはＹＵＭＩＥ先生の声に導かれながら、体を伸ばす。あぐらをかき、合掌して、その指先を空へと向ける。奥歯の食いしばりをとき、眉間に寄ったこわばりをほどいて、のどをぐっとそらし、息を吸う。息を吐く。鼻から吸って、口から長く吐く。それをゆっくりくりくり返す。時間を忘れて、体の声を聞く。

「ご自分の呼吸の変化を観察して。ご自分の、いまのコンディションに集中して」

あなたはとてもしーんとした気持ちで、自分の体を探る。心を顧みる。あなたは自分の体を、冷やし、痛めつけながら日々生きている。そして気がつけばひとりぼっちだ。

あなたには友達がいた。人に囲まれていたし、いっぱい遊んだ。だけどみんなどこかへ行ってしまって、あなたはいまここに、一人でやって来た。みんなここに、一人でやって来た。

「ご自分の体に違和感がないか探りましょう。心地よい伸びを感じられているか、詰まっているところはないか。ヨガをはじめる前と後でどんな変化があったか。体だけでなく心にも、どんな変化があったか。ご自分の心と、体と、静かに対話してください」

あなたはほとんど懺悔《ざんげ》に近い気持ちで、あなたの体をやさしく伸ばし、いたわる。愛する。もっと痩せなくちゃ、細くならなくちゃ、もっときれいにならなくちゃと、否定しつづけてきた、あなたの体を。

あなたの体はだんだんあたたかさを取り戻す。じんわりと汗をかく。ポーズはしだいにハードなものに変わる。あなたは苦しい。あなたはつらい。けれどあなたは、その体を容《い》れ物にして、これからも生きていかなくちゃならない。あなたはあなたとして、やっていかなくちゃいけない。あなたはあなたを、あなたのままで、愛するしかない。


気がつけば、街にはヨガ教室が無数にできている。

あなたはあちこちの教室に通いはじめる。あなたはいろんなレッスンを受け、いろんな先生を知る。ハタヨガ、アシュタンガヨガ、骨盤矯正ヨガ、リラックスヨガ。あるとき、先生と立ち話していて、あなたは何気なくこんなことを訊く。

「ヨガインストラクターって、わたしみたいなレベルの普通の人でもなれますか?」

先生はきょとんと首をかしげてにっこり笑う。

「誰でもなれますよ」

こうしてあなたは、ヨガインストラクターを目指しはじめる。

あなたは貯金をはたいて、スクール受講料三十万円を払う。半年後、あなたは全米ヨガアライアンスRYT200を取得する。あなたは受付嬢の派遣を辞め、ヨガスタジオに転職する。ラフなウエア姿で受付に座り、掃除や事務をこなしながら、講師としてクラスを受け持つインストラクターデビューの日を目指す。

さて、あなたは今、スタジオの鏡の前に、愛用のヨガマットを敷いている。あなたはあと数時間で、三十歳になろうとしている。

フローリングワイパーで丁寧に掃除したスタジオは、神社の境内のように清められている。床暖房が効き、半袖一枚でちょうどいい、やさしいあたたかさ。その心地よい温度はあなたに、小学生だったころの、ぽかぽかした春先の通学路を思い出させる。あれから地球はどんどん温暖化して、もうあんな気持ちのいい日和は、一年に三日あるかないかだ。あなたはディフューザーでお気に入りのアロマを焚く。空間全体に精油の芳香がたちこめると、昨日の夜じっくり選んだリラクゼーション音楽を小さくかける。空調を調節し、照明を心地よい光量にしぼる。それから、小さなシンバル状の鐘が二つ革紐で結ばれた、ヒーリングベルをそっと床に置く。

あなたはヨガマットの上で、体をほぐしはじめる。鏡に向かってあぐらをかき、いまの自分を見つめる。あなたは長かった髪を、さっぱりと短くしている。前髪をななめにふわりと流した大人っぽいショートは、ちはるちゃんに切ってもらった。それはあなたの髪質にも合っていて、とても扱いやすい。あなたはずっとロングヘアーだったけど、実はショートの方が断然似合う。髪を切ってからの方が、あなたはあなたという感じがする。いままでずっと、誰かの擬態をしてたみたい。そう、あなたはずっと、擬態をしていたのだ。若くて、きれいな、女の。

あなたは両膝においた手をつかって、股関節をぶらぶら揺らし、坐骨にしっかりと体をのせる。大地から空まで、まっすぐに一筋とおっている感覚をじっくり味わう。胸の前で合わせた両手を、天へと伸ばし、そこからふわりと花が咲くように、両腕を左右に広げながら、体をひねる。体側の伸びをじんわり感じる。同じように背中もほぐし、首を伸ばし、体のコンディションをたしかめる。

あなたはもう、準備万端。あなたはもう大丈夫。

あなたの最初のレッスンは、月曜の夜の、いちばん遅い時間からはじまる。六十分一コマの、〈はじめてのヨガ〉。ヨガに苦手意識のある方、仕事に追われて体のケアが後まわしになりがちな方、なかなかはじめる機会のなかった方、わたしと一緒に、小さな一歩を踏み出してみませんか？

その紹介文を載せて、入った予約はたった一件。

小林《こばやし》 里美《さとみ》。

その名前はあなたの目に、宝石みたいにきらきらして見える。

その人はスタジオに、少し遅れてやって来る。きっと大慌てで電車に乗ったんだろう、仕事着のまま息をはずませ、

「すいませんちょっと残業が……。いまから着替えるんですけど間に合いますか？」

申し訳なさそうに教室をのぞく。

「もちろんです。ゆっくりで大丈夫です。今日のクラスは小林さんだけですから」

「え、わたしだけ？」

小林さんはちょっと引き気味に、このスタジオ大丈夫？と顔を曇らせた。だからあなたは、友達にするみたいなくだけた表情で、こう打ち明ける。

「実はわたし、今日がインストラクターデビューなんです。だからぜひ、レッスンさせてください。慌てなくていいので、ゆっくり着替えてきてください」

小林さんは、やっと笑顔を見せてくれる。

ロッカールームから戻ってきた小林さんは、タイダイ染めのロングレギンスに、肩甲骨まわりがカットされたスポーティなタンクトップ姿。手にはミネラルウォーターとハンドタオル。あなたは生徒さん用のヨガマットを敷いてあげ、「こちらへどうぞ」と誘導する。あなたと小林さんは、適度な距離をとって座り、向かい合って座る。楽な姿勢であぐらをかくよう促す。

「それでは、〈はじめてのヨガ〉のクラスを担当させていただきます、講師のレイコです。よろしくお願いします。小林さんは、ヨガは今回がはじめてですか？」

「はい、まったくの初心者です」

あなたは、やさしくほほえむ。

「では、ヨガのポーズに入る前に、わたしがヨガでいちばん大切だと思うことを、少しお話しさせてください」

あなたは小林さんに、ヨガの心得を伝える。あなたが心打たれた、あの教えを。

無理をしないで。

自分とだけ向き合って。

人と比べないで。

これは競争ではありません。

こうして、あなたは三十歳になる。

三十歳になる。

7

エルサ、フュリオサ

２０１４年　34歳

中学の同級生に、十八歳で子供を産んだ子がいた。彼女とは話したこともないし、彼女が産んだ子の顔だって見たことはない。なにもかも風の便りで知ったこと。だから本当はそんな事実、ないのかもしれない。けれどその、私が十八歳のときに生まれた赤ちゃんは、なんとなく私の中に存在しつづけていて、ごく稀に思い出しては、あの子はもう三歳になるのか、いまごろ小学生か、もう中学生なの!? なんてふとした拍子に思ってしまうのだった。別に子供のことを思い出してほくほく目を細めてるわけじゃなくて、ちょっと妄執めいた感じで囚《とら》われている。自分が歳をとるたびに、存在しているのかも確かじゃないその子が、頭の中で自動的に育つ。私が十八歳で実家を離れ、一人暮らしをはじめて十六年になる。――ってことは、あの子はいまごろどこかで十六歳か。なんて具合に。

私が上京して一人暮らしをはじめてからの十六年なんて、赤ちゃんが高校生になるまでの十六年に比べれば、なくても困らない番外編みたいなものだろう。1LDKの部屋を見回して、この十六年なにやってたんだろうと思う。マットレスは三回買い替えた。ニトリ、無印良品を経て、いまはアメリカ製の高級マットレスで寝てる。ソファも無印からはじまって、Ｆｒａｎｃｆｒａｎｃ、ｕｎｉｃｏと、年収に応じてちょっとずつランクアップさせながら買い替え、ついに去年イタリア製の三シーターを手に入れた。私の十六年はそんなふうに過ぎた。引っ越しは三回。都立大学から学芸大学、祐天寺《ゆうてんじ》。東急東横線の外に世界はない。次に引っ越すなら結婚か、マンション購入のタイミングだろうと思っていた。まさか第三の選択肢が出現するとは思わなかった。

週末をつかって不用品処分にはげむ。捨てるものの範囲を〝思い入れはあるけど使っていないもの〟にまで広げる。上京したてのころにアフタヌーンティーで買い揃えた洋食器も不用品の段ボールに入れる。これを買ったときの、これから一人暮らしがはじまるんだっていうわくわくした気持ちはいまでも鮮明だ。愛着があって残してたけど、アラビアの食器を揃えてからは、ちょっとパスタをよそうにも、どうにも手がのびなくなった。

丁寧に、素敵に暮らしたいとあこがれ、欲しかったものを買う。いいものを知ると代償に、なにかを捨てるはめになる。それまでは普通と思って愛用していたものが、急に劣ったものになって、いらなくなる。オーガニックシャンプーを使えば、きつい香りのシリコンシャンプーは受けつけなくなる。マリアージュフレールの紅茶があればリプトンのティーバッグは余らせる。しゃらくせえと自分でも思いながら、社会人歴が長くなるにつれて、生活レベルがなだらかに丘を駆け上がっていく。

クローゼットの引き出しからタイダイ染めのロングレギンスが出てきて、これもゴミ袋に放り込む。ヨガはめずらしくつづいてたけど、ここ半年ほど忙しくて会費だけ払ってる状態だったから、この際だと思って重い腰を上げ、退会の手続きに行った。

受付では、たまにクラスも受け持っているスタッフの女性が対応してくれた。

「差し支えなければ退会理由を訊かせていただけますか?」

彼女は残念そうにたずねた。気に入って予約を入れていたヨガインストラクターが何人かいたけど、最初に受けたこの女性のレッスンがいちばん好きだった。

お互い、客とインストラクターのペルソナをかぶって会話するので、余計なことは言わないし、プライベートには踏み込まない。自分の素性を明かしすぎてそこに人間関係が生まれると、なんとなく顔を合わせるのが億劫《おっくう》になって足が遠のいたりするから、気をつけてる。reiko《レイコ》先生はその点、適切な距離感をわきまえてるから好きだった。

私たちはお互いいい年齢だけど、結婚してるかしてないかも、子供がいるかいないかも知らない。属性を示す雑情報が一度入ってしまうと、もうそういう人としてしか見られなくなってしまうから、言いたくないし、知りたくない。私はここでは、ただの大人の女、匿名希望の存在だ。レッスンのはじめと終わりにちょっとした会話ができれば、それだけであたたかい気持ちになったし、充分癒やされた。ちょっとした会話でいいのだ。天気の話でも、三十代の女の体の話でも。私たちは慎重に、心が近づきすぎないようにふるまった。小学生や中学生のころ、クラスの友達と衝突して、心をヒリヒリさせていたことを考えると、嘘のように高度に洗練されたコミュニケーションだ。私いつの間にそんなことできるようになったのだろうと思う。もう人生の達人じゃないか。

　これで最後だと思うと、別に言ってもいいかという気になって、あまり人には話していない事情を打ち明けた。

「実は転勤することになって」

　ｒｅｉｋｏ先生は、「うわぁそれは大変ですね」と同情心をあらわにする。それから、

「小林さんてご結婚されてたんですね」

　意外なことを言うので、思わず二度見してしまった。

　彼女の頭の中では、転勤＝男がするもので、私は夫の転勤につきあって引っ越さなくちゃいけない妻、という構図に自動変換されたらしかった。訂正するのも面倒なので、適当に愛想笑いで話を切り上げ、置きっぱなしにしていたヨガマットを受け取ると、また来週も会うような軽さで会釈して、スタジオをあとにした。

　カツカツと音を立てて歩道を歩きながら、ｒｅｉｋｏ先生って同い年くらいかなぁな

んて考える。同級生の近況をフェイスブックで見ると、ヨガインストラクターになってる子が何人かいた。そういう子たちはみんなどことなくタイプが似てる。きれいで、勝ち気で、プライドが高くて、それなりに野心がありそうな子ほど、ヨガに行ってる気がする。ほかにいくらでも進む道があったような女の子ばかりだ。

それを言ったら自分はどうなんだと顧みる。

私たち、なりたいものに、全然なれなかった世代だからな。

就職活動していた二〇〇一年、みんな内定事情は死屍累々《ししるいるい》といったありさまだった。猫も杓子も茶髪の時代、泣く泣く髪を黒く染め、没個性の塊みたいな悲惨な格好で都内をかけずりまわった。百社受けてる子なんてザラにいたし、履歴書の自己PR欄を埋めるため、自分に向き合いすぎてメンタルを病む子も続出した。面接に進めたら天にも昇る心地だった。それでも内定はなかなか出なかった。

あのとき、未来の扉は私たちの目の前でピシャリと閉ざされていた。私たちは社会にまったく歓迎されていなかった。リストラに大騒ぎしつつも、親世代にあたる団塊の雇用を守る形で、若い私たちが割りを食わされたのだった。「末筆ながら、貴殿の今後の益々のご活躍をお祈り申し上げます」で締められた不採用通知に自尊心をすり減らしながら、いまから思えば哀れとしかいいようがないひたむきさで思い詰めた。私たちは若く、無知で、剝き出しの心で社会に出ることのハードルの高さを畏怖した。

だけどそのおかげで、就活仲間と見えない絆で結ばれ、一時的な熱い友情が育まれたりもした。苦境に立たされている者同士にしか芽生えない戦友的な友情。ドトールの二階、リクルートスーツ姿で肩を落とし、「えーんまたダメだったぁー」とヒステリックに窮状を訴える友達と、慰め、励まし合う。こういうちょっと体育会系っぽいノリは嫌いじゃない。だからまさか、自分が通信業界の大手からするっと内定をもらえたときは、喜びよりも先に、困ったなと頭を搔《か》いた。

本当は、海外に買い付けに行くバイヤーの仕事にあこがれていた。けど、そんな夢みたいな仕事、どうすればたどり着けるのか見当もつかなかった。とりあえずどこでも受けておこうのスタンスで手当たり次第にエントリーした。「時代はＩＴでしょ」とか言ってＩＴ系も一通り受けたけど、それはソニーやトヨタといった大企業を冷やかし半分に受けるのと同じ、記念受験みたいなものだった。別に興味があったわけでもなく、特別な勉強もしていなかった。なのに受かった。いい加減なもんだなと、社会を舐める気持ちがはじめて湧いた。

就活仲間に「内定もらった」と報告したときの空気を、私はほんの数日前の出来事みたいにはっきり憶えている。よりにもよって内定第一号で、東証一部上場企業、事務系総合職。こんなに感じの悪い話はない。しーんと一拍、おかしな間があって、それからみんな作り笑顔で、義務感たっぷりの、かなり無理した「おめでとう」を口にした。そのときの空気を思い出すといまだに凍り付く。あのとき私のおでこに捺《お》された裏切り者の烙印は、いまもとれてない。私は同じ境遇で傷を舐め合っている者同士の友情の、固さと脆《もろ》さを同時に学ぶ。

友達みんなが同じラインに立っていられたのはあれが最後だった。蓋を開けてみれば就活仲間の大半が、四月から無事に社会人になった。もちろん誰もが妥協に妥協を重ねた末の就職で、仕事には最初から失望しかない。半年で辞める子も現れた。大学院に入りなおす子もいた。彼氏と結婚する道を選んだ子もいた。社会人になったことの高揚感と同時に、仲間とてんでんばらばらに散って、それぞれが別々の世界に進んでいくことのどうしようもないさびしさを知る。それは、生まれてはじめて味わうタイプのさびしさだった。クラスが分かれたり、違う大学に行くのとは訳が違う。ああ、これが人生なんだなと思った。

人生は、友達と一緒には進めないんだ。

こんなことがあった。

久しぶりに集まった大学時代の友達の一人と、帰り道が一緒になった。彼女は新卒で入った日用品メーカーを二年で辞め、いまは派遣で人事アシスタントをしていると言う。

就活生の相手をしながら、自分たちの時代の就活状況を客観的に思い出す毎日。「ちょっと生まれるタイミングがズレただけでこんなに違うのかって思っちゃうよ」と愚痴をこぼす彼女と立ち話していたら、夜の十二時を回ってしまった。お酒も入っているし、足は痛いし、終電に駆け込むのもつらい。「速く速く、走って！」と必死の形相で急かす彼女の気も知らず、私はタイミングよく滑り込んできたタクシーに、反射的に手をあげてしまった。

「方向一緒だよね？　タクろうよ」

彼女は「まじ？」と言って顔を引きつらせた。

「ここからだといくらかかるの……？」

ああ、まただと、私は思った。内定をもらったのを打ち明けたときと、同じ空気だ。

別々の道を歩きはじめた時点では気づかなかった。無邪気に「お互いがんばろうね」なんて言っていた。だけど一年が経ち、二年が過ぎ、社会人三年目にもなると、ようやくわかってきた。私たちは取り返しがつかないくらい引き裂かれ、違う世界の住人になっていることに。それから、私たちがなにによって分断されているのかも。

要するにお金だ。

私は、イヴがりんごを食べて知恵をつけてしまったみたいに、お金の稼ぎ方も、お金の使い方も、知ってしまったのだ。初任給こそ手取りで二十万そこそこだったけど、ボーナスで百万近い金額がポンと手に入ると、だんだん生活が変わっていった。美味しいものを知り、美味しいお店をたくさん知ってることが、そのままその人の価値となる大人の世界。私は大学時代あれほど通ったファミレスに、二度と足を踏み入れなかった。着るものも変わった。昔からボーイッシュな格好が好きだったけど、いまではヒールを履き、適度にコンサバで女らしい格好にブランドバッグを合わせている。男性社員の視線は露骨だ。そういう男好みのきちんとしたファッションでないと、目すら合わせてもらえないのだから。ここにきれいにしてる女がいますよ、というアピールを服装でしないと、存在を認識されない。尊重されない。面と向かったセクハラ以上に、無意識にこちらを女として値踏みしてくる視線や態度の方に、何度も小さく傷つけられた。

仕事は楽しいけど、会社にいることは窮屈だった。社員数とストレス指数は比例するとしか思えない。人が多ければ多いほど摩擦熱は高まり、ピリピリした緊張感が漂う。会社の空気から解放されたくて、とにかく旅行に行くようになった。一泊十万円クラスの温泉でリフレッシュして、年に二回は海外旅行。一時期は海外に行くために働いてた感じ。ハワイに行き、パリに行き、イタリアに行き……そのうちメジャーな都市では飽き足らなくなって、クロアチアやアフリカのモザンビークなんかに行きはじめた。就職してからというもの、仕事を覚えるのと同時進行で、私はそういうお金の使い方を学んでいった。

つきあう相手も変わった。新卒採用を逃して塾講師のバイトに甘んじていた彼氏とはとっくに別れ、証券アナリストや大手広告代理店の人とつきあった。自分より高収入そうな男がしっくりきた。その方が角が立たないし、気をつかわなくて済むから。ラブホテルの代わりにラグジュアリーホテルに泊まったり、車の助手席に乗り込んで深夜の首都高ドライブ、そんな遊びは楽しかった。けど仕事の忙しさに振り回されて、デートはおろか連絡をとることすらままならなくなって、結局誰とも長くはつづかなかった。

友達関係はもっとデリケートだ。同僚がいちばん気楽で、そうでない人とはかなり気をつかう。ごはんに行くとするなら、相手はどのくらいの予算を考えているのか。一緒に旅行に行くなら一泊いくらくらいのイメージなのか。相手の〝普通〟と自分の〝普通〟をすり合わせなくちゃいけない。なにしろみんな、自分の思い描く〝普通〟しか、世の中にはないと思ってるから。みんなはどのくらいの生活をしているのか。どのくらいの楽しみを知っているのか。それとなくリサーチして、こっちが合わせなくちゃいけない。気をつかうのはいつも私だった。そして、気をつかったものの、結局どこかで生活レベルの違いがバレて、相手に嫌な思いをさせ、距離を置かれるのも私だった。二十代も後半になるころには年収が七百万を超え、学生時代の友達とはほとんど会わなくなった。

私はますます友達を選ぶようになった。映画館でプレミアムシートを選んでも引かない友達。新作ブランドバッグを持っていてもやいのやいの言ってこない友達。食事にちゃんとお金をかけられる友達。ハワイにさくっと三泊、休みを合わせて行ける友達。お金というのは不思議なもので、ただ働いて、稼いだお金をそっくりそのまま貯めるというわけにはいかない。それなりに稼ぐにはそれなりに出費がかさむし、一度高めにチューニングされた金銭感覚は二度と元には戻らない。働けば疲れる、心も体も疲弊する。定期的なマッサージやスパなしには体がもたない。体だけじゃダメで、ちゃんと遊んだり、美味しいものを食べたりして心を回復させるには、相応のお金がかかる。結局、安い月給でつましく暮らすのと、そこそこ高い月給で贅沢に暮らすのは、似たようなことなんだと思う。

そんな浮ついた日々も、リーマン・ショックと震災でがらっと変わった。まわりが一気に結婚したり、子供をつくったりしはじめた。マンションを買ったり、不妊治療に通ったり、二十代とは違うお金の使い道が出現する。同僚がタワマンを買ったりすると、驚くし、焦る。私だってゆくゆくは、家庭を持ってマンションか家を買う、ありきたりなライフプランをうっすら思い描いていた。だけど愛想がないせいか、仕事も遊びも楽しすぎるせいか、年とともに男性から敬遠されるようになったのを、私はちゃんと自覚していた。男の人が自分より格下の女を妻に選ぶってことはわかってる。選ばれたければ萎縮してにこにこサラダを取り分けるしかない。でも私は、選ばれるより、選ぶ立場にあまりに慣れすぎた。

気がつけば男でも女でも、一緒に過ごせる相手を見繕うのすら面倒になって、どこにでも一人で出かけるようになっている。一人旅に味を占めると、むしろ誰かと一緒にいても気をつかうだけだと、ますます一人が楽しくなった。三十万、四十万するバッグを平然と買い、高層階にあるレストランでランチを楽しむ。たまには同僚と飲みに行って、愚痴や悪口を吐き出してデトックスしながら、思いきり笑い合う。そうやって人生を謳歌してる手応えをびしびし感じる夜は、自分が東京の主役みたいに思えた。

だから次の異動で、いきなり地方支店で営業をやることになったとき、ちょっと意味がわからなくて、私はパニックになった。

「え、それは無理ですよ」

思わず上司に、真顔できっぱり言った。

「無理ですよ私、東京以外に住むのは無理です」

「小林さん、房総《ぼうそう》の出身でしょうが」

上司はハハハと笑いながら流した。

まあ、会社の意向はだいたい想像がついた。キャリア十年前後の社員に経験を積ませて育てたいのはわかる。世代的に子供を産む人が増えて、人事も難しいんだろう。

「うちの部署、二人も産休に入っちゃったからねえ」

「だからって独身にこんなしわ寄せされちゃたまったもんじゃないですよ。完全に独身ハラスメントじゃないですか」

私がハラスメントまで持ち出してなおも楯突《たてつ》くと、

「ただの異動！　以上！　ハハハハ」

上司がアクシデント的に踏んだ韻が、オヤジギャグみたいに残響した。

◎

「小林里美です、入社十二年目になります。これまでコールセンターや総務を回ってきました。営業ははじめてです。精一杯がんばります。ペーパードライバーなので営業車の運転が心配ですが……どうぞよろしくお願いします」

十人ほどの社員の前で挨拶すると、活気のないまばらな拍手が返された。

まわりを駐車場に囲まれた、二階建ての小さなビルに入ったエリア支店。擦り切れたカーペット、パーテーションで仕切られた簡易応接室には、ほこりの積もった造花と、いまどき灰皿が。つい昨日まで、本社エレベーターホールの殺気立った朝の空気に負けないよう気を張っていた私には、完全に異世界だった。

もっと面食らったのは代理店だ。予想はしていたけど、地方の携帯ショップで働く女性は、みんなヤンキー上がりのギャルばかりだった。九〇年代か！　と突っ込みたくなるほど細い眉毛と、個性を競い合った強烈なネイルアート、荒れた肌には清潔感がなく、髪もパサパサ。いったいどこから身だしなみの指導を入れればいいのか頭を抱えた。

この世でいちばん安い軽自動車の横っ腹に、会社のロゴを貼っつけただけの古い営業車。操作方法が謎すぎる旧式のナビ。ナビ以前に、街の地理がさっぱりわからない。初日は運転に手こずり、受け持ちの代理店を二つ回るだけで日が暮れてしまった。のっぺりと平坦で、目印になるものがなんにもない。景色の抜けのよさに心細さがいや増す。だだっ広い一級河川。ゆるやかな稜線を描く低い山々。一両編成の電車が時速三十キロくらいで走って行く。ここはどこだ、私は誰だ。


着任早々、さっそく代理店の女性たちに嫌われてしまったらしい。歓迎会で、営業の上野さんが言った。

「小林さん、ショップの女の子たちから〝バリキャリ〟って呼ばれてましたよ」

「バリキャリ？　それあだ名ですか？」

正直、バリキャリという単語があのギャルたちのボキャブラリーにあったことに驚いた。そのくらいのレベルだ。

上野さんはこの支店でもう五年目になるという。東京の出身で、営業社員として入社している。この街で一人暮らしするあまりのさびしさに耐えきれず、一年目で代理店の女の子に手を出し、すぐに妊娠。向こうの親にどやされて結婚し、去年家まで建ててしまったと、自分の人生を爆笑しながら話してくれた。

「こっちだと二千万くらいでめちゃくちゃ立派な家が建つんですよ！」

と赤ら顔で笑う上野さん。

その屈託のなさに、ああ、この人、なにかを完全に諦めたんだなと思う。なにかとは、東京への執着とか。自分の人生に対する期待とか。別にこの人が、この街の男全員を代表してるわけでも象徴してるわけでもないけど、このつまらない街に馴染んであぐらをかいてるような下卑《げび》た男とは、絶対に寝ないぞと、私は心に固く誓った。

黙ってワインを飲んでいると、上野さんは先輩ヅラでこんなアドバイスをした。

「バリキャリなんてましな方ですよ！　俺なんか最初、アキハバラとか、すげー雑な呼ばれ方でしたから。めっちゃイジってくるし。でもまあ、みんな悪い子じゃないんで。店長クラスにはくせ者も交じってるけど、まあ、うまく転がしてやってください！」

うまく転がしてやってください——その言葉を聞くだけで、この上野さんという人が、代理店で働く地元の人をナチュラルに見下していることがひしひし伝わってきた。

　上野さんが「くせ者」と言っていたのが誰かすぐにわかった。私が担当するエリアでいちばん大きなショップの店長、大島絵里《おおしまえり》。すっと伸びた細い首の上に、ショートボブの小ぶりな頭がちょこんとのっかる。身長があって骨格もしっかりしていて、目鼻立ちも派手だ。自分で言うのもなんだけど、私と限りなく同じタイプのルックス。名刺交換のとき、彼女がまっすぐこちらを見据えた目の奥に、ギロリと品定めする気配を感じた。女が女に向けるメスの視線とは違う、純粋に「あんた仕事できんの？」といった勘ぐりの目だ。

「大島です、よろしくお願いします」

　明るくはきはきした物言い。たぶん生まれてこのかたずっとまわりの友達に、「サバサバしてる」と評されてきたに違いない。自分がそうだったからわかる。まだ挨拶しかしていないのに、ずいぶんとネガティブな第一印象を抱いてしまい、やりづらいなぁと内心ため息をついた。

「さっそくなんですけどこれ、今月の営業目標に関して少しいいですか？」

　私が鞄から資料を取り出そうとすると、

「いらっしゃいませ！」

　自動ドアから入ってきたお客様に向かって、大島さんは満面の笑みで声を張り上げた。その声のあまりの通りの良さにびっくりして、手にした資料をうっかり落としてしまう。

大島さんはぱつぱつのタイトスカートですかさずしゃがみ、私に小声で、

「すみませんここお客様がいらっしゃるので、奥の事務所でお願いします。資料は私が持っていきますね。あ、お客様！　こちらですぐご案内いたします、お掛けになってお待ちください。吉岡さん！　二番でお客様がお待ちでーす、さ、さ、さ！」

次々やって来るお客様をさばき、スタッフに指示を出しながら、私を隠すように奥の事務所に誘導した。


大島絵里が店長を務めるショップは、エリア一の優良店だった。営業目標はほぼ毎月クリア。契約者数も順調に伸びていて言うことなし。人口比率からいってもこれ以上を目指すのはかなり厳しいけれど、他が頼りないこともあり、「ここを強化して」と本社からの指示を受けていた。私はただの橋渡し役だ。

「こちらの営業成績、本社でも話題になってました。大島さんが店長になられてから一年で、かなり数字伸びてますよね。秘訣《ひけつ》って……」

「秘訣ですか？」

「教えていただけたらと思って」

私は、年上なのか年下なのかわからない大島さんに、思いっきり下手に出た。

いくつか他の店舗を回ってわかったのは、情報開示にすら時間がかかりそうだという

こと。知りたい情報を聞き出そうにも、ハイどうぞ、というわけにはいかない。頻繁に顔を出して、無駄話なんかもふんだんにしながら仲良くなって、信頼を得て、そこではじめて仕事をさせてもらえそうな感じ。

女性の営業職はめずらしく、転勤なんて大変ですねと同情してくれる人もちらほらいた。それを逆手にとって、女なのに営業にまわされた可哀想な人、バリキャリのイメージに反して腰の低いけなげな人、という態度でいこうと思っていた。田舎の人にはそういう殊勝さが効くだろうという計算だ。

ところが大島さんはそんな作戦をよそに、

「別に基本的なことしかやってないです」

あっけらかんとした口吻《こうふん》でさっそく実情を明かしてくれた。

「店内をきれいに保つのと、スタッフ教育。まあスタッフ教育がいちばんネックですね。店頭に立つのはみんな女子なんで。あの子たちの士気を上げるのがまあ大変で。ノルマって、お尻叩くだけじゃ逆効果ですから」

「どうやって士気を上げてらっしゃるんでしょう」

「まず自分のやる気を見せることかな。目標掲げて、みんなでクリアしようねって。私バスケ部のキャプテンだったんで、そういうのは得意なんです。とはいえ店舗は待ちの態勢だから、いくらがんばっても現状キープが精一杯で。数字上げるには正直、店舗ががんばったところで無理なんですよ。商材に魅力ないと終わりですから」

「……ですよね！」

　私は、大島さんの口からこぼれる言葉の端々から、代理店がどういう状況かを吸収していった。本社から預かった営業目標を手にしながらも、まさにそう思っていたのだ。代理店にがんばってもらうのは酷ってもんで、本社ががんばってヒット商品を出すしかないよなぁ。

　大島さんはさらにつづけた。

「要は買い替えを悩んでる人に、タイミングよくハマるかどうかなんで。でも、そうだなぁ、具体的に打つ手としてはまぁ、イベントですかね。イベントくらいしかできることないんで。ここ、SC《エスシー》に代理店が入ってないんですよ。うちがいちばん場所的にSCに近いんで、だいたい月イチ、SCでイベントやってて、そのおかげで数字が出てるんだと思います」

「あのぅ、SCとは？」

「ショッピングセンターです」

「あ！　なるほど。……で、ショッピングセンターでイベントされるようになったのは、大島さんが店長になられてから？」

「はい」

「それは私の前任者の、本社営業からの提案ではじめたんでしょうか？」

「いや、ショッピングセンターの営業担当が、スタッフの同級生だったんで、お願いしてねじ込んだんです。そしたらけっこう人も集まったんで、これは定期的にやろうってことになって」

なんだそのローカルな人脈は。メモを取る手が止まり、呆れながら、

「なるほど、同級生ですか」

わざとらしく感嘆した。

◎

日曜日はショッピングセンターの周辺に、駐車場待ちの車の長い行列ができる。並ぶ車は似たりよったりの国産車ばかり。白やグレーの軽自動車を、若い女性やおばちゃんが危なっかしく運転してる。ミニバン率も高い。凡庸な車の群れが、ショッピングセンターにみるみる吸い込まれていく。

東京でしょっちゅう見かけるメルセデスやＢＭＷはここではレアだ。そんな車に乗っていたら悪目立ちして、逆に笑われてしまいそう。なんでものっぺり平坦なこの街では、所得の格差も少なそう。みんな同じような車に乗って、みんな同じ場所へ向かい、みん

な同じようなものを食べ、同じようなものを買う。私から見ればつまらない暮らしだけど、ほかの選択肢を知らないから、そこに疑問も迷いもないのだろう。車は一直線に列を作り、ショッピングセンターに入れてくれ〜と無言の叫びをあげながら、羊みたいにおとなしく並んでいる。

警備員に誘導されて駐車場に進み、やっとの思いで空いているスペースを見つけ、バックで駐車を試みる。何度もハンドルを切り、ようやく位置が決まってサイドブレーキを引くと、「ふぅっ」思わずシートに倒れ込んだ。目的地に到着するだけでこのエネルギーの使いよう。なんだか新入社員時代の、地下鉄の乗り換えに手こずっていたころみたいだ。

勝手のわからない土地で暮らすことがどれだけハードか、この二ヶ月ひたすら思い知らされた。あちこちに散らばった代理店の場所を覚え、そこで働く人の顔と名前を把握するだけでも一苦労。加えて引っ越しの荷解きを進めながら、最寄りのスーパーを開拓して生活を整えなくてはならない。もし自分が男で、結婚していたら、こういう面倒なことは妻が全部やってくれるんだよな。そんなことを思いながら、毎夜コンビニに駆け込んで惣菜や納豆を買った。

自分の車がないのがとにかく痛い。電車もバスもあるにはあるけれど、すこぶる不便だ。私が車を持っていないと言うと、誰もが「それで生活できるの？」と目をむく。車なしの暮らしを送る人は、ここでは最弱だ。「せっかく免許あるんだから」「中古車でいいから買った方がいいよ」というアドバイスをしょっちゅう受ける。そんなのわかってる。けど車なんて買いたくない。早く本社勤務に戻りたい。東京に戻りたい。

休日のショッピングセンターは子連れ天国だ。

ベビーカーや幼児専用のショッピングカートが通路をわがもの顔で進み、子供たちのキィキィした声があちこちでこだましてる。クリスマスツリーの前に子供を立たせ、写真を撮ろうと構えた親のスマホから、カシャ、カシャ、カシャシャシャシャ――――ッとシャッター音が響き渡る。自分の遺伝子が結晶化したかわいいかわいいわが子を撮る親の顔は、直視するのも憚《はばか》られるくらい緩みまくっていて、そんな油断しまくった顔をこれだけ人がいる中で抵抗なくできる神経が私にはわからない。誰もが自分ちみたいにくつろいでいることで生まれる弛緩《しかん》しきった空気が、ショッピングセンター中をくまなく覆い尽くしていた。

ふれあい広場には販促ののぼりが立ち、サンタの帽子をかぶったスタッフが数名、だらだらした感じで遠巻きに立っている。

「お疲れさまです」

愛想笑いを浮かべて、店長の大島さんに声をかける。

「いま来たんですか？」

大島さんは露骨に怪訝《けげん》な顔で、あいさつ代わりに言った。

八時半入りでイベント会社の人と一緒に会場の設営をしていた彼女からすると、十時過ぎにのこのこ来るなんて、そりゃあムカつくんだろう。

「すいません、ちょっと道が混んでて」

タクシーで遅れたときの常套句が口から出た。混んでいたのは道じゃなくて、駐車場なんだけど。

ていうかなんで私が謝らなきゃいけないんだ？　担当してるのはこの代理店だけじゃないし、イベントがどんなものかも、着任間もない私にはわからなくて当然じゃない。それに私が早く着いたところで突っ立ってるしかできないんだし……。先生に叱られた生徒みたいに内心ぶつぶつ反論しながら、ふれあい広場の様子を眺めた。

午前中のショッピングセンター。買い物客はたくさんいるのに、パイプ椅子を並べた客席には驚くほど人がまばらだった。歩き疲れたのか、それとも単なる暇つぶしなのか、煮染めたような色合いのジャンパーを羽織った老人ばかりが背中を丸めてしょんぼり座っている。設営されたステージではマジシャンがショーをやっている最中だった。状況のあまりのダサさに呆然と立ちすくんだ。

そりゃあ私も育ったのは千葉の田舎だ。子供のころは親にこういう場所へ連れて行かれたものだし、そうやって大きくなった。けど、東京の大学に行って、東京で就職して、十年以上東京で暮らすうちに、骨の髄まで東京に馴染んでしまった。田舎の田舎らしさに悪い意味で敏感になり、いちいち引いてしまう。三十過ぎてなんでまたこんな冴えない所に逆戻りしなきゃいけないのか。いまさら転勤なんて。男性社員には二十代で積ませておくような経験を、よりにもよってこんなタイミングで。

これって肩たたき？　せめて結婚していれば、女に転勤なんかさせなかった？　この歳まで結婚してないからって、自動的に〝仕事と結婚した女〟にされてる？　私が転勤を受けて実績を残すことが、わが社の女性の地位を上げることにつながる？　女でも役員になれる社風に変わる？　いやぁ、そんなことはないでしょ。誰もそこまで考えてないよ。うちの会社も。この国も。

同期の女性はここ数年、婚活に精を出してる人が多い。入社直後は結婚願望なんて一ミリも持たなかった人も、二十代が終わりに近づくにつれて焦りだし、三十までに結婚しなきゃという外圧と内圧で自分を見失った。反対にちょっと下の世代となると、入社して数年のまだ仕事もろくにできないうちに、さっさと結婚する人が多い。大学時代の同級生とか、学生時代にバイトしてた店の店長とか、堅実な相手となんの躊躇もなく結婚する若い女の子たち。そんな男でいいんだ？　もうそんな男で手を打つんだ？　後輩の結婚式に呼ばれた私たちは、披露宴のあいだ腹の中に押し込めていた本音を、二次会が終わったあと、手近なスタバで吐き出したものだ。

「もっといい人と出会えるかもなんて甘い考え、あの世代にはない」

「やっぱ生まれてからずっと不況だと、手堅く生きようとするもんなんだね」

「あたしたちだって人生どっぷり不況でしたけど？」

「バブル崩壊したのが一九九一年だから、小学生のときは一応バブルだったじゃん」

「直接の恩恵はぜんぜん受けてないけど、かすってはいたんだよね」

「記憶にないわー」

「でもさぁ、もっといい男と結婚したいっていう、なんていうの？　上昇志向？　それだけはすでにそのとき植え付けられてた気がしない？」

「あー。あるかもね。トレンディドラマ育ちだから」

「恋愛で妥協するのは悪、みたいな」

「打算的に相手を選ぶなんて、わたしの中の恋愛至上主義に反する、みたいな」

「結婚向きのまじめな男より、絶対結婚しちゃダメな悪い男の方を選ぶように、ＤＮＡに組み込まれてんだよね～」

「知ってる？　いまの女子大生って、専業主婦願望が強いんだって」

「は!?　専業主婦??　そんなこと人生で考えたこともなかった」

「でしょ？　いまの若い子はすっごい保守化してるんだって」

「保守化ってどういうこと？」

「結婚して子供を産んで育てるのが幸せだと思ってるってことでしょ？」

「女は家庭ってやつね。みんな働きたくないんだよ」

「まあ、女が外で働いて楽しい世の中じゃないからね」

「バブルのころは、女が楽しく働ける世の中だったってことか」

「女に働きたくないって思わせる社会が悪いよ」

「働きたくないって気持ちは超わかる」

「えーでも、自分で稼いだお金を自由につかえる幸せに勝るものなくない？」

「その幸せを味わっちゃうと、うちらみたいになるんだよ」

「まあ、経済が落ち込むと世の中が保守化するっていうしね」

「不況に適応した子たちほど、結婚に夢を見ず、手堅い相手を選べるってことか」

「後発世代の方が賢く立ち回って甘い汁すすれるの、腹立つわぁー」

「バカ！　それ言ったらうちらより上の世代はどうなんの！」

「女の社会進出自体が壮大な実験みたいなもんだからね」

「社会から見れば全員捨て石でしょ」

　そんなふうに、同僚と同じ話題で盛り上がれた日々は、もう遥か彼方だ。それからぽつりぽつりと櫛《くし》の歯が欠けるように結婚ラッシュがはじまって、すっかり取り残された。

そして地方に飛ばされてしまった。

ぱらぱらと拍手が聞こえ、われに返る。

マジシャンのショーが終わると、ステージに司会の女性がマイクを手に現れた。

「はいっ、ミスター・ジョーイのマジックショー、いかがでしたかぁ？　さて、このあと十一時三十分からは、みなさんお待ちかね、大人気バルーンアーティスト、ポムポムさんによるパフォーマンスです！　それまでのお時間をつかって、携帯電話やスマートフォンに関するアンケートを行います。アンケートにお答えいただくと、こちらの、クリアファイルとボールペン、それからなんとこの付箋紙もついた、ステーショナリー三点セットをプレゼントぉ～！　サンタさんの帽子をかぶったスタッフが会場を回りますので、みなさん、ぜひアンケートにご協力ください！」

女性司会者のキンキンと上ずった声が癇に障る。

マジシャンにバルーンアーティスト、なにからなにまでイケてなくて、情けなくなった。ミスター・ジョーイ……、ポムポムさん……。

その気持ちがよほど顔に出ていたのか、

「そんなつまんなそうな顔で立ってるとお客さんが怖がるんで、もっとニコニコしててもらえません？」

大島さんがわざわざ近寄ってきて忠告した。

「私そんな怖い顔してました？」

「ほらこれ」

「え？」サンタ帽を渡される。

「よかったらどうぞ」

手にしたサンタ帽を、私はわなわなと見下ろした。

「……これをかぶれと？」

「私たちはかぶってますけど？」


サンタ帽を渋々かぶって、あとはなにをするでもなく、仕方なく大島さんの働きぶりを眺めた。彼女はキツい性格とは裏腹な笑顔を終始キープし、居酒屋の店員並みの声量でアンケートを募り、立ち止まったお客さんと談笑しながら、休みなく回答を集めつづけた。もちろん本来の目的であるスマホ乗り換えキャンペーンや新商品の紹介へもちゃんと誘導している。あまりにも露骨だと警戒されるだけだが、話ぶりや態度があざとくないせいか、アンケートに答えた流れで特設ブースに寄り、話を聞いていくお客さんもちらほら現れた。

大島さんにつられるように、ほかの女性スタッフの動きもどんどんよくなっていった。文化祭の模擬店みたいな、手作りの楽しさが広がる。私がここに到着したときとは、現場の雰囲気がまるで違っている。

　バルーンアーティストのパフォーマンスがはじまると、

「ポムポムさんのバルーンショーはじまってまーす！　ぜひご覧くださ〜い」

　大島さんは声を張り上げながら、道行く人に風船を配りだした。

　それを見ていたほかの女性スタッフが、裏で追加の風船を膨らませる。そして大島さんのあとにつづいて、同じように人集めの声掛けをはじめた。

　午後は目が回る忙しさだった。女性スタッフは絶えず客の対応に追われ、説明に説明に説明を重ねて声を嗄《か》らしている。みんなお昼をとる時間もない。

「私なにか買ってきましょうか？」

　見かねて言うも、

「おにぎりとかお菓子はあたしがここ来る前に食料品売場で買って来てるんで」

　大島さんに追い払われてしまった。

　私にできるのは、邪魔にならないところに立って、せめて空気を悪くしないようニコニコ薄笑いを浮かべることだけだ。

「ここの店長は働き者ですねえ」

　私以上になにもせず、へらへら突っ立ってるだけの男が偉そうに言った。広告代理店の営業だ。こんなショボいイベントにも、一応代理店が入っている。そしてなにもしないくせに金をごっそり持っていく。なにもしてないのは私も同じだけど。

なにもしていない私たちは二人並んで、女性スタッフが馬車馬のように働くのをただ眺めた。

◎

その年の年末年始は実家に帰らなかった。地方に転勤になったことを、親に面と向かって説明するのが面倒だし。長男だからと依怙贔屓《えこひいき》されていた兄は新卒採用を逃し、ほぼ引きこもりの状態だ。私が高収入なのを妬みまくって、この十年すごく仲が悪い。兄は私の転勤による都落ちを知ったら、腹の底から笑うだろうな。親も親で、早く結婚しろとか、孫がどうこうとか、顔を合わせたらなにを言われるか。考えると憂鬱しかない。実家には絶対近寄りたくない。

かといって東京に行く意味もない。仲良くしていた同期とも、私が東京を離れた途端に連絡も間遠になった。ＬＩＮＥしたところで「東京来たら連絡して」としか返ってこない。こんな田舎にまで、私の顔を見にわざわざやって来る奇特な人はいない。私はうすうす気づきながらも、ずっと気づかないふりをしていたことに、ついに直面してしまった。もしかして同僚って、友達ではなかった……？　私、東京で同じレベルで遊べる人のことを、友達だと思ってただけ？

それで二〇一四年の元日は、昼から映画館へシケ込んだ。郊外型の寝具店とパチンコ店に挟まれるようにして建つローカルなシネコンへタクシーで行った。タクシー運転手にはものすごく怪しまれ、質問攻めに遭った。そんな苦難を乗り越え、とくに観たくもなかった『ゼロ・グラビティ』をたてつづけに二回も観た。ＩＭＡＸシアターだったらもうちょっとアトラクションっぽく楽しめたかもなと思いながら。いずれにせよマンションの部屋で、狂気じみた正月のバラエティ特番を見るよりはまし。まばらな客席で私は、宇宙に取り残されたサンドラ・ブロックの孤独と自分の孤独を重ねた。

エンドロールを見届けて席を立つと、

「あれ、なにしてるんですか？」

声をかけられた。

人違いですよと瞬間的に思った。この街で私のことを知ってる人がいるわけないじゃない。だけど顔を上げると、知ってる顔があった。

「大島さん。そっちもなにしてるの？」

大島さんの車に乗せてもらって、「こんなところしか開いてないですよ」とチェーンのファミレスへ移動する。二〇一四年一月一日の夜。正月も家族より友達をとった若者たちが、ぱらぱらとブース席を埋めている。大島さんはダウンコートを脱ぐと、腰まで覆うベージュのハイネックニットにスキニーデニムという格好。なんてことないけれど、色っぽい体型が引き立っていた。ニットも、シンプルだけど質は悪くなさそう。このあたりではそれなりの年齢の女性でも、寒そうな化繊の安物ニットを着ているから、意外とちゃんとしてるんだな、なんて失礼なことを思う。

「そのニットいいですね」

「ユニクロです」

という安定のやり取り。

私服って、本当はこういう人だったんだと、相手の本質を垣間見《かいまみ》た気持ちになるからこそばゆい。代理店の店頭で見る大島さんは、いつも首にスカーフを巻いたOLの制服姿だ。こっちも普段のパンツスーツではないから、なんだか温泉で裸になって鉢合わせたような照れを感じて、気まずく向かい合った。

「小林さん、こういうとこ、普段来ないでしょ?」

「来ないですね」

「まさか学生時代以来?」

「そんなことないけど、まあ、わざわざ選ばないですね」と言いながら、新聞紙みたいに大きいグランドメニューをめくる。

流行りを押さえた季節メニューに激しく目移りしながら、結局、和風ビネガーソースのハンバーグを選ぶ。大島さんはリブロースステーキ。二人とも肉食だ。オーダーを済ませると沈黙がつづいた。どちらも愛想がないというか、無理して場を盛り上げるようなタイプではないから、ちょくちょく無言になる。やっと質問を思いついて、

「大島さんもここが地元なんですか？」とたずねた。

「地元……ではないです」

「……一人暮らし？」

「いや、彼氏と住んでて」

「同棲かぁーいいなぁー」

「そうですか？」

「はい。私、同棲経験ないんですよ。東京だと仕事忙しかったし、男の人と一緒に住むなんて考えられなくて。でも、こっちにいるとなんだかんだ夜七時には事務所から人がいなくなるし、土日も出社する必要ほとんどないじゃないですか。社会人になってからこんなに暇なのはじめてで、調子狂うっていうか、なんか突然、仕事以外の自分の人生を突きつけられた感じで」

大島さんはふぅーんという顔。

「私、結婚したいしたいっていう時期はもう通り過ぎてるんですけど、同棲は全然アリ

だと思いますね。大島さんの彼氏、なにしてる人ですか？」

「運送業です」

「……あー、なるほど」

運送業と聞いて、深夜に高速を走らせるトラックドライバーの姿が浮かんだ。

「年末年始もお仕事ですか、大変ですね」

大島さんはカチンときた顔。

「仕事じゃないです。向こうの家に行ってるんです」

「向こうの……？」

大島さんは、本当は話したくないけど、話したくないことなんだと思われるのも癪《しゃく》だから、という感じで、「どっちもバツイチなんで」と言った。

「向こうには子供いるから、正月とかクリスマスとか誕生日とかは〝父親〟やりに行ってて」

「……あー、なるほど」

そして沈黙――。運ばれた料理を黙々と食べ、さすがになにか喋らなきゃなぁと思っていると、今度は大島さんから質問がきた。

「小林さんていくつですか？　歳」

「今年三十四です」

「え、じゃあもしかして同い年？　八〇年生まれ？」

同い年というキーワードが出た瞬間、大島さんはこれまでにないくらい顔を輝かせて親近感を示したから、

「いや、早生まれなんで」

という私の言葉が、突き放すみたいに響いてしまった。

「学年でいうと一個上かぁ」と大島さんは肩を落とした。

「学年でいうと……まあそうですけど」学年という概念に苦笑してしまう。

「早生まれってことは、小林さんもうすぐ誕生日なんじゃ？」

「三月だからまだ先ですよ」

「私は四月生まれ！　なんだ、やっぱ同い年だ」

そんな薄い会話をしながら、二人とも帰ったところですることもないしなぁと、ファミレスに深夜まで居座った。

◎

学年は違うけど同い年である、というコンセンサスが得られてからも、私たちは敬語で話す。

「こちらが本部で在庫を余らせている機種で、なんとか上半期中に減らしてほしいと上からつつかれてまして。まあ、カラー展開しかバリューがないし、スペックも高くないし、正直iPhoneに太刀打ちするにはかなり弱い商材ではあるんですけど……」

なんとかなりませんかねえ。事務所でカタログを広げながら、大島さんに窮状を訴える。

「いやでも、逆にiPhoneに抵抗あるっていう人も多いんで、いけると思いますけどね」

「ほんとですか!?」

藁《わら》にもすがる思いで大島さんを見つめた。

大島さんはしなやかな指でカタログをぱらりとめくり、しばし考えたあと、

「この春、卒業する高校三年生にターゲットを絞りましょう」

エグゼクティブ並みの風格で頼もしいお言葉。

「おおぉ〜」私はどよめいた。

「そんな驚くような斬新な発想じゃないですよ。毎年この時期は新生活向けにいろいろ仕掛けるもんですし。とくに県外に出る子たちは三月にあれこれ新調するから、家電量販店とかすごいですよ。ケータイをもともと持ってる子でも、地元でスマホに買い替えてから引っ越そうと思ってる人もかなりいるでしょうし。親が厳しくて持たせてもらえなかった子も、みんなこのタイミングで解禁されるんで」

「なるほど！　そういう子たちはスペックもそこまでこだわらないか」

「スペック読めないですしね。三年生は卒業式が終わってからみんな一気に遊びはじめるんです。友達とか母親とかと出かけて、新生活に必要なものを買い揃えるから……」

「じゃあ三月は毎週末SCでイベント打ちましょう！」

　思わず高揚して前のめりになる。

「そんなに毎週末は空いてないですよ。この時期は争奪戦なんで。クリスマスにやったようなイベントは予算もかかるし、ベストのタイミングで決め打ちでやりましょう。まずは近くにある高校の卒業式の日程を調べて、高校生の行動を予測して、ここっていう日を割り出すところからですね。あとは新聞の折込広告に桜いっぱい散らして」

「高校の近くでチラシでも配りましょうか？」

「それより自動車教習所ですね。この時期は高校三年生のたまり場みたいになってるんで、ノベルティを配りに行ってもいいかも。教習所で働いてる知り合いがいるんで訊いてみます。それと……」

　大島さんからアイデアが溢れ出した。さすがだった。

　管轄の代理店へは最低でも週に二度、顔を出すことにしているけれど、ちゃんと見張ってますよというプレッシャーを与えるのがせいぜいで、実のある話ができることはそうそうなかった。けれど大島さんは、相談すれば必ず頭をひねってアイデアを出してくれるし、目標を決めたら最後までやりきってくれた。こんなに仕事のできる人、本社にだってそうはいない。

考えれば考えるほど、なんでこの人がこんな街にいるんだろうと思ってしまう。学歴は知らないけど、地頭はいいしセンスもある。人望があって行動力もある。とにかく仕事ができる。現場の仕事は煩雑だ。覚えることも多い。体力的にも精神的にもタフでないとつとまらない。大島さんは驚くべき理解力とチームのリーダーとしての資質を備え、だけどそれを鼻にかけることもなく、キビキビ、テキパキ、仕事ぶりは見ていて気持ちがいいほどで、同じ社会人として尊敬さえする。地方勤務の人特有の、だいぶ気の抜けた、眠たいような仕事ぶりとは全然違う。本社勤務も余裕でつとまるはず。こういう人がこんな街の、こんな代理店に埋もれてるなんて、もったいなさすぎる。国の損失とさえ思う。

ショップであれだけ働いて、接客というういちばん疲れる感情労働に日々追われ、本社も一目置く成績を上げている大島さん。だけどその営業成績は、この有能な女性が一人で奮闘して獲得したものだってことを、誰も知らない。会社が知ったところで、給料に反映されない。そういう組織図なのだ。直営ではなく、彼女はこのエリアをカバーする販売代理店事業に特化した一次代理店が、さらに展開する二次代理店の一社員にすぎない。さすがに契約ではなく正社員だろうけど、それでも彼女がどういう待遇で働かされているかを考えると怖くなる。月に手取りで二十万、もらえている気がしない。というかこの私が、彼女の何倍もの給料をかすめ取っているのだ。

これまで自分の給料は、私の努力に見合った金額なんだ、私はそれだけの仕事をしているんだと疑ったことがなかった。けどそれは思い上がりも甚だしく、私の給料は、大島さんみたいな人をスポイルして、割増しされた結果であって、自分の力なんてまるっきり関係なかった。ただ本社に総合職で入れたから、いい給料を割り当てられてるだけ。ラッキーだっただけ。

スマホ片手に卓上カレンダーをめくりながら大島さんは、

「小林さん、『アナと雪の女王』って知ってますか?」突然言った。

「知らないです」

「ディズニーの新作です。アメリカですごい興行収入らしいんです。日本でも絶対ヒットします。女の子が友達同士で観に来ます。公開が三月十四日金曜日。この金土日のどこかで、SCのふれあい広場を確保しましょう」

大島さんの読みは的中して、イベントの日は開店と同時に、ショッピングセンターに若い女の子がごった返した。朝イチの回から満席が出ているらしい。込み合った映画館から溢れ、あちこちで突っ立ってる女の子たちを見て、内心よっしゃ〜とガッツポーズした。大島さんと目が合うと、無言でコクンとうなずき合った。

午前中に映画を観終え、さてこれからどうしよう？　といった様子でぶらぶらしている女子グループがいれば、すかさず声をかけた。

「お二人は大学生ですか？　あ、まだ高校生？　いまちょうど高校三年生限定のキャンペーン中なんです。新生活に向けてスマホの買い替えとか、考えてたりしますかぁ？」

水色の風船とともにチラシを差し出す。女子高生たちは幼児並みに無邪気に風船をもらってくれる。カウンターで話を聞くだけでコレもらえるよと、伝家の宝刀、ステーショナリー三点セットもちらつかせる。ＳＣのイベントでの接客はかなり苦手だけど、自分も高校生だったことがあるから、どんな態度がのぞましいかはわかった。

彼女たちが手にしているパンフレットやグッズを見て、「『アナと雪の女王』、もう観たんですか？　どうでした？　おもしろかった？」なんてフランクに声をかけ、「えーそうなんだ～私もあとで観ますね！」とにかく友達みたいに接する。友達になってしまえば話は早い。すっかりこちらを信用して、親を説得してきてくれる。私は少女たちを次々カウンターに送り込んだ。笑顔で風船を差し出しながら、若いってだけで、女の子ってだけで、こうやってターゲットにされて搾り取られちゃうんだから、気をつけなさいね、という言葉を嚙《か》み殺しながら。

そうやってカウンターへ誘導された少女を、大島さんら女性スタッフが待ち構える。

私がはりきりすぎたせいでカウンターがすべて埋まり、大島さんは「もういい」と、ハンドサインで伝えてきた。相変わらずなにもしていない広告代理店の男に、「こっちもう大丈夫そうだから、さくっと昼とってきます」と伝える。

ふらっと一人でフードコートに行くと、めまいがするような光景が広がっている。子育て中の家族がひしめき、駄々をこねる子、なだめる親、泣き叫ぶ赤ちゃん、走り回る小学生、怒る親などで阿鼻叫喚《あびきようかん》、ライブ会場並みの熱気と喧騒だった。

結界に拒まれたみたいに、私はフードコートの中に入れない。立ちすくみ、呆気にとられて眺めつづける。子育て世代の親のなかに、おじいちゃんおばあちゃんがぽつぽつ交じり、三世代でテーブルを占拠していたりする。子孫繁栄！　そんな古来のドメスティックな幸せを絵に描いたよう。同じ血を体に流す家族という集合体が、一斉に食事をし、腹を満たしている姿はなかなか強烈だった。古代から延々と繰り返されてきた生の営みの、ここが現在地。デートで来ている若い男女はその予備軍だ。彼らもあとほんの数年したら、結婚して子供が生まれ、その子がまた子を産み、この土地にどっしりと根を張っていく。

その美しきサークル・オブ・ライフは、この巨大なコミュニティからはじき出されている部外者の私にはいささかグロテスクに映った。たった一つしかない家族像の、圧倒的な正しさにくらくらする。自分のイケてなさに怖気《おじけ》づいて学食に入れない学生みたいに、フードコートをすごすごあとにした。

ふれあい広場に戻ると、大島さんに「なに食べました？」と訊かれた。

「フードコートには入れなかったから、一階で蕎麦食べてきました」

「あー、土日のフードコートはヤバいですよね」

「びっくりした、あんな混むんだね。地獄絵みたいだった」

大島さんはハハッとめずらしく声をあげて笑い、

「そうだ、今日これ終わってから、なにか予定あります？」と言う。

「なにも」

「じゃあ観ませんか？　アナ雪」

「アナユキ？」

「そうやって略すんですって。女の子たちが言ってました」


夕方四時をまわると会場の撤収にとりかかる。予想をはるかに越えて数字が伸びたので、みんな達成感に溢れたいい顔をしてる。窓口業務の女性スタッフをねぎらって解散、残りの業務をエリア支店の上野に任せて、これから私も『アナ雪』なんでと言うと、

「女子ですねえ」

という言葉が返ってくるんで若干モヤついた。そうか、私は『スター・ウォーズ』も

普通に観るけど、この人たちはディズニーのプリンセスものなんて自分からは絶対観ないのか。

「チケット確保しときましたよ」

と言いながら大島さんがやって来たのを見て、

「え、二人で行くんですか?」

上野は目をむいた。

「そうだよ、なんで?」

「え、いや、二人、犬猿の仲なんだと思ってたから」

「……なんで?」

上野は自問し、「いやぁ、なんででしょう」と首をかしげた。

ショッピングセンターの上りのエスカレーターからフロアを見渡し、

「大島さんはこういうところで買い物したりしないんですか?」とたずねる。

「必要があればって感じで、好き好んでは行かないですね。売ってるものもそんなに欲しいと思わないし。私かわいい雑貨とかに、昔からマジで興味ないからな」

そのクールな発言に、今度は私が声をあげて笑った。

たしかにショッピングセンターは、ごちゃごちゃした安っぽいファンシーグッズや、カラフルで子供じみた、用途があってないような商品ばかり目につく。ユニクロや無印やコムサデモードのほかは、聞いたこともない名前の店が多い。服にしろ雑貨にしろ、売ってるものの価格帯もテイストもどれも似通っている。一見するとおしゃれで気が利いてるけど、値段が十倍くらいする海外メーカーの商品を上手に真似て安く作られた商品ばかりだ。長く大事に使うことなんて想定されていない、使用価値より買うことの方に意味のある、物欲を一瞬埋めるために作られた商品の山。それなりに煩雑なサプライチェーンで成立してるわりに、単価が安いから利益率は低そうだな、なんてことを冷めた気持ちで思った。

大島さんは擁護の言葉を付け足す。

「でもまあ、ショッピングセンターがないと生活成り立たない人はたくさんいますからね。どんなに節約して生きてても、服はいるし、靴もいる。すぐゴミになるってわかってても、買わないとどうしようもないから」

「そうですよね、スマホだって二年で買い替えるように作られてますもんね」

ショッピングモール内にある大手経営のシネコンは、都心によくある落ち着いたブラウン系の内装じゃなくて、原色多めのサイケデリックなカーペットが敷かれ、一昔前の雰囲気だった。

「あ、チケット代払います」

私がバッグに手をかけると大島さんは、「いいです。おごります」と言う。

「え？　なんで？　払う払う！」

思いも寄らないことを言うので慌ててお札を取り出すと、

「小林さん、三月、誕生日ですよね？　誕生日プレゼントってことで」

これはまあ取っときなよとばかり、パーに開いた手でお札を押し退けた。その一連の気遣いは、思わずアニキ！　と慕いたくなるような自然なものだった。

「小林さんの誕生日、三月の何日だったんですか？」

「四日です。もう三十四歳になってます」

「三十四かぁ〜。ヤバいですね」

「ヤバいですよ」

そんなことを言いながら、きゃぴきゃぴした若さのない女二人で、映画館のシートに座る。

「でも大島さん、ディズニー映画観るって意外ですね」

「さっきさんざんお客さんに、私もあとで『アナ雪』観ますねって言っちゃったから」

「あ、それ私も言いました。けど本当に観ようとは思わなかった……」

「ダメじゃん」大島さんは笑う。

私はめずらしく落ち込んだ。

「あぁー私、調子よく話合わせてただけだぁ……。資本主義の手先みたい。イベントは大成功だったけど、やっぱちょっと後味悪いな。十八歳の女の子なんて完全に子供じゃないですか。あの子ら、まだなにも知らないの。なにも知らないくせに買い物だけは一人前にできるから、あんな口八丁手八丁で余剰在庫押しつけられて……」

大島さんはスクリーンに映し出されるローカルCMを見ながら、

「ま、スマホに買い替えて後悔するってことはないんで」

ドライに言い放った。それ以上でもそれ以下でもないさというように。『アナ雪』を観終えると大島さんは、「けっこうおもしろかったですね」とだけ感想を言った。

◎

新年度がはじまると大島さんのショップはスタッフの退社がつづいて、イベントを仕掛けるような余裕はなくなってしまった。右肩下がりのグラフを前に報告を受け、「まあ、仕方ないですよね」と事務所で声をひそめた。

携帯ショップの店頭に立つ女性はみんな二十代だ。彼女たちは仕事に生きがいを感じているわけではなく、まわりの人から遅れないように、結婚や出産といったタスクにチェックを入れることの方に重きを置いて生きている。そしてここでは、結婚と妊娠はほぼセットでやって来る。妊娠ほど、結婚のハードルを越えさせてくれるきっかけはないから。そして若い女性が妊娠しやすいのは生物学的な事実なのだから。人事評価シートに目を通しながら、キャリアのある女性スタッフがいきなり二人も辞める穴の大きさを実感して途方に暮れた。

「……生理がうつるって話はよく聞くけど、妊娠でもそういうことあるのかなぁ」

つい、セクハラめいた愚痴が出る。

大島さんは、

「おめでたいことなんで」

感情がこもっていない紋切り型の言葉で済ませた。

育休が整備されてないことで女性社員が使い捨てになってしまってる現状を支えているのは、次から次に投入される新人に仕事を叩き込んで一から育てる、大島さんみたいな人たちだ。

「スタッフ補充するにしても負担は現場にいくわけだし、なんというか……」

大島さんに申し訳ない。

そもそもどうして販売員が二十代女性に偏るのか。別に本社がそういう決まりを設けているわけではないし、うちがもしそんな年齢差別をしていたら大問題になる。販売員を採用するのはこのエリアで代理店を展開する地元の中小企業だ。そういう会社はとにかく目につくところに若い女を置きたがる。それが客への礼儀だと思ってるみたいに。平成二十六年になったいまもあちこちに、平成元年の、セクハラという言葉が登場したころの、男性週刊誌的な感覚が残る。その残滓《ざんし》をどう淘汰《とうた》するか。役員も身内で固められて固定化している会社は、あまりにも自浄作用に乏しい。いずれにせよ私は、そこまで口を挟める立場にはない。

「長い目で見たら、女性社員が長く働ける環境を作る方が、会社にとっても利益になるって、どうやったらわかってもらえるんだろう……」

「長い目で見る余裕がないんでしょう」

大島さんは断言し、こうつづけた。

「ぶっちゃけうちみたいな会社は薄給の女性社員を使い捨てることで成立してるんで。それに本人たちだって、子供産んだあともこの仕事をつづけたいなんて、別に思ってないと思いますよ。子育てしながら働きたいような職種ではないですし」

「でも育休があればこんな、妊娠しました結婚しますはい辞めますなんてことにはならないでしょ？」

「辞めたくないのに辞めてるわけじゃないんですよ」

「そうなの？」

「そうですよ。たぶん小林さんが思ってる以上に、このあたりの専業主婦率は高いです。

子供の人数によって幸福度があがるって、みんな素で思ってるんで。産める人は二人か三人産むし」

「でもお金かかるでしょ？　子供は贅沢品だもん」

「さぁ、他にお金かけたいこともないいんじゃないですかね。教育費っつったって、別に小学校から私立に入れるわけじゃなし、そもそも公立しかないんで、たかが知れてますし。みんな安く生活するの上手だから、旦那の給料だけで普通にやりくりしてますよ。共働きの人もいるけど、税金かかんない範囲のパートがほとんどだと思います。女がバリバリ稼げる仕事自体がないんで、共働きっていっても東京のそういう、年収五百万同士が結婚して世帯年収一千万、みたいな世界とは違いますから。下手に社員としてキツキツで働くより、パートで、家庭優先でのんびり暮らしたいんですよ。だから……」

大島さんは怒ったようにまくしたてるとピタリと止まり、

「これはおめでたいことなんで」

書類をとんとんと揃えて、カウンターへ戻っていった。

大島さんは最初の結婚で、子供を授からなくて離婚されたらしい。という噂を私に言ってきたのは、営業社員の上野だった。奥さんが二人目を妊娠中とかで、そんな話になった。

「上野さんとこって共働きですか？」

「いやいや、うちはほら、俺の稼ぎがいいから」

上野は顔をにやけさせてツッコミ待ちしている。つっこんでなんかやらねえと無視してると、

「まあ、小林さんみたいな本社の人にはかないませんけど」

と自分でオチをつけていた。男ってほんと年収の話好きだな。

営業車の助手席にでかい図体をちんまり収めている上野はなんだか滑稽だった。軽自動車はやっぱり女のために作られてるんだな、なんてことを思いながらバイパスを飛ばす。左車線にちんたら走ってる車がいると、ウィンカーを出して車線変更して抜かす。

「小林さんて運転うまいっすね」

上野が感心して言った。

「そう？」

「こっち赴任してから、一瞬でうまくなりましたね。うちの奥さんなんていまだにこのバイパスは怖くて走れないって言うんですよ。どうしても通らなきゃいけないときは下道行くって。あとガソリン入れるのも苦手だから、いちいち俺が入れてあげなきゃいけなくて」

俺っていい旦那でしょう？　というニュアンスで言うと、上野は小さく背中を反らせ

てあくびをした。

平凡な男だなぁ。こんな平凡な男が、職があって、家があって、妻があって、子がいるのか。二人目が生まれるのか。私はふと、ショッピングセンターにやって来るあの、同じ鋳型《いがた》で鋳造《ちゅうぞう》されたみたいな、画一的な家族像を思い出した。お父さんお母さん、おじいちゃんおばあちゃん、ぼくわたし。みんなが同じ幸せに向かって、いっせいにカートを走らせてる。生活してる。なんだろうあの感じ。あの噎《む》せ返るような濃い空気。圧倒的な血縁主義。遺伝子を次の世代につなげることへの剝き出しの執着と悦び。生きているのはなんのため？　血を絶やさないため？　その輪からぽつりぽつりとこぼれ落ちた人は、どこに行けばいいんだろう。私や大島さんみたいな人は。

三十代半ば。

東京だろうと田舎だろうと、まわりを見渡せば同世代は子育ての真っ最中だ。彼らは新築住宅とショッピングセンターと職場の三角地帯で生きていて、子供の送り迎えに人生の大部分を支配されながら、大変だけど幸せ、幸せだけど大変と喘《あえ》ぎながら生活と格闘してる。それがまともな三十代の姿であり、そうでない私たちは白い目で見られる半端者だった。

でも私は平気。だって私はここに、骨を埋《うず》めるつもりはないもの。すぐ出てくもの。東京に戻りさえすれば、この疎外感ともおさらばできるはず。東京では半端者が徒党を組んで楽しく生きている。数の力は偉大だ。東京にいさえすれば、自分が異端だなんて思わない。私みたいな人はどこにでもいる。

「いやーうまいわ。助手席、快適ですもん」

上野は目を閉じ、いまにも眠りそうに、心地よさそうに言った。

「うん。私、運転好きみたい」


中古車を買うと、生活はだいぶましになった。いちいちアマゾンで買っていた日用品も、大型のドラッグストアとホームセンターに行けば一瞬で手に入る。スーパーも品揃えが豊富で、県内だけで流通している牛乳や納豆をためしに買ってみると、意外と口に合ったりする。いっそここでの暮らしを楽しんでやろうとヤケクソ気味のバイタリティが生まれ、美味しいお店を調べてグーグルマップに星をつけまくった。休日は昼まで寝て、行きたかった店で一人ランチ、午後はサロンに行ってアロママッサージを受け、書店に寄ってビジネス書の新刊をチェックして併設のカフェでちょっと読み、食料を買って、家で作ってテレビを見ながら食べるというルーティーン。たまにドライブがてら遠出の予定を入れたりもした。

一月は新年会、三月は新生活フェア、四月はエリア支店の人たちと花見、かきいれどきのゴールデンウィークは十連勤。ばたばたとまた半年が過ぎようとしていたある日、本社勤務の内示をもらう。

「お疲れだったね」

上司は電話口でねぎらってくれた。

「ほんとですよもう～」

エリア支店の人と代理店の店長たちで、送別会をしてくれることになった。人数がそろったところで立ち上がり、簡単に挨拶する。

「短い間でしたが、本当にいろんな勉強をさせてもらいました。現場でお客様の顔を見ることで、たくさんの発見がありました。毎日しっかり接客すること、年輩のかたに伝わる言葉で話すこと、楽しんでもらえる場を提供すること、そういった地道な努力のうえに私たちの仕事は成り立っているんだと、入社以来はじめて気づかされることも多く、反省することばかりでした。本社にいるとどうしても数字でしか伝わってこない情報に、ちゃんと声をのせていこう、現場の声を少しでも届けられるように、本社に戻ってからもしっかり自分の仕事をしていきたいと思います。みなさん本当にお世話になりました。ありがとうございました」

頭を深く下げ、顔を上げる。

アルコールが入って赤く上気したみんなの笑顔、あたたかい拍手。私はテーブルを囲む顔ぶれを見回す。大島さんが、他人みたいな顔で手を叩いていた。

◎

この街での最後の休日。荷造りをほとんど済ませ、車を売る手はずも整い、ほかにやることもないので映画館に行った。パチンコ店のとなりに建つ、ローカル経営のシネコン。日曜は夕方を過ぎるとガランとしているので、一人でふらりと時間を潰しに行くのにちょうどいい。ポップコーンを抱えて劇場に入ると、まばらに席を埋める数人のなかに、見知った顔を見つけた。

「大島さん！」

それは一年半ぶり二度目の、この映画館での、大島さんとの邂逅《かいこう》だった。

「大島さんも『マッドマックス　怒りのデス・ロード』？」

きっと私は思春期の女の子みたいに、顔を輝かせてた。

私たち、同じ映画を観たいと思ってたなんて、運命じゃん！　思春期の女の子だったら、両手でぱたぱた手を振りながら近づいて、キャーッと抱き合って、そのまま一緒に映画を観ただろう。そして帰りにマクドナルドで感想を延々語り合い、一気に仲良くなっただろう。私たち、親友になってただろう。

だけど現実の私はドライな大人の女だから、心の中ではしゃぐ自分をぐっと抑え、社交辞令的なほほえみにトーンを落とした。

「よく会いますね」

大島さんは「ほかに行くとこないですしね」と、この街の人がよくやる自虐の笑みだ。

「おもしろいらしいですね、この映画」

「ね。ワンとかツーは観たことないけど、ツイッターですごい評判だったから」と大島さん。

私は一瞬停止して、「大島さんツイッターとかやるんですね」と驚く。なんとなく、そういうものとは無縁な人という気がしていた。

「まあ一応、普通に」

大島さんは、アカウント教えてなんて言わないでくれよとばかり、目を逸らした。

——もしよかったら。

という誘いの言葉をのどのあたりに詰まらせていると、大島さんのとなりの席に男の人が来て、ドリンクホルダーにLサイズの紙コップをセットした。

「知り合い？」

男の人が大島さんにたずねる。

いかにも男女の関係といった二人の様子から、ああ、この人が大島さんと同棲してる彼氏かと思う。バツイチで、子持ちで、運送業の。大島さんは彼氏からの質問に、

「うん、仕事関係」

小声でさくっとそう伝える。仕事関係のひとことに、私をまとめる。

私は――正確に言うと、さっきまではしゃいでいた、私の中の思春期の女の子は――しょんぼり肩を落として、大島さんの彼氏に遠慮しながら、「じゃあ」と半笑いで会釈し、すごすご自分の席についた。

もしよかったら、なんだったんだろう。もしよかったら。

一緒に映画観ない？

このあとごはんでもどう？

私たち友達にならない？

上映中ずっと、私はそんな言葉を頭に浮かべて、一人、無性に恥ずかしくなってる。相手に踏み込まない間合いのとり方ばかりうまくなって、近づきたい相手を見つけても、どうアプローチしていいかまるっきりわからない。近づきたいという自分の気持ちに、自分で照れる始末。

スクリーンに映るシャーリーズ・セロンが演じるフュリオサも、そんな感じの人物だった。いつも険しい顔で、感情を表に出さず、黙々と自分に課した仕事をこなす。かっこいい。けど、苦しそう。マックスに甘えればいいのに。でも、二人の距離は縮まらない。二人は映画のラストに、アイコンタクトを交わすだけだ。なんというストイックさ。

エンドロールが終わると劇場に灯《あか》りがつく。私は、代理店への挨拶回りを済ませているから、もう会わないかもしれない大島さんに、最後に声をかけようかと、ふりむく。

大島さんは、ちょうど立ち上がったところだった。

大島さんは、まだ意識が映画の中にあるみたいな、ここにいるけど、いないような感じで、私のことなど、見えてないみたい。それでも私は気づいてほしくて、大島さんに視線を送った。大島さんも、やっと気づいて、こちらを見た。キリッと立った大島さんは、シャーリーズ・セロンみたいに私をまぶしそうに見ると、こくんとひとつ、目だけでうなずいてみせた。

私は、そこに言葉がなくても、大島さんの送ってきたメッセージをたしかに受け取る。彼女の感想はこうだ。「けっこうおもしろかったですね」。私も、目だけで、あなたと同じ気持ちだと伝える。

8 会話とつぶやき

2020年　40歳

——二〇一一年——

あの震災に、今日、名前がつけられた。東日本大震災といいます。

名前がつけられると、これから歴史になっていくんだって気がしますね。

地震のとき、電話はつながらなくなったけどツイッターは平気だったっていう情報を聞いて、とりあえず登録。一緒に住んでる妹にすすめられて。

うーん、まだ使い方わかんない。妹に聞きます。

テレビ、平常に戻りつつある？　企業ＣＭも普通に流れてる。ウサギとかライオンがでてきてあいさつするCM、ずいぶん減ってきた。

私が住んでるところはほとんど被害なかったから、なんだか、申し訳ない気分。募金箱見かけたら入れるようにしてる。募金箱に千円札入れたの、生まれてはじめてだ。

——二〇一三年——

ツイッター放置してたけど、『あまちゃん』にハマってから、再開。みなさんの感想楽しく読ませてもらってます。

マカンコウサッポウって、ドラゴンボールっぽく女の子たちを吹っ飛ばしてる写真、笑った。あんなの考えつかないよ。女子高生って天才だね。

——二〇一四年——

裏垢作った。なんかいろいろ考えたくて。吐き出したくて。王様の耳はロバの耳って、穴に向かって叫ぶみたいに。日記帳になんでも打ち明けたアンネ・フランクみたいに。

もう本当に無関係だし、連絡先も知らない完璧な他人だけど、フェイスブックで元旦那の近況をうっかり見てしまった。

別に引きずってるわけじゃないけど、なんかまあ、ショックというか、嫌な感じ。

私たちが離婚したのが二〇一〇年。なんとその次の年には再婚していて、あの二世帯住宅に新たな妻がやって来てた。当然、子供も生まれてる。

いまごろは彼女が、あの義母から「お嫁ちゃん」って呼ばれてるんだろうな。

私たちって交換可能な部品みたい。

フェイスブックの写真でうっかり見てしまった二代目奥さんは、小さくて華奢《きゃしゃ》で、口答えひとつできなそうな、とても女らしい控えめな雰囲気だった。

一方の私は、昔から大人びてて、落ち着いてて、可愛げのないタイプ。父親譲りの身長と骨格。性格はドライで、スポーツは得意だけど体育会系のノリは好きじゃない。小学生のときから、女らしい立ち振る舞いは死ぬほど苦手だった。たぶん、プライドが高いせいだろう。

人間としてのプライドが高いと、媚《こ》びたり下手に出たりっていう、いわゆる女に求められる態度が自然にとれない。屈辱でしかない。

『恋するフォーチュンクッキー』流行ってるけど、ああいうアイドルほんと苦手。

にしても元旦那、よく私からあの二代目奥さんに行ったな。好みに一貫性のないところは、むしろ好感ではあるが……。

でもそれって、どんな女でも性の対象ってことだよね。離婚のきっかけになった浮気相手は、私とも、いまの妻とももまた別の、地味でまじめそうな人だった。

——二〇一五年——

職場の人がプライベートについてたまに探ってくる。どさくさに紛れて聞き出そうとしてくるたび、ああまたかって思う。

三十代の女＝既婚で子供を一人か二人は産んでいて、子育てに奔走中っていう属性しか認めてくれないのは、ここが田舎だから？　バツイチで彼氏と同棲中とか、不穏分子扱いだ。

離婚のあとすぐに震災があって、家族の絆とか、やたら言われるようになったっけ。周りで結婚する人も増えたし、みんな子供欲しがってた。あの空気、ほんと苦手だった。偽善的で、空々しくて。家族ほど排他的な集団はないのに。

うちの両親は娘の離婚を恥じて、なんなら向こうの家族に申し訳が立たないと、私より相手の味方をしていた。

いまさら実家の子供部屋で寝起きするのは耐えられなくて、私は家出娘みたいにキャリーケースを転がして、関西で一人暮らししてる妹のところに転がり込んだ。絶対三ヶ月で出て行くからと無理に頼み込んだのに、結局ずるずる二年も居座ってしまった。

妹がやっていたオンラインゲームに私もハマって、そこで知り合った同じバツイチの男の人と会うようになり、しばらくは遠距離恋愛みたいなことになって、やがて一緒に住むことになった。こうして縁もゆかりもない土地へ、その人を頼って、逃げるように転居してきた。

妹には、「おねえちゃんていつもそうやって美味しい思いするよね」と非難された。妹は結婚願望が強すぎて、彼氏に逃げられがちだ。男に尽くして、男のことで頭も心もいっぱいにして、重いって言われてふられるパターン。末っ子のせいか、気の毒なほど甘えん坊な性格。

でもそんな、自立とは相性の悪い性格でも、ちゃんと専門職に就いて自活できてる妹を心から尊敬する。昔から足が速くて中高と陸上をやってた妹は、いまパーソナルトレーナーだ。「あたし人当たりがいいから向いてるんだ」と自分で言っていた。向いてる仕事にめぐりあえただけでもすごいと思う。

いっぽう私は、経済的自立にはほど遠く、恋愛を口実にしてしか住む場所も確保できないありさまだった。自分の抱える問題や悩みを解決してくれる救済者を求め、それはあいも変わらず男だったというわけ。

恋人を追って、知らない街で一緒に暮らすのは、ドラマみたいで楽しかったけど。だけど生活にも仕事にも慣れてくると、いい歳して同棲中という世間体の悪さが気にかかるようになった。↑イマココ

はじめて結婚した二十六歳のときとは比べものにならないくらいの切実さで、結婚がもたらす安定に、ときどき目がくらむ。妊活って言葉が目につくようになる。今年三十五歳だから、もう高齢出産だ。女ってあっという間に歳をとる。

率直に言って、子供が欲しいかもっていう気持ちの幾分かは、生活と人生の安定のためだ。子供ができたら籍だって入れるだろうし。

結婚したら職場で浴びてる好奇の目もなくなるだろうし。老後のこととか考え出すと、このままこの人と一緒に住んでても、何にもならないじゃんって焦る。だけど子供さえいれば、私たちは家族になる。

うちの母親にもさんざん言われたな。妻なだけじゃダメで、子供ができれば立場も安定するんだって。じゃあ私たち姉妹もそのために産んだの？　って思ってしまった。自分の保身のために二人も産んだの？

うちの母は男の子を授からなかったことを、おばあちゃんに責められつづけた人だからな。私が最初の結婚で子供ができなかったときも、母方からの遺伝だって言ってたらしい。そんなおばあちゃんも〝女腹〟で、うちの父が生まれるまで相当苦労したというし。なにこの地獄。

みんな可哀想だ。私たちみんな可哀想。

子宮がん検診で婦人科へ。先生に、三十五歳過ぎてからの妊娠についてあれこれ質問した。前の結婚で子供ができなかったと言うと、血液検査される。欲しくなったらまずは排卵を促す薬からはじめることになりますって。欲しくなったら、か。

婦人科の先生いわく、四十歳手前くらいで突然、赤ちゃんがものすごく欲しくなったりするらしい。そんなホルモンバランスの異常で、人一人の生命が決まるもんなのか。いいのか？

またスタッフの子が妊娠で退職。赤ちゃん欲しかったんだねって訊くと、あっけらかんと、いやぁ〜彼氏をつなぎとめたくて必死で、と言われ、ああ、やっぱりそういう利己的な動機で子供つくる人もいっぱいいるんだよなって、ちょっとほっとする。

女の子たちはたまに、ぎょっとするほど身も蓋もないことを言う。貪欲で、生々しい。そのことを恥じる回路が切れてるみたいな、空恐ろしい生命力とたくましさ。見た目はみんな、ふにゃふにゃしてるけど。

——二〇一六年——

彼氏と相談。年齢のことを考えたら、あんまり深く考えて迷うことではないのでは？と言われる。事実婚みたいな状態だし、不妊治療、ダメ元でやってみたらという結論に。

排卵誘発剤のクロミッドを処方される。

久々に連ドラ見てる。『逃げるは恥だが役に立つ』。見てる人多いね。

プロポーズされたみくりが、結婚したら同じだけ家事をやっても、お給料が発生しなくなるのは困る！　と指摘したのを、「がめつい」と言ってた人もいたらしい。マジか。

そう思ってしまう人たちは、結婚のことがまるでわかってないよ。

でも、女は結婚について、本当に実地で知るしかないからなぁ。少なくとも私は二十六歳で結婚したとき、完全な丸腰だった。無知で、なにもわかってなかった。

元旦那は、バイト先で知り合って、けっこう長くつきあった人だった。プロポーズの言葉はこうだ。「俺、三十になったし、そろそろ結婚しようかな」

そのちょっとひねくれた物言いを、私は照れ隠しと解釈した。

私は男の人が照れたり強がったりするのを、かわいいなぁと思って、受け入れてしまうところがあった。たぶん、私に限らず女はみんなそうなんじゃないかな。男の落ち度をフォローする感性ばかり磨いてきたせいで、なんでも男に都合がいいふうに受け取ってしまう。

照れてるんだな、かわいいとこあるなぁと勘違いして、相手の深いところにあるはずの、まごころを勝手に信じてしまう。「彼、口ではああ言ってるけど本当は」って。

そうやって相手を甘やかして、自分の優しさに酔って、なんでもうやむやにする癖がついていた。本質に向き合おうとせず、感情に揺さぶられているだけで、恋愛してるつもりになってた。

状況証拠を思いっきり無視して、男の人にも自分と同じくらいの、愛情や思いやりや、優しさや、まっとうなハートがあるはずだと好意的に解釈するところが、女たちの弱点なんだとも知らず。

私はプライドが高いから、面倒くさい女になるのがいやだった。間違っても「ちゃんとプロポーズしてよ！」なんて、愚かしい女のようにすねたりしなかった。結婚の理由を人に訊かれると、私は他人事みたいにこう答えた。「自分が三十歳になったからだそうです」

そのフレーズがクールに思えて気に入っていた。そんな淡白で夢のない理由を受け入れて結婚するところが自分らしいと思った。

私は結婚したがるような女じゃない。男にすがって、結婚してほしそうに指をくわえて上目遣いする女じゃない。

昔から、選ばれるのを待ってる子が嫌いだった。いじいじと、物欲しそうに、声をかけてもらえるのを待ってるだけの子が。体育で二人一組になるとき、ドキドキしてるような子。昼休みに一人でお弁当を広げるのが嫌で、誰か誘ってくれないかなって、あたりをうかがってる子。

優しい子がどこからともなく現れて、助けてくれるのを待ってる女の子たち。

私は、そういう子を見るとイライラして、目を背けた。自分の中にいる、弱さを見ているようで、嫌だったんだ。

選ばれるのを待つ側は、弱い。待ってると、どんどん性格が卑屈に歪んでくる。いじけた根性になってくる。陰湿になる。主体と客体の差。選択権が自分にないと、人はそうなる。

これって、女性全般にいえることなんだと、結婚したあとで気づいた。なんだかんだいっても私は、結婚してもらえるように、相手の機嫌を損ねないように振る舞ってただけの、受け身の存在だった。

雑なプロポーズの言葉を「照れ隠しだな」って、自分を納得させて見過ごしたのも、そういうことだ。すでにあの瞬間から、私と元旦那は対等ではなかったっていうこと。

でもいまなら、「俺が三十歳になったから」っていう自己中なプロポーズの言葉が、まじりけなしの、あいつの本音だったってことがわかる。それを私は認められる。

彼は照れ隠しに、わざわざひねくれた言い方を考えるような、そんな深い人間じゃない。たぶん男の人は、私たちが思っているほど、深くも優しくもない。愛情にまつわる解像度が低い。びっくりするほど。

あれは言葉のとおり、ただ単に、結婚するのにちょうどいい年齢になったってだけだ。まわりも結婚してるし、じゃあ自分もっていう、それだけのこと。そのタイミングでつきあってたのが、たまたま私だっただけ。

正社員の男は三十歳前後にもなれば、まあまあの年収をもらえるようになるっていう、男社会の給与の仕組みにも後押しされて。その結果、「俺、三十になったし、そろそろ結婚しようかな」という発言に至ると。ただそれだけという事実。

その言葉は、その言葉以上の意味を持たず、私たちの結婚は出発点からして、彼の利己的な発想のもとに行われたという話、そしてそれによって人生が大きく変わったのは、私の方だったという話。

結婚の決定権が自分にあることを知っている男は怖い。いまならそういう男は（その男が育った家庭も！）本質的にはとても家父長制的だってことを見抜けただろう。

だけどそれを、二十代の女が嗅ぎ分けることは不可能だ。

私のあずかり知らないところで（元夫とその両親の家族会議で）古くなった家を二世帯住宅に建て替える案が決定してるし、そこで下された結論は、まるで私へのギフトであるかのように言い渡された。こんないい話、よろこんで当然でしょうというテンションで。

なぜならこの町では、二世帯住宅は幸せの象徴だから。白い鳩でもなく、四つ葉のクローバーでもなく、黒いガルバリウム鋼板で覆われた、角ばったシンメトリーの二世帯住宅が。

建物の前には計四台分の駐車場を完備。シンボルツリーはイロハモミジ（四季を感じられるうえモダンな家との相性もばっちり）。大手ハウスメーカーが培ってきたノウハウによって、二世帯住宅はカタログショッピングみたいにお手軽に、驚くべきスピードで完成する。

子供はきっと二人。義母は、「あら三人でもいいわよ、こんな広い家建てるんだし」と冗談めかした言い方で、わざと本音をこぼす。

義母は私のことを、人前では「お嫁ちゃん」と呼んだ。お嫁ちゃん……。その言い方の、言葉にできない気持ち悪さ。そして夫は私を「嫁」と呼んだ。「それ誤用だよ」とたしなめるけど、聞く耳を持たず。あきらかにテレビの、芸人からの悪い影響。「嫁」は、その家でもっとも低い位置に置かれた、雑用係みたいなものだ。掃除婦であり、飯炊き女であり、洗濯女。あらゆることをタダでやる、便利な存在。

そしてなにより子供を二人か三人〝産む機械〟。ある種の人たちは、本当に素で、ナチュラルにそう思ってる。

十ヶ月間お腹の中で育てて、さらに生まれてから最低十八年、つきっきりで世話をする〝育てる機械〟でもある。

義父母が年老いたら介護もするし、死んだら墓も掃除する。もちろんぜんぶ無料で。

二世帯住宅を建ててもらった以上、そうするのが当然の義務ってわけだ。

そこまで気づいた瞬間、もうだめだ、もうお終いだと思った。私の一生はこの家の中で終わる。この建物に取り込まれる形で終わる。この家の玄関を掃いたり、便器を磨いたり、階段に溜まる綿ぼこりを掃除機で吸ったりしてるうちに、一生なんてすぐ終わる。

団欒《だんらん》の場における圧倒的な疎外感。お茶淹《い》れマシーンとしての私。「お〜いお茶」がただの商品名でなかったことを知る。

子供が小学校にあがって手がかからなくなったら、主婦はパートに出て家計を助けるべきと思ってることがわかる、いくつかの発言もあった。家事のクオリティを下げることなく金も稼いでこいと。ただし稼いだお金を自分のためにつかうのは傲慢な行為だと。

女性にもっと輝いてもらおうっていうのは、つまり、そういうことだ。

拒否権なんて女にない。

発言権なんて女にない。

家父長制的な思考はけっして止められない。それが悪いなんて彼らは夢にも思ってないから。自分たちにとって便利なシステムでしかないから。

たしかに浮気は決定打になった。おかげですんなり離婚できたし。結婚なんてするんじゃなかったとつくづく思った。アラフォーの人からかけられた、「ずっと独身なのとバツイチなのとでは、絶対バツイチの方が気が楽だよ」という慰めの言葉には、妙に説得力があって励まされた。

とにかく、あの家から逃げることで、私は私を救ったのだ。離婚してよかったと、いまようやく思える。

離婚した自分を許すのに、六年もかかってしまった。でもとにかく、自分の人生を生きるチャンスを得た。自分の人生を取り戻した。

いま、彼氏と一緒に住んでるけど、あんまり世話焼かないように気をつけてる。家賃だってちゃんと出してるし。とにかく自分から、すすんで奴隷にならないようにしてる。お母さんみたいに甲斐甲斐《かいがい》しく世話を焼いて、家庭的アピールして、結婚してもらおうなんて浅ましい考えはもうしない。

それでも、男の人と一緒に住むことで、女はたやすく搾取される。無償の労働力と化す。そうならないように、搾取されないように生きなきゃ。

だからつまり、みくりの指摘は正しいってこと！　連投失礼しました。

男と女が対等であることが、まさかこんなに難しいことだったなんてね。

#保育園落ちた日本死ねで、この国が変わるかと思ったけど、なにも変わらなかったな。と、『ゆく年くる年』見ながら思った。

――二〇一七年――

仕事中に具合が悪くなって、新人にまで気をつかわれて、果てしなくみじめな気分で早退。妊娠九週目、噂に違《たが》わぬしんどさ。とにかく匂いに敏感になって、事務所に入った瞬間から地獄。客の臭い（とくにおじさんたち）に吐きそうになるから、店に出られない。

大好きだったのにコーヒーもダメになった。コーヒーは存在からして受け付けない。あととにかく湯気がダメだ。お風呂にためたお湯の湯気すら「うっ」てなる。鍋とかも無理。味噌汁も無理。炊きたてのご飯はもってのほか。

つわりで早退したことが男の同僚に伝わってて、「妊娠は病気じゃないからね」と自信たっぷりに諭されたのにはびっくりした。お前の臭いに吐きそうなのを必死で耐えてる極限状態の私の前でそんなことを言うか！

有休をつわりで使い果たしたところで、退職願を出した。さよなら出産手当金、さよなら育児休業給付金。そこが二度と戻れない場所なんだってことがわかっていながら、そうせざるをえなかった。自分でも嫌になるほど、プライドが高いんだよなぁ。みじめな立場になってまで、居座りたくないっていう。

仕事はやりがいもあったし性にも合ってたけど、所詮は田舎の中小企業。体質はうんと保守的だから。おじさんたちは女を安くこき使えるコマだと思ってる。法律が整備されて女を使い捨てられなくなったことを、あの人たちは心底迷惑がっていた。

お上《かみ》が言うなら仕方がないと、しぶしぶ女を昇進させたり、育児休業制度を整えたりするけど、子供を産んでも仕事を持っていたい女に吐く嫌味や苦言のストックは、無限に用意しているようだった。

仕事は好きだったけど、自分が盾になってまで、こんなクソみたいな会社を変えようなんて気は起きない。

退職願を出してからも、まだくよくよ考えてる。盾になってもよかったんじゃないか？　自分の前にも、盾になって道を作ってくれた女性たちがいたんだってことに、やっと気がついた。

これ、誰かがツイートしてたんだけど、前任者の妊娠出産で空いた席に、自分が〝補充〟されてたケースって普通にあるよね。自分が若くてバリバリ働ける女のコマだったことに、妊娠する側に回ってはじめて気づくという。

若くてバリバリ働ける女の「使い捨て」になってる席を、誰かが抗って、せき止めて、健全化させないと、三十代前後の女性の就労率がぐっと下がるM字カーブの問題は永遠になくならない。国が制度で解決させるべき問題を、当事者が人生懸けてやってる。

そういうことは、三十代になってから知った。自分が子供のころも、十代二十代だったころも、ずっと女性にふりかかる問題を、上の世代がかばってくれてたんだ。多くは母親が、肩代わりしていた。盾になってくれてた。

女性たちはリレーをしてる。自分の代でなにかをほんのちょっと良くする。変える。打破する。前進させる。そうやって、次の世代にバトンをつなぐというリレー。

それって「家族」が遺伝子をリレーで繋いでるのと、あまりにも対照的だ。男性は、自分の遺伝子を残そうとするのは〝本能〟だと言う。主に、浮気の弁明のときに。

比べると、血の繋がりのない、知り合いですらない、女性たちのあいだで脈々とつづいているリレーは、はるかに高潔だ。気高いつながりだ。

ああ、なのに私、棄権しちゃったんだ。

闘ってもよかったな。みっともなく居座って、若い女子社員から「お局《つぼね》」なんて呼ばれて、男の上司に煙たがられて、それでも自分がそこにいることで、次の世代の女性たちに道を作る。

それを実行してきた、有名無名の、あまたの女性たちの個人的な奮闘の上に、自分がいたんだから。そうすることは当然だった。

ああ、だけどいまの職場環境で、子育てしながら復職っていうのは、やっぱり考えられない。店長職はつづけられないだろうし、時短勤務になったら給料も減るだろう。子供を預けるのにお金もかかることを考えたら、働かない方が、むしろプラスになる計算。なんか巧妙に仕組まれてるなぁ。

そんな割りを食ってまで……という気持ちになって、やっぱり尻込みしてしまう。自分一人のことだったらリスクを取れたかもしれないけど、子供っていうままならない存在を抱えてとなると、かなり厳しい。

子供を産んで母になることは、この上なく弱い立場になるってことなんだなぁと実感して、いまから戦々恐々。

私が退社する噂が広まって、前に一緒に仕事したことのある本社の人が、わざわざメールをくれたのには驚いた。「××さんが仕事やめるなんて国の損失です！」なんて、ずいぶん大袈裟なことが書いてあって笑った。

皮肉なことだ。東京の本社からやって来たこの女性と出会ったことで、私のなかにかすかにくすぶっていた、結婚や子供に対する欲望に、火がついたというのに。

片田舎で店長職に就いているくらいで、いっぱしの働く女ぶっていた私の自尊心は、一流大学を出て、東京の一流企業で働く同い年の女性を前に、粉々に砕け散った。そんなバリキャリ、生まれてこのかたテレビドラマの中でしか見たことなかった。

私たちは不思議とよく似ていた。髪型も背格好も。出会った瞬間から親友になることを運命づけられてる女の子二人組みたいに。

私はロッカールームで、「××さんて最近、〝バリキャリ〟のファッション真似してない?」という陰口を聞いた。そんなつもりはなくても、彼女の存在は私のちっぽけさを否応なく照らす。どれだけがんばって働いても、彼女のような地位にはいけないし、彼女のようには稼げない。

そう思うとプツンと糸が切れて、子供に逃げたくなる女の気持ちが痛いほどわかった。「一児の母」という肩書きが急にまぶしく見えだした。子供さえいればそのほかのことはなにも成し遂げてなくていいんだっていう希望。女にだけ与えられた抜け道。与えられたというか、押し付けられたというか。

妊娠後期。最低限の家事だけやって、あとはスマホいじるくらいしか、なにもできなくなる。

同志（と私が勝手に思っている何人かのアカウント）がくりだすツイートは、正直で、聡明で、真剣な、魂の叫びのよう。痛々しいまでの訴え。涙ながらのＳＯＳ。深刻な病状報告ともいえる無数のつぶやき。私のなかにフェミニズムが、少しずつ積み上げられて、形になっていく。

私の「いいね」の欄は、彼女たちのツイートで溢れてる。正当な怒りと理知的な分析、自己肯定を鼓舞するいくつもの名言。

たとえば過度な恋愛至上主義が、どれだけ女性にとって有害かという指摘。私たちはロマンティック・ラブ・イデオロギーにずぶずぶに浸かって育ったけど、ああいう恋愛観から抜け出さないと、一生男から与えられる〝幸せ〟だけを指標にして生きていくことになる。

中学の友達に、おまじないに命かけてる子とかいたな。ノートに緑色のペンで好きな人の名前を毎日百回書くとか。ものすごく手間のかかることを平気でやってた。選ばれたくて必死の、無力な存在は、おまじないみたいな非科学的なものに頼ることしかできない。哀れすぎでしょ。

あのころは私、「愛の力ってすごいなー」と感心して、そこまで恋愛に身を捧げられない自分を、うっすら恥じたりした。けどいまは、女性を恋愛に縛り付けておくことは、ほとんどマインドコントロールに近いとさえ思う。

だって彼女は、おまじないにあれだけの時間と労力をかけていたけど、同じころ、当の男子は、きっともっと有益なことに時間をつかっていたわけで。

「女の幸せ」とは言っても「男の幸せ」とは言わない。幸せという概念で人生の良し悪しを測っていると、他人を妬むことしかできなくなる。妬むだけの立場は苦しい。恋愛にはそういうトラップもある。

あと、恋愛において、女の自己犠牲を美談として描くことを是としてきた、数々のカルチャーね。

男性作詞家が書いた歌謡曲の歌詞とか、古典もそうだし、ドラマでありがちな展開もそう。挙げたらきりがないし、いまだになにも変わってない。男性作詞家が書いた恋の歌を、恋愛を禁じられた少女たちが歌ってる。

言葉自体も差別的だよね。「弱冠」という言葉が、男性にしかつかわない言葉だなんて知らなかった。

女性は「やめろ」と言えない問題。「やめてください」じゃ、絶対やめんだろ。

女性たちが声をあげて変えてきたことはたくさんある。私が知らなかっただけで。

言語化ってすごく大事。自分の置かれている状況を客観的に見つめて、思索することで、世界を見るまなざしのピントがしっかり合う。言葉は神だ。最初の結婚に、モラハラという言葉が当てはまった瞬間、霧が晴れた。それだぁー！　ってなった。

フェミニズム的思考ができるようになると、ぼんやりと違和感が漂っていた世界が、遠くまでくっきり、よく見える感じがする。その感覚は、まずこの事実を受け入れるところからはじまる。

私たちって、差別される側だったんだってこと。

誰よりも本人たちが、そのことを知らずにいることの危うさ。

私たちがあれほど教わってきた男女平等とは、世界平和と同じくらい空疎なスローガンでしかなくて、実現とはほど遠い、努力目標に過ぎなかったんだっていうこと。

私も若いうちは、差別を免除されていた。母親や、いろんな人が盾になって、肩代わりしてくれていた。だけどどのみち、女ならば全員、差別される側だったんだ。どれだけ認めたくなくても、女なら一人残らず、そうなんだっていうこと。

それはまぎれもない事実だった。厳然たる事実。動かしようのない、きわめてシンプルな事実。だけどそのことに気がつくまで、そのことを認めて受け入れるまで、三十七年もかかってしまった。気づいてしまえばむしろ明快だった。

——二〇一八年——

寝かしつけに成功してやっと自分の時間ができても、虚脱状態でツイッターの画面をぼーっと追いかけることしかできない。

猫動画ばっか見てる。文字を読む気力もない。ものを考える余裕がない。睡眠不足で常にひどい頭痛がする。けど母乳への影響を考えて薬も飲めない。

授かったときは心底うれしかったし、生まれたばかりの赤ちゃんを抱いたときは、子供のいない人生なんて無価値だとさえ思った。世界中の若い女性たちに向けて、「産むなら一刻も早く〜！」と拡声器で叫びたい気持ちになった。こういう幸福感があったんだなぁって感動した。

けどそれは、産後の異常なホルモンが見させた一時の幻だ。ゾンビみたいに乳やりマシーンになった時期を経て、子がいることが日常になったいま、とにかく毎日まとまった時間ぐっすり眠れている人こそが、この世でいちばん幸せだと思う。

乳、ゲップ、おむつ交換、乳、ゲップ、おむつ交換、乳、ゲップ、おむつ交換、乳、ゲップ、おむつ交換の無限ループ。赤ちゃん、胃がちっちゃすぎ。

主婦と修行中の僧侶はよく似てる。塵《ちり》を掃くことは、混沌とした世界に秩序を取り戻し、精神を整える行為である……とでも思ってなきゃやってらんない。退屈極まりない日常のくり返しを、粛々とした気持ちで、身を小さくして送る。食事と掃除、食事と掃除。人に褒められようなんて思っちゃいけない。

感謝されたいなんて考えてもいけない。ひたすら自分を抑えて、心を無にして、つましく謙虚に生きるのみ。主婦の仕事はどれも、呆気なくてエンドレス。せっかく作ったごはんも食べたら消える。どうせまた着て汚すとわかっていながら、洗濯物をちまちま畳む。

やり遂げたと思ったことが一瞬で無に帰す、そのくり返し。掃除した部屋だって、半日後には汚れてしまう。夫にはそれがわからないみたいだけど。部屋の隅にどさっと寄せてある洗濯物の山を、「今日一日なにしてたの？」と言いたげな目でじぃーっと見ていたりする。

先に夫が体を洗って、湯船につかるタイミングで赤子をパス。石けんつけて湯船の中でゆすぎ終わったら、私がバスタオルでキャッチする段取りだけど、脱衣所で待機してる間にも、壁にもたれて寝るくらい、常に眠い。「大丈夫？」と夫。大丈夫ではありません。

父と娘の、優雅な入浴タイムを支える、メイドのような私。給料出るわけじゃないから、メイドじゃなくて奴隷だな。

赤ちゃん、かわいい、けどつらい。不妊治療、がんばった、授かった、けどつらい。仕事、辞めた、後悔。夫、なにもしない。そんなキーワード検索で引っかかった同志の嘆きを見て心を慰めてる。

赤子をはじめてリフレッシュ保育にあずけてきたぞ！

すごく泣かれて、胸が締め付けられて仕方なかった。いまも赤子どうしてるかなって心配しながら、スタバで呆然と佇んでる。本当に久しぶりの、一人の時間。上限四時間。残り一時間半。

若い女の子が友達同士でおしゃべりしてるのを見ると、無性にうらやましくなる。思い思いにしゃべって、声をあげて笑って。女友達か〜。すぐそばに友達がいるなんていいなぁ。会える距離に友達がいるなんて。それは奇跡のようなことなんだよと言いたい。

仲良くしてた子たちはみんな、見事にどこかにいってしまった。ＬＩＮＥを知ってるだけで、もう連絡なんてしないし。会って話せる友達のいる彼女たちが、とてつもなくまぶしく見える。

うらやましい、うらやましい。スタバにいる人、全員うらやましい。スタバで働いてる人もうらやましい。ここにいる人たち全員人生が充実してそう。

受験勉強に精を出す女子高生がまぶしい。あの子、きっと東京の大学に行くんだわ。そしてまんまと県外へ進学したが最後、なにがあっても田舎には帰らないつもりなんだ。

勉強が得意というほどではなかったけれど、学生時代はノートをとるのが好きだった。カラーペンを駆使して見やすくまとめたり、夏休み前には勉強計画の表まで自主的に作って、有意義に過ごそうと気合いを入れたっけ。私はそういう向上心のあるタイプだった。大学には進まなかったけど。

カウンター席で一心不乱にノートパソコンを叩く人たちへも、私の羨望のまなざしは向けられる。彼らは慌ただしく手帳を広げたり、かかってきた電話に出たりする。仕事を持っている人特有の気の張りが、私のなかにくすぶる専業主婦の劣等感を大いに刺激する。

パソコンには久しく触っていない。私のタッチタイピングはなかなかのものだったのに、きっと腕も落ちていることだろう。特にテンキーが得意だった。テンキーを叩く自分の指の華麗な動きにほれぼれしたことなんて、今は昔だ。

マニュアルどおりの仮面をかぶって、与えられた役柄をきびきび演じているあの感じ。社会人であることの手応えと自負。職につき、対価が支払われる労働さえしていれば、最低限の自尊心は保たれるものだなぁとつくづく思う。以前の私にあったあの自信は、金を稼いでいるという事実が支えていた。

窓口業務だけでなく、本部に提出する報告書をまとめたり、エリアマネージャーの対応をしたり。スタッフの異変に気づくと、胸元のポケットに挿したジェットストリームのボールペンをノックし、「ここは任せて」と付箋紙に書きつけたメモをそっと渡して、厄介な客は笑顔で引き受けた。

あとで部下がお礼を言ってきても、恩着せがましくなんてしなかった。「ああいうお客様は私が対応するから、嫌なことされたり言われたりしたら、すぐSOS出していいからね」。白馬の騎士のごとく、さっそうと助け舟を出すときの自分が好きだった。

それがいまは、小さな子供を抱えて、人の親切や些細な施しにすいませんすいませんとぺこぺこ頭を下げてばかりいる。そりゃあ自信もすり減る。

あっという間に時間切れ。赤子の元へ車を飛ばす。罪悪感でいっぱいになりながら。

某医大が入試で女子の得点を一律減点していたニュースに衝撃走る。「女子の合格者を全体の三割以下に抑える調整をしてた」って、あまりにも酷くて絶句。受験て、この世でもっとも公平なものなんじゃないの？　女性がどれだけがんばっても報われない仕組みを、男たちがせっせと作ってたなんて。

「女性は大学卒業後に出産や子育てで、医療現場を離れるケースが多い。医師不足を解消するための暗黙の了解だった」。え？　そっち？

出産と子育てで女性の医師が離職しなくてもすむようにするんじゃなくて？　頭おかしい。倫理観がめちゃくちゃ。問題点を認識できてない？　認知の歪み？　それとも単に、悪人なだけ？

とたんに、これからこの国で育っていくわが子が心配で仕方なくなる（女児なのです）。不憫《ふびん》で、可哀想で、いたたまれない気持ちでいっぱいになる。

少なくとも私が子供だったころは、女性への差別はもう少し覆い隠されてなかった？差別されてると気づかせない程度には、男女平等の建前は守られていたよね？

いまの女の子がこの医大入試のニュースを見たら、さすがに傷つくというか、自分たちが差別される側だって、否応なしに知ってしまう。

娘も、それをいつか知ってしまう。

——二〇一九年——

相互フォロワーさん、県内在住なのは知ってたけど、どうやらかなり生活圏が近そう。思い切って相互さんにＤＭで、今度会いませんかと私から誘った。らしくない行動だ。ママ友どころか会って話せる友達らしい友達は一人もいないから、さびしすぎていい加減おかしくなってるのかも。

仕事辞めてから人と関わることが減って、自分というものがすごくあやふやになってる。自分の輪郭がぼんやりしてる。妻であり、母であることがアイデンティティの中心にあるってことは、私は主体ではなく、誰かのサブ的な存在だということだ。

私もそのうち、ママ代表みたいな顔になるのだろうか。夕方のニュースの街頭インタビューでマイクを向けられ、テレビ局の思惑どおり〝ママ代表〟としての意見を述べる人たちに共通するあの生活感を纏うのか。

政治がらみだろうと通り魔殺人だろうと交通事故だろうと、なにを訊かれても「子供がいるんで心配です」以上のことは言わない、世間が求めるママ像。

相互さんから快諾の返信キタ。お互い子を連れて、ショッピングセンターで会うことに。ハレルヤ！　こんな心がうきうきする予定は本当に久しぶりだ。というわけで、さっそく相互さんとのデート用に鍵垢つくった。

ＳＣのフードコートで待ち合わせ。先に着いて席を確保しておいた私は子に、最近お気に入りのシールブックをあてがう。シールをテーブルや椅子に貼りやしないか監視員のように目を光らせながら、相互さんらしき人が来ないか、そわそわ、挙動不審。

前に買ったシールブックはきれいに剝がれないタイプだったから事故が多発した。今日持ってきたシールブックはどこに貼ってもきれいに剝がれるタイプだから大丈夫だけど、テーブルの裏や脚といった思いがけない場所に貼ってたりするから、本当に目が離せない。

男児を片手で抱っこして歩いて来る女性と、目が合う。しばらく美容院に行ってなさそうなセミロング、ママ業に特化して生きてる人特有のカジュアルでゆるい生地感の服。とてもあの、怒りに満ち満ちた、切れ味の鋭いフェミツイートを連発している人とは思えないけど。

しかし彼女こそが、相互さんなのだった。

ぱっと見の印象は、普通のママ。ショッピングセンターにやって来る無数のママのうちの一人。なんて皮肉だろう。こういう人の中に、あれだけの自我や怒りが、ぎゅうぎゅうに押し込められているなんて。

正直言って、昔なら絶対に話さないタイプ。同じクラスにいても、友達にはならない。けど今は、彼女だけが私の希望。

自分たちの自己紹介はそこそこに、子供の名前をたずねあう。うちは楓《かえで》、むこうは颯《はやて》。あ、部首違いですね、といった差し障りのない会話。無難な滑り出し。話してみると、まあまあ馬は合いそう。

相互さんは、颯くんのコートを手早く脱がせて体温調節し、ソファを汚さないように靴も脱がせる。なんとか三十分はここにいさせてくださいとばかり、王様にかしずく侍女のように世話を焼く。

颯くんは動きがいちいち大きくてしかも力が強いから、数秒たりとも目が離せない。男児も大変だ。

楓に、颯くんと一緒にシールブックで遊ぼうって言ったら？　とけしかける。人見知りな楓は、さざなみから大波へと駆け上がるいつもの泣き方。颯くんもつられて泣いて、泣き止んだら二人ともシールブックに集中しはじめた。ようやく人心地ついて昼食のオーダー。無論、うどん一択。

楓、月齢が半年差の颯くんと並ぶと、おっきくなったんだなぁとしみじみ思う。来年は幼稚園だ。同時に、颯くんの幼い愛らしさに胸がきゅんとなる。成長をよろこび、手がかからなくなることを日々願いつつ、あっという間に大きくなることが、ときどき悲しくてたまらない。

相互さんがどんな人生を歩んできたのかわからなくても、怒りをツイッターにしか吐き出せないという意味で、私たちはすでに仲間だ。同志だ。私とあなたではなく、私たちだ。

同い年であること、結婚でこの町に転居してきたこと、親を頼れないこと。無駄のない会話で共通項を列挙していく。

だけど話が盛り上がるときまって、子供たちがぐずったり動いたりして、会話を中断させられる。効率的に距離を近づけようと心を全開にしてしゃべるけど、私たちが楽しそうにしてると、まるで狙いすましてるみたいに邪魔が入る。

だけど話は止まらなかった。夫と話すときはいつも無意識にセーブしてる部分が、一気に全開になる。腹の底から本音が溢れ出す高揚感。女同士の笑い声。あまりにも楽しくて、毎日こういう時間を過ごせたらなーと思わずつぶやいたら「え、やりましょうよ」と相互さん。

「毎日会ってしゃべりましょうよ。だってわたしたち予定なんてないし。幼稚園にあがる前の二歳児抱えて、行くところもなくて、毎日どう過ごすか探り探り生きてるんだし。自分たちの好きにしたっていいですよ。毎日会いましょうよ。五分でも十分でもいいから、思いっきりしゃべりましょうよ！」

そうして私たちは約束を交わし、自分たちにルールを課した。毎朝ちゃんと身支度をして、出勤するみたいに家を出て、決められた場所で会うことで、一日を有益に過ごそうとした。子供のためじゃなくて、自分たちの精神衛生のために。

そうやって結託できる相棒がやっと見つかった。

ショッピングセンターはクリスマスデコレーションで年末ムードたっぷり。友達を見つけられただけで、今年はもう収穫充分だわ、なんて笑い合った。

「二〇一九年は私たちが出会えただけでよしとしましょうか」「ね。二〇二〇年はいい年にしよう」。冷めたブレンドコーヒーで乾杯してそう誓った。

翌日から、私たちの新しい習慣がはじまった。

ショッピングセンターは遠いから、お互いの家のちょうど中間地点にあるコーヒーチェーンで会うことにした。こないだは思いきり話せなかったから、今日はお互い、子をリフレッシュ保育に預けて万全の態勢でのぞむ。二時間も話す時間があると思うと嬉《うれ》しくて泣きそう。

大人の女性と差し向かいでコーヒー飲んでることが夢のようだ。同じトーンで話せる相手との会話のキャッチボールは、ほとんど感動的ですらある。ノーストレスで話が通じる。言ってほしい言葉が当たり前に返ってくる。

夫の前では大リーグボール養成ギプスをつけてる私が、相互さんの前ではそれを外してのびのびと、なんの抑制もなしにボールを投げてる感じ。大谷翔平並みの豪速球を、私たちはアハハハハ〜と笑いながら投げて打ち合う。

シロノワールを食べながら、英語のテキストブックを広げている女性を見て、相互さんが小声で「あの人が英語を話す必要に迫られる日って来るのかなぁ」と言った。別にバカにしてるんじゃなくて、感傷的な哀感を込めて、せつなげに。

「ああいう人は海外旅行に行くとしても、旅行会社のツアーに申し込むだろうしね」

「行き先も旦那に勝手に決められちゃう」「で、いざ旅行の前日になったら、旦那が急病で倒れたりするんだよ」

　それでも英語を勉強せずにはいられないあのおばさんの気持ちは痛いほどわかるよねと、私たちは言い合った。「わたし、ユーキャンの折込チラシ、めっちゃ読み込んじゃうんだよね」と相互さん。超わかる。私たちは母親から、「手に職をつけろ」とさんざん言われて育った世代。

　それにしても「手に職」って、子供にはちょっとイメージしづらい抽象的な言い回しだ。本当に大切なのは、自分で自分の生活費を稼ぐってことだし。旦那に頼るだけの女にはなっちゃダメ、経済的に自立できる女になりなさいねっていうこと。

　会社に勤めたところで女子社員は安く買い叩かれて、自活できるだけのまともな給料は払われないから、会社組織に属さずフリーランスで充分やっていける専門職がおすすめ、とにかく稼げるスキルを身につけておくべし。ということ。

そのためには自分にはどんな職が合っているのか、子供のうちからちゃんと考えなさいってことなんだけど、なぜか母たちはその重要な細部を端折《はしょ》って、「手に職」と略すばかりだった。

きっとあの時代の母親たちは、外で働いて自力で充分な生活費を稼ぐことを、具体的に想像できなかったんだろう。「手に職」は、自分たちの悔恨からくる精一杯の警告。捨て石になった私たちの分まで高く飛んでねという切なる願い。

ところが「手に職」というワードだけが独り歩きして娘たちへ伝わった結果、いまこうして私たちは、まるで「手に職」とは、ユーキャンで資格を取ることであるかのように思い込んでいる。

「手に職ってほどではないけど」。相互さんは趣味と小遣い稼ぎを兼ねて、ネットで手作りのアクセサリーや雑貨を売っているそうで、インスタにアップしてる作品を見せてくれた。

個人向けＥＣサイトが充実してきて、手作りのものを売ってる人はたくさんいる。「年々、過当競争になってる」と相互さんは嘆いてた。「でもまあ、作ってるときは無心になれるし、完成すれば達成感もある。売れれば小銭になって、承認欲求もちょっとは満たされるからね」

相互さんとこは、颯くんの上に、さくらちゃんというおねえちゃんがいるそうだ。いま小学四年生。子守りもできる年齢差をうらやましがってると、「たしかに、夫より優秀な助手ではあるんだけど……でも、さくらを〝小さいママ〟にしないように気をつけてる」

私たちは、いまの日本で女児を育てている親共通の、子育ての悩みを打ち明け合った。女の子を〝女の子らしく〟育てないように、便利な雑用係にしないために、私たちができることはなんだろう。

相互さんは言った。「男児の場合は、料理とかの家事もどんどんやらせて、自分の身の回りのことは自分でやるんだよって教える、そういう方針なんだってことははっきりしてるんだけどね。幼児向けのお料理教室行ったり、赤とかピンクも着せたり」

「でも女の子って、どう育てるのが正解なのかわかんないよね」

「ほんと。大きな夢を持って、その夢を叶えたとしても、悪い男につかまったら一発で終わっちゃうもん」

「そうそう。悪い男につかまらなくても、ごくごく普通の男でも、女性の自由を当たり前に奪うからね」

女の子に伝えたいことは山ほどある。だけどきっと、口で言っても聞かないだろう。自分たちがそうだったもの。私は憶えている。十代、二十代だったころの自分が、どんなだったか。

性被害に遭わないように空手を習わせたい。恋愛至上主義の罠《わな》に嵌まらないようにシスターフッドの物語を読ませたい。女の子の人生には危険が多すぎて、その罠を回避させるために、なにをしてあげられるのか考え出すと、不安で眠れなくなる。涙がでる。

親がどれだけジェンダーステレオタイプをかわそうとしても、あらゆるところから、「女の子だねぇ」「女の子は女の子らしく」の価値観は、雨のように降りそそぐ。せめてその雨をしのげる傘くらいは用意してあげたいけれど。

「女らしいって、つまり便利そうってことだもんね。男の言うことをなんでも聞きそうってこと」「文句も言わず雑用をやってくれそうってこと」「都合のいい奴隷にぴったりってこと」「結婚すると囚人みたいに、足に鉄球付きの足枷《あしかせ》をはめられちゃうんだよね。球の重さが旦那によって違うだけで」

私は、めずらしく興奮しながら「そうそう！」と連呼した。ああ、私、こういうことをしゃべってるときがいちばん楽しい。言語中枢を全開にしてしゃべりさえすれば、日常生活で溜め込んだ心の澱《おり》なんか、ケルヒャーで高圧洗浄したようにすっきり消える。

腹の底に沈殿した墨みたいにまっくろなものを吐き出して、「そうそう！　そうそう！」と肯定のあいづちで加速をつけて、風を切ってがら空きのスーパー林道をツーリングしてるような爽快感。

しゃべって、笑って、笑った拍子に手なんかパシパシ叩けば、気分はもう最高。退屈な日常に戻るためのエナジーを補給できる。私がようやくたどり着き、手にした、気の合う女友達とのかけがえのない、おしゃべりの時間。

けれどよくよく耳をすませば、午前中のコーヒーチェーンで交わされる女たちの会話は大半が、この手の話だった。「主人にこんなことを言われたの」「んまあ、それはひどいわねぇ」

もちろん私たちの会話みたいに、そのままトゥギャッターでまとめられそうなほど含蓄に富んだエンターテインメント性のある気の利いたことを言ってる人って、ちょっとほかにいないけど。おばちゃんたちの会話はせいぜい、『踊る!さんま御殿!!』で拾われるレベルだけど。

それでも、コーヒーチェーンで旦那の愚痴で盛り上がる私たちが、不満を溜め込んだ「妻」という同じ穴のムジナであることにかわりはなかった。子育てという〝女の〟大役を終えて、だけどまだ旦那の世話だけは残ってて、愚痴も無限に出てくる、あれは二十年後の私たちの姿だ。

ここから二十年か。四十年近く生きてきて、時間に対するパースペクティブはずいぶん変わった。だから次の二十年がどれだけあっという間に過ぎるのか、手に取るようにわかる。

今年、元号が変わった。令和になった。私たちの平成は三十一年で終了だ。これにておしまい。

セクシャル・ハラスメントとオバタリアンではじまった平成が、援助交際とドメスティック・バイオレンス、アラフォー、女子会、イクメンとマタハラ、そして#保育園落ちた日本死ねを経て、#ＭｅＴｏｏと#ＫｕＴｏｏで幕を閉じようとしている。

三十年は、人一人が歳をとって、なにかを学んだり、忘れたりするには充分な時間だけど、社会の進歩って意味では、この程度のもの。変えろ！　とドアを叩く女性たちを、おじさんたちがのらりくらりと阻《はば》みつづけてる。妻が作った飯を食いながら。

妻たちが発する洪水のような愚痴と、絶え間ない嘆き、そして諦観。となりのテーブルから漏れ聞こえてくる常連のおばさんたちの会話は、たったひとつのことを私に連想させた。

さながら妻たちが、家事の休憩時間に詰め込まれたタコ部屋みたい。家事労働者が束の間、肩を寄せ合い、ご主人様の悪口を吐き出し合うことでガス抜きしてる。午後三時をまわるとみんな三々五々席を立って、夕飯の買い出しに安売りスーパーを目指す。

おとなしく、女らしく、従順になるよう育てられた、妻たちの愚痴り場。そこに新たな一員として、この冬、私と相互さんが加わったっていうこと。

――二〇二〇年――

パンデミックなんて人類が野蛮だったころの昔話だと思っていた。けどいまは、遠い港に停泊中の、豪華客船にまで迫ってきてる。

ウイルスもだけど、それ以上に「豪華客船」の方が全然ピンとこない。リタイア後の人生を満喫する金持ちの高齢者を満載したクルーズ船なんて、自分たちの生活のリアリティとあまりにかけ離れすぎてて、ほとんど絵空事みたい。

乗客の不運に同情するより先に、ちょっと待ってクルーズ船ってなに？　と、嫌味ったらしく耳に手を当てて、二度聞きしてみせるド庶民の私。

「クルーズなんかしてるいい身分の人たちがそういう目に遭って、ほんのちょっとだけ思っちゃうんだよね。ざまあって」と、相互さんに打ち明けた。ざまあなんて言葉、娘にキャッチされて学習されたら困るから、ほとんど聞こえないくらいの、吐息みたいな音量で。

ざ・ま・あ。

耳が聞こえない人に、くちびるの動きだけで言葉を伝えようとするみたいに。娘は耳で聞いた言葉を無濾過《むろか》で口に出してどんどん試すタイプだから、迂闊《うかつ》なことは言えなかった。でも、それってすごく疲れる。二十四時間体制で監視されてるみたいで。

金持ちをやっかむ気持ちも、窮地に陥ってる人を「いい気味だ」なんて嗤《わら》う下劣な心理も、娘には吸収してほしくない。けど、どんなに細心の注意を払っているつもりでも、この子は私の嫌なところをＡＩみたいにコピーして、私をぎょっとさせる。

娘は私の映し鏡だ。鏡の前で人は無意識に顔を作るというけれど。鏡に映る顔だって充分最悪なのに、普段はもっとひどい顔してるってこと。

フレンチブルドッグみたいに口角はさがって、眉間にはしわ。室町時代から伝わる、恐ろしい形相の能面みたいな見事なしわ。娘という映し鏡の前では毎度毎度、無駄とわかりつつ、心の中のドロッとした部分を、ぱっと隠した。

けど、たしかに存在するヘドロ状の黒い感情を吐き出さない限り、その気持ちは私の中で腐っていく一方だった。体内で発酵するネガティブな感情はやがてりんご酒《シードル》になるのだ。ずっと前に一度だけ飲んだシードルはそんな味がした。

「わかるよ。わたしもちょっと思ってる。みんな思ってるでしょ？　それこそツイッターなんかには、もっとひどいこと普通に書いてあるよね。ウイルス搭載した船ごと出港してくれよとか。わたし見たよ、そういうツイート」と相互さん。

未知のウイルスがニュースに華々しく登場しはじめてからというもの、世界地図はいきなり塗り絵みたいになった。昨日までクリーンだった国や地域が、次の日には感染者が確認されてダーティーに塗りつぶされていく。

COVID－19、新型コロナウイルス感染症、それに名前がつけられたのはいつだったろう。テレビをつけるとクラスターやロックダウンというカタカナ語が唐突に使われだす。飛び交う専門用語をいちいちネット検索して、なんとか情報に追いつく。震災のときみたいにデマに注意だ。こういうときは。

アメリカではトランプ大統領が「チャイニーズ・ウイルス！」と聞き分けのない幼児みたいに喚《わめ》いてる。こっちは幼児のそういうところにほとほとうんざりしてるっていうのに。

ウイルスの発生源とされる中国の都市が思ってた百倍は都会だったこと、その上たった十日でコロナ患者専用の病院を作ったことに唖然《あぜん》とする。ウイルスを手際よく封じ込めた台湾ではオードリー・タンというニュースターが華々しく誕生。

一方そのころ日本では、早朝のドラッグストアに高齢者が行列を作って、せっせとマスクの買い占めに走っていた。まったく笑ってしまう。ウイルスは、その国の本質を見事にあぶり出してみせたというわけだ。

私たちがこの冬ずっと通っていたコーヒーチェーンは、午前中はいつも同じ顔ぶれが席を占拠していたけれど、長い冬の終わりが見えてきたころから人は少しずつ減りはじめ、空きテーブルが目立つようになった。ついにこの町にも感染者が出たから、みんな警戒してる。

なにかが終わりに近づいてる予感。

午前十一時より前に来ないと、ウェイティングリストに名前を書き込んで待たされるはめになるような人気店だったのに。席を確保するために、毎朝大変な思いをしてた。それでも、なんとかここへたどり着こうとがんばった。

夫を送り出してから大騒ぎで朝の支度をして、チャイルドシートに娘を乗せて車を飛ばし、どうにか十時台に店へ滑り込んだ。そこまででもうぐったりだけど、子供がテーブルでじっとしてられるのはせいぜい二十分だ。

うちの楓も、相互さんとこの颯くんも、ある瞬間プチッと糸がきれたように限界が訪れた。そうなるともうだめ。いますぐ走り回らないと爆発するってくらいの切迫感。

そして私たち「母」は、エネルギーがぱんぱんに充塡された小さな生命体を、借り物競走でうっかり引いてしまった面白いお題みたいに小脇に抱え、逃げるように店を出るはめになった。

だからどのみちせっかくいい席を確保できても、お昼過ぎにはすごすご退散することになる。あんまり長居をして店の人に迷惑な客と思われたくなかったし、常連客にはもっと気をつかった。狭い町だから、いつも誰かに見張られている感覚がうっすらあったし、人目は常に気になった。

ブースに区切られたテーブル席はたしかに居心地がいいけれど、小さな子を世話する母である限り、どこに行っても肩身が狭い思いをすることは避けられない。
それでも私たちは、自分たちに課した約束事みたいに、涙ぐましいけなげさでもって、この冬、ほとんど毎日そこに集った。

その日々が、ついに終わってしまう。そんな予感。

こういうことはよくある。約束なんかしなくても毎日のように会っていた友達と、ある日を境に会う習慣がなくなってしまうことが。あの子とも、あの子とも、そうやって会わなくなった。連絡先ももうわからない友達のことを、ふと思い出す。

相互さんとも、そうなっちゃうんだろうか。

全国一斉休校になり、娘のさくらちゃんが自宅にいるというので、今日は相互さんのおうちに行くことになった。「コロナ落ち着くまで会うのやめようか？」と提案すると、「そうだね、一旦これで、最後ってことで」と彼女も同意した。

ああ、この冬は私ほんとうに、彼女がいたから生きてられた。彼女と会って話せるから毎朝ベッドから出られたし、彼女のおかげで正気を保ってられた。

相互さんのうちは、十年以上、家庭をしっかり運営している歴史を感じさせた。壁掛け時計の横には、画用紙に時計の読み方が書いて貼ってあった。「ダサいからやなんだけどね」と肩をすくめるけど、見かけばっか気にしてる人よりよっぽど好ましい。

相互さんは、しっかり子供たちを育てている、頼もしいお母さんだった。この生活があっての、私との時間だったんだ。「こんなのしかなくてごめんね」と言いながら、あったかいルイボスティーを出してくれる。それに対する私の、「ルイボスティーなんてすごいじゃん！」という称賛。

よくある建売住宅だった。カウンターキッチンの横にダイニングテーブル、薄型テレビをのんびり見るための二人掛けソファ。壁には颯くんや、さくらちゃんが描いた絵、図工の時間に作った作品が貼られてる。それから棚には旅行先での家族写真と、ダッフィーのぬいぐるみ。

リビングの隅には、ミシンや引き出しボックスが置かれた小さな机があった。壁には〈atelier《アトリエ》〉とペイントされたフランス風のドアプレート。机の上は、貝ボタンの詰まったジャム瓶や、刺繍糸が収納されたクッキー缶で雑然としてる。

私の目にその手芸コーナーは、「一国一城」としてまぶしく映る。

高そうな材料や手芸道具にまじって、昔小学校で買わされたようなプラスチックの裁縫箱も置いてあった。絵柄は、うちのタマ知りませんか?

「あ!　私もこれ」

「本当?　同じの?」

「うん。まったく同じの。いまも使ってる」

リビングの棚のいちばん下には、絵本が詰まっていた。『ねないこ　だれだ』『だるまちゃんとかみなりちゃん』『はじめてのおつかい』にまじって、『ディアガール　おんなのこたちへ』。

女の子に向けたメッセージ集のようなその絵本は、ジェンダー規範からわが子を解放してあげたい親たちにはうってつけの本だと評判になっていた。どんな感じだろうと、ページをめくる。

声に出したら泣いちゃいそうなやつだった。

女の子たち、怖がらずに、人に質問したいことがあれば訊いていいよ、踊りたかったら踊っていいよ、嫌なときは嫌って言いなさいね、まわりを気にしないで、好きな服を着ていいんだよ、愚痴ばかり言ってるのがいちばんつまらないよ、あなたは大丈夫、あなたならできるよ。

そう呼びかける絵本は、逆説的に、女の子たちがこれまで、どれだけ窮屈に育てられてきたかを物語っていた。

私たちは、ビクビクして、訊きたいことも訊けなかった。踊りたくても踊れなかった。嫌なときも「大丈夫です」とにっこり笑って我慢した。いつもまわりの目ばかり気にしてた。

そして大人になったいまも、思い通りにならない人生の愚痴ばかり言ってる。

結婚して、妻になることで、男の人の陰に隠れていられることにほっとしてる自分がいる。つまり私は、自分で自分の人生をハンドリングする力がなかったのだ。ないと思ってたのだ。そう思い込まされていた、ということかもしれない。女の子には、そんなことできっこないと。

この子が大人になったとき、女性はどう生きてるのだろう。少しはよくなってる？ 自信満々に自立してる？ 泣いてない？ 笑ってる？ 女の子に生まれてよかったねと、心から祝福できてる？

私たちの世代も、ちょっとは健闘してる？ 母親たちが期待したほどじゃなかったかもしれないけど。

ちょうどそこに、「こんにちは〜」と言いながら、絵本の持ち主である、さくらちゃんが自分の部屋から出てきた。長い手足。冷蔵庫からミロのパックを取り出して栄養補給すると、ソファにどしんと座り、ニンテンドースイッチを構えてゲームをはじめる。

驚くほどのふてぶてしさ！　堂々たる真っ昼間のゲームタイム！　たしかにこの子を家で勉強させるのは果てしなく難しそうだ。

さくらちゃん、今日から急に学校が休みでさびしい？　お友達に会えなくてさびしい？　と訊くと、「ううん」と首をふる。クラスの女子といろいろあって、ちょうど行きたくなかったから嬉しい、だって。

相互さんも心配してるみたいで、「ギャングエイジ」だとか「チャムグループ」といった言葉をずいぶん検索したと言う。

「でも小学校の三、四年って、そういう時期だよね」

「はじめて友達同士でぶつかるの」

「加減を知らないからね」

私は憶えている。小学生のときのお友達との、甘美な時間を。そして猛スピードで正面衝突するような激しいケンカも。

「武田美桜ちゃんと小川琴音ちゃんとね、いまケンカしている最中だから。あの二人、あたしのこと無視してくるの」とさくらちゃん。だからさくらちゃんはいま、藤崎莉子ちゃんと西山杏ちゃんのグループに入れてもらってるという。うーん。聞くだに大変そうだ。

相互さんはさくらちゃんに言った。「そうやって友達と揉めたりしながら、自分に合う友達と、合わない友達を知っていくんだよ。で、そういう人づきあいを通して、自分のことも知るんだから。気が合わない友達だってそれなりに必要なんだよ」

「気が合わない友達と無理して仲良くする必要はないの。ただ、人にはちょうどいい距離ってもんがあるから。相手とちょうど仲良くできる距離でつきあうの。わかる?」

「わかんない」

わかんないよね、難しいよ。子供たちは近づきすぎる。大人たちは簡単に疎遠になりすぎる。それにSNSが、適切な距離感を破壊しにくるし。

「女子って嫌ぁーい。陰険なんだもん。悪口ばっかり言って、意地悪で。男子のほうが一緒に遊んでてずっと楽しい」と言うさくらちゃんに、相互さんが「それは違う!」と一喝。「女子が嫌いって言うのは、自分のこと嫌いって言ってるようなことなんだよ。そんなふうに思っちゃダメ」

自分の中のミソジニーとの和解は、女性にとって最重要課題だ。女性嫌悪、女性蔑視。男は女が好きってふりして、本当は大嫌い。

ミソジニーは女性にしたら、自己嫌悪に転化する。自分のことが嫌いで嫌いで、自傷までする女の子たちの救いになるのは、優しい彼氏じゃなくて、自分との和解なの。自分の中に埋まった「男の目線」をやっつけること。女じゃなくて、人になること。

それにしても、女子が陰険で悪口ばっかり言ってて意地悪なんて、そんな女子のステレオタイプ、誰に吹き込まれたんだか。マンガ？　テレビ？　それともＹｏｕＴｕｂｅ？

相互さんはさくらちゃんに、女友達とうまくやることを学ぶべしと、切々と語る。私は横で「そうだそうだ」と、うんうんうなずく。

「ママも小学生のころは、友達とケンカしたりしたよ。悩んだし、苦しかったよ。板挟みになったり、ごめんなさいが言えなかったりして、いまだにあと引いてる。トラウマだったりする。だけど、そういう経験が、次の友達との関係で生きてきたりするの」

「ステップをいっこいっこのぼっていって、やっと、女友達と本当の友情が築けるようになるんだから。先は長いよ」。さくらちゃんはゲームをしながら、「はいはいわかったわかった」と生返事だ。

思春期がはじまったばかりの娘と、四十歳になる母親の会話を聞きながら、私は娘を膝にのせて、意味もなくぎゅっとした。頭にそっと手を置き、つむじを見つめる。頼りなくぺったりした髪の毛。ぽわぽわした、やさしい髪の毛。

さくらちゃんは、お友達の名前をフルネームで連呼した。まったく知らない子の突然のフルネームに笑ってしまう。だけど私も、小学生のときの友達の名前って、全部フルネームで憶えてるな。彼女たちも、結婚してればとっくに名字は変わってるだろう。

「なんで小学校のときの友達の名前ってフルネームで憶えてるんだろうね」と言うと、相互さんは、選択的夫婦別姓制度が実現しないことへの無意識のアンチテーゼだ、などと言い出す。

選択的夫婦別姓、「なにそれ?」ってさくらちゃん。さくらちゃんが大人になるころにはなくなってる問題だから気にしなくていいよと言っておく。

それでも、女の子は結婚しても変わらない、ファーストネームを大事にしなくちゃねって相互さんと話す。「さくらちゃんは自分の名前気に入ってる?」って訊くと、「ああ、うん、そうだな、まあいいんじゃないかな。画数が少なくて楽だし」だって。

私もこの世のどこかでは、いまも大島絵里ちゃんのままなのかもしれない。大島絵里ちゃんとして、誰かの会話にふっと現れたりしているのかもしれない。大島絵里ちゃんだったかつての自分。宮脇《みやわき》絵里さんで、楓ちゃんママの、いまの自分。いろんな自分が一つの容れ物の中に、とっちらかって混在してる。

小学校のときの友達の名前は、不思議とすらすら諳《そら》んじられた。結婚していれば、もうどこにも存在していない名前かもしれないのに。彼女たちの失われた名前が、過去を知る私の中でまだ生きてる。

窓の外からエンジン音。「パパの車の音だ」、さくらちゃんはニンテンドースイッチに目を落としたまま、エスパーのようにつぶやく。

突然、相互さんの旦那さんが帰宅。コロナで自宅待機となった模様。旦那さんの登場に私は大いに慌てふためいて、娘を抱っこしてそそくさと退散することに。なんだか、相互さんの浮気相手みたいな気分だ。旦那さんの留守中に、奥さんを寝取ってすいません、みたいな。寝てないけど。

けど、精神的にはかなり深いところまでいってる。まだ会って三ヶ月ちょっとなのに。私たちは密だった。このひと冬のあいだ、私たちはまぎれもなく密だった。

密は背徳者を責める非難の言葉なんかではなく、親密のみつ、蜜月のみつだ。

相互さんは颯くんを抱っこして、家の前まで出てきてくれた。「いいよいいよ、寒いから」って言っても、ずっと立ってた。ＬＩＮＥするねって何度もくり返して。

私たちはコミュニケーション上級者だから、ＬＩＮＥだけでお互いを救うことができるのです。

駐車場に停まった真っ赤なダイハツ・ミライース。倉本と書かれた表札が目に入る。

「あ、私、アカウント名のオーニシって本名だと思ってた」

相互さんのこと、もちろん本人の前で〝相互さん〟とは呼ばず、アカウント名の「オーニシさん」って呼んでた。

「オーニシは旧姓なの。大西千紗。いまは倉本千紗っていいます」

「私は大島絵里。いまは宮脇絵里だけど、呼び方はアカウント名のままでいいよ」

「えりまきさん」

さくらちゃんは見送りに来てくれなかった。あのあっけらかんとした、無邪気なふざけ方を思い出すと笑ってしまう。人見知りもしない。誰の視線も気にしてない。威風堂々とした態度。リビングに転がる水色のランドセル。〝アナ雪〟育ちの、二十一世紀の女の子。

ぐずる楓を、なんとかチャイルドシートに乗せる。

「コロナ落ち着いたらまた会おうね」

「うん。またしゃべろうね」

私はオーニシさんに手をふりながら、車のエンジンをかけた。

私、これまでいろんな友達と、その時その時を乗り越えてきたんだよなぁと、なにかを思い出しかけながら。

なんだか無性に昔の友達が懐かしくなった。懐かしいというより、これは恋しいだ。

笹島美沙子ちゃん、井上有希ちゃん、荒井和恵ちゃん、伊藤聡子ちゃん、林弘子ちゃん、高橋敦子ちゃん、嵯峨久美子ちゃん、松田貴世ちゃん、上野洋子ちゃん、岡田梓ちゃん、中村景子ちゃん、田中陽子ちゃん、草野友恵ちゃん、杉本瑠美子ちゃん……。

記憶にある限りの名前をぶつぶつとつぶやいて、私はアクセルを踏み込んだ。

解説

上野千鶴子

友情は人間関係の上級編だと言ったひとがいる。

恋愛より友情の方が難しい。恋愛には「恋人らしい」ふるまい方というものがあるが、友情には定型がないからだ。友人だと思っていたひとがそうではないことを知って愕然《がくぜん》とすることもあるし、友人だと思っていたひととといつのまにか疎遠になることもある。「友だちだろ」と言っても期待に応えてもらえないこともあるし、「友だちなのに」と迫られても応じきれない場合もある。ましてや「親友」となるとなおさらだ。親友って何？　何してくれるひと？　ずっと一緒にいたいひと？　夫より恋人よりそのひとの前ではありのままの自分でいられ、ホンネをさらけだせる関係のこと？

「友情」はこれまで男の独占物だった。女同士には妬みとそねみしかなく、友情は成り立たないものとされていた。それに女の人生は、ライフステージによってがらりと変わる。結婚し、出産した友人が、夫と子どもの話しかしなくなると、人生コースの分岐によって、かつての友だちは友だちでなくなるとされてきた。さすがにこんな大時代的な友情観を持つ人はいなくなったが、やっぱり友情は難しい。ほんとは男同士の友情だって難しい。ホモソーシャルな男性集団でつるんでいる彼らを見ても、ほんとは「お友だち、いないんじゃね？」と感じることがままある。

山内マリコさんの『一心同体だった』は、十歳から四十歳まで、女性の友情をテーマにした連作短編集である。輪舞《ロンド》という形式があるように、前作の主題をひきついでゆるやかに物語がつながっていく。前作では脇役だった女性が、次の作品では主役になる。そうやって、いくとおりもの女性の人生の軌跡がくっきり浮かび上がる。そして十歳から始まった物語は、四十歳になったママ友同士の娘たちへとつながっていく。

この解説にはネタバレ的なところがあるので、読者は本文を読んでから、反芻《はんすう》するように読んでほしい。きっと「一粒で二度おいしい」思いを味わえるだろう。

女同士の友情は難しい。第一話から十歳の少女の友情は不穏な展開を見せる。一緒に居ることが楽しくてうれしい、手を叩《たた》いてきゃっはははーと笑い転げるだけの十歳の友情は、クラスのスターである女の子が割り込むことで、ぎくしゃくしはじめる。クラスにはスクールカーストというものがあって、「みんな、二人一組になってー」と言われたときに、ひとり取り残される子どもが出てくる。世の中には「選ばれるのを待っているだけの人々と、選ぶことをためらわない人々」とがいる。大西千紗と芳賀裕子は前者だ。そこに阿部美香というつねに「選ぶ立場にいる」少女が介入して、千紗を選ぶ。選ばれた千紗は有頂天になる。交換日記を交わしていた千紗と裕子の仲は当然険悪になる。だれを優先順位の上位におくか、で友情の価値が計られるからだ。だがこの年齢の少女たちの友情は、身体のバイブレーションが合えば一気に回復する。それを山内さんは十歳の少女の文体で書く。

第二話は十四歳。中学生だ。とつぜん何もかも環境が変わる。

「たしかに小学校はユートピアではないけれど、どんな子もそれなりに活躍できる余地があった。評価軸は多彩だった。

でも中学校はそうはいかない。

どれだけ成績が良くても、運動神経抜群でも、美術の才能があっても、ムードメーカーでも、ここでの評価は基本的に、異性から見て魅力があるか否かだ。」

思春期。第二次性徴が始まり、男子集団と女子集団とが分かれる。男の子たちは遠慮会釈なくクラスの女子のランク付けに乗り出す。あたかも自分にその評価の権力があるかのように。

問題は男子に受ける評価軸と女子に受ける評価軸とがねじれていることだ。

「女って難しいね。男子にモテたら女子からは嫉妬されて嫌われるし。でも女子に好かれてる子が男子にモテるわけじゃないし。」

スクールカーストの低い、さえない芳賀裕子が、ひょんな事件から青柳めぐみという美人で男子と物怖《ものお》じせずに話す女子生徒に選ばれる。めぐみを通じて裕子は男子と話す楽しさを味わうが、髭田という男子を裕子が想《おも》っていることを知りながら、それをいじったり茶化したりするめぐみに傷つく。そのめぐみはクラスメートの女子から「この男好き!」「最低の男たらし!」と責められるが、裕子にはその気持ちもわかる。「だって女子の気持ちもよくわかるから。私はずっとあっち側にいたから。だからそれが、どれだけ冷えた、暗い感情なのか、よく知っているのだ。」

裕子は日記にもホンネを書かない。めぐみからの和解を求める電話にも正直に答えない。ねじれたプライドが邪魔するからだ。そうして裕子はめぐみとの友情を失う。

第三話は十八歳。青柳めぐみは十四歳のときの傷つきがもとで、女子高に進学する。進学先が決まったとき、女子生徒から「男いなくて耐えられんの?」という心ないことばを浴びせられる。めぐみが男子を相手にしたのは、「男子を魅了するのって簡単だし楽しいから」「あたしは男子の前でだと、どういうふうに振る舞ったらいいか、手に取るようにわかったから。こういうリアクションが欲しいんだろうな、とか、こういうこと言ったらウケるんだろうな、とか。男子って単純だから、だいたいパターンは同じなんだよね。だから男子と話してる方が楽だったのかも。」

おそるべきホステス体質、というより、上から目線で男を叱責したり、プライドをくすぐったりするバーのマダム体質と言ってよいかもしれない。ただしこれはスクールカーストが上の女子に限られた特権だ。中学で男子は女子からその単純さを見抜かれるし、女子は男子を嘲弄するスキルを身に付ける。そういえば、二〇一八年刊行の小学生女子向けの『おしゃカワ！　ビューティー大じてん』に、「キュートな会話テクニック♥さしすせそ」のコーナーがあった。「さ」は「さすが！」、「し」は「知らなかった！」、「す」は「すごい！」、「せ」は「センスいい！」、「そ」は「そうなんだ」。銀座の有名バーのマダムがもともとこのテクニックを使っていたというから、年配のおじさんに通用するスキルは、中学生男子にも通用する、ということなのだろうか。

女子校を選んだめぐみは「でも相手が女子だとそうはいかないじゃん？　こういう感じにしておけば人気者になれるっていうセオリーがないから、かなり難しい。っていうか、全然わからない。」「女子校でどんなふうに振る舞えばいいか、どうすれば嫌われずに友達ができるのか、そんなことばっかり考えてたんだ。女友達がちゃんとできるか、不安で仕方なかったの。」

そのめぐみがカメラフリークの北島遥に被写体として選ばれる。「写ルンです」が登場するのはカメラつき携帯電話が登場する以前のローテクを思い出させてほほえましいが、北島は卒業にあたって三年間撮りためためぐみの写真集をプレゼントする。そこにはかけがえのない、二度と来ない青春の時間がぎゅっと詰め込まれていて、めぐみは北島の愛を感じる。

カラオケに通い、プリクラを撮った四人組をめぐみは回想する。

「四人で最後に撮ったプリクラを、あたしは自分にも女友達がいるんだっていう、たしかな証拠みたいにして生きるよ。それはすごく、あたしに自信をくれることだから。彼氏がいるより、女友達がいる方がすごいことだよ。これはまったく本当に！」

第四話は二十歳。北島遥はプライドだけ高い、こじれたシネマオタクとして映研部員になっている。

初めてのキャンパスに気後れする遥は、原田麻衣というルックスのよい少女に押されて、映研に入る。

「誰にも警戒心を抱かせない人好きのするルックスと、誰にも拒絶されたことのない人特有の、有無を言わせぬ強引さ。直感的に、東京の子なんだろうと思った。」

「選ばれるのを待つ側」の北島は、最初から入りたかった映研にも、麻衣にひきずられるようにしてしか入れない。

大学は中学・高校よりもっとあからさまな性別分離の世界だ。しかもそこには性欲というものがついてまわる。

「大学生は容赦なく人を見た目でランク付けするけど、映研の人たちはルックスに関しては非人道的といえるほど残酷だった。」

そして女子達は「高校を卒業し、大慌てで、欲望の対象になろうとする私たち。」

麻衣は自主制作映画の主演女優になり、部長の男とできて、部内で三角関係がこじれた結果、さっさと映研を去る。急遽《きゅうきょ》麻衣の代役を務めさせられた遥は、さんざん侮辱的な扱いを受ける。

部員の高田歩美は、部長の凡庸さに笑いをこらえきれない。シネマオタクの遥と歩美はコアな作品の趣味も一致している。小心者なのに、「二人で話しているとどんどん気が大きくなって、なんでもできそうな気がしてきた。私たちは世界一冴えてて、面白くて、エッジがきいてる。たぶん天才。だけどそのことを、私たち以外は誰も知らない。」

その実、ふたりは「間抜けで世間知らず。中途半端で生意気。未熟で未完成。なにも生み出さないし、なにひとつまともにできない。ろくなもんじゃない。」

「でも楽しかった。

二人でいれば無敵だった。」

第五話で高田歩美は二十五歳になっている。卒業後ルームシェアで家賃を折半していた遥が郷里に帰ってから、埋めようのない喪失感に悩まされている。

「あたしはさびしかったから、やれることは全部やった。孤独に耐えられない哀れな人たちが行くものだと軽蔑していたオフ会にも参加した。」

こじらせ文化系オタク女子は、サブカルコミュニティにも居場所を見つけられない。

「これだからサブカル好きって嫌いだ。同じものを好きじゃない人をわかってないやつ扱いするし、すぐ人をランク付けするし。話してみるとみんな案外軽くてスカスカだし。」

自分も同類なのに、いや同類だからこそ、つるめない。

その歩美が友だちいない系の、あまり親しいとは言えない女性の、地方での結婚式に招待される。自分が軽蔑し抜いてきたゆるふわファッションにパンプスで参列した歩美は、他の未婚女性たちと同じテーブルで、次の花嫁候補として男たちの無遠慮な視線にさらされる。歩美は「自分が、女として認識されても怖気立つし、女として見られなくてもそれはそれで傷つくたち」だ。

ブーケプルズでハズレクジを引いた歩美は、中年の既婚女性から侮辱される。

「あ、なるほど、そういうことだったんだ。

瞬時に、あたしはすべてを悟った。

女は結婚してないと、こんなにバカにされるんだってことを。あたしって世間じゃここまで下等な生き物だったってことを。こういう、どうってことのない普通のおばさんたちが、誰かの妻ってだけで、どんだけ調子こいていたのかを。そうじゃない人をバカにすることで、いじましく自分たちの自尊心を守っているんだってことを。」

そしてこう感じる。

「男に傷つけられると怒りがわくけど、女に傷つけられると悲しくなる。」

この結婚式で出会った筒井麗子と歩美は意気投合して、遥が去ったあとの部屋でルームシェアを始める。麗子は歩美が同居していた遥を男と勘違いして、歩美に警戒心を持ち始める。遥が女だと知って誤解は解けるが、歩美は遥との「ニコイチ」のようだった友情を反省し始める。友情には適度の距離が必要なのだ。

第六話で筒井麗子は三十歳になる。「歳をとるたびにあなたは、自分の価値が目減りしていく恐怖に襲われる。」

専門学校を出て正社員として就職した会社を入社三ヶ月で辞める。辞めるなと忠告してくれたパートのおばさんを無視する。

「なぜってあなたは二十歳。あなたはとても若い。あなたの若さはときどき醜い。目も当てられないくらいに。」

アルバイトやフリーターを経験した後、麗子はオフィスビルの受付嬢になる。正社員との合コンに誘われた麗子は次のような経験をする。

「そこであなたは、昼間は清廉潔白にふるまっている大企業の正社員の男が、お酒を飲むとどういう態度になるかを知る。彼らは、あなたがこれまでつきあってきた男の子たちとは人種が違う。安定した会社に属して、それなりの給料をもらっていることは、彼らをとことんつけあがらせている。尊大さがしみついたナメた態度で、横一列に並ぶ女子たちに、お宝鑑定団が古物を査定するときのような視線を向ける。彼らは遠慮なくあなたたちを値踏みする。」

派遣の仲間からは「うちらみたいな派遣に手ぇ出してくる男ってたいてい遊び目的だし」「正社員は正社員しか、結婚前提の恋愛対象に入れてないからね」と言われる。「若くて、きれいな、女の」擬態に疲れた麗子は、ヨガのクラスに飛び込む。そこでインストラクターのことばに救われる。

「無理をしないで、人と比べないで、これは競争ではありません。」

三十歳になった麗子はヨガインストラクターになっている。その初めてのクラスで、自分を選んでくれた小林里美と出会う。

第七話、小林里美は就職氷河期にIT企業の総合職をゲットした。三十四歳、年収七百万以上。相手のふところ具合を忖度《そんたく》するのに疲れて、どこへでもひとりで出かけるようになった。

　そんな都会生活を謳歌《おうか》していた里美に地方支店の営業への異動が命じられる。否《いや》も応もない。行った先には辣腕の女性店長、大島絵里がいた。その彼女の仕事ぶりと比べて、自分がいかに現場を知らず、無能であるかを里美は思い知らされる。

「私はうすうす気づきながらも、ずっと気づかないふりをしていたことに、ついに直面してしまった。もしかして同僚って、友達ではなかった……？　私、東京で同じレベルで遊べる人のことを、友達だと思ってただけ？」

　三十四歳、周囲の女たちは東京だろうが地方だろうが「子育ての真っ最中」だ。それが「まともな三十代の姿」であり、そうでない里美のような女は「半端者」にすぎない。「東京では半端者が徒党を組んで楽しく生きている。数の力は偉大だ。東京にいさえすれば、自分が異端だなんて思わない。私みたいな人はどこにでもいる。」

　地方転勤に耐えられるのはそれが期間限定だから。里美は仕事のできる絵里に同志愛を感じながら、半年後、本社勤務の内示をもらって異動する。

　里美は絵里と友達になりたいと望むが、言いだせない。

「相手に踏み込まない間合いのとり方ばかりうまくなって、近づきたい相手を見つけても、どうアプローチしていいかまるっきりわからない。近づきたいという自分の気持ちに、自分で照れる始末。」

オトナになる、とはこういうことなのだろうか。

第八話。大島絵里は四十歳、結婚して一児の母になっている。里美から、本社勤務の総合職正社員と地方支店勤務の現地社員との身分格差をとことん見せつけられた。バツイチ同棲《どうせい》中の男との関係を安定させたくなって、妊活に励んだ。

「はじめて結婚した二十六歳のときとは比べものにならないくらいの切実さで、結婚がもたらす安定に、ときどき目がくらむ。」

ひどいつわりに苦しんで、絵里は退職願を出す。

「自分でも嫌になるほど、プライドが高いんだよなぁ。みじめな立場になってまで、居座りたくないっていう。」

女性総合職の出産離職を調査した中野円佳の『「育休世代」のジレンマ　女性活用はなぜ失敗するのか？』（光文社新書、二〇一四年）は、育休を権利としてとるところまではよいが、復帰したあと女性の「指定席」的な部署に回されて戦力外通知を受けることに、意欲も能力も高い彼女たちのプライドが耐えられない、と分析した。

女を使い捨てしてきた職場、「１０３万円の壁」や「１３０万円の崖」で働かない方がむしろプラスになる計算。「なんか巧妙に仕組まれてるなぁ」と絵里は気が付く。

「私たちって、差別される側だったんだってこと。」

「誰よりも本人たちが、そのことを知らずにいることの危うさ。」

子育てでへとへとになった絵里は、ツイッター（今はX）で「切れ味の鋭いフェミツイート」を投稿しているママと、相互フォローをする「相互さん」になる。夫にも子どもにも通じないオトナの女との会話が絵里の救いになる。リアルで会った相互フォローの相手の見かけは、「普通のママ。ショッピングセンターにやって来る無数のママのうちの一人。」

「なんて皮肉だろう。こういう人の中に、あれだけの自我や怒りが、ぎゅうぎゅうに押し込められているなんて。」と絵里は思うが、皮肉でも何でもない。無数の名もない「普通のママ」たちだって、「ぎゅうぎゅう詰めにした自我や怒り」で爆発寸前になっている。

絵里は娘を持つ母、相互さんも小学四年生の娘を育てている。

娘の母として「女の子に伝えたいことは山ほどある。だけどきっと、口で言っても聞かないだろう。」だって「自分たちがそうだったもの。」

コロナ禍が始まり、いつものコーヒーチェーンで会うことが難しくなったふたりは、相互さんの自宅で会う。そこで初めて絵里は、相互さんの名前を知る。大西千紗。結婚して今は倉本千紗。大島絵里も今は結婚して宮脇絵里を名のる。こうして女は名前を失う。千紗の小四の娘、さくらが選択的夫婦別姓について「なにそれ?」と問うと、「さくらちゃんが大人になるころにはなくなってる問題だから気にしなくていいよ」と答える。だが、変化は自動的に起きるわけではない。

「女性たちはリレーをしてる。自分の代でなにかをほんのちょっと良くする。変える。打破する。前進させる。そうやって、次の世代にバトンをつなぐというリレー。」

こうやってロンドの円環は世代をまたがって閉じる。

いや、円環は閉じない。これから先も千紗や絵里や遥や里美の人生は続く。そしてファミレスやコーヒーショップで夫の悪口や子どもの愚痴をこぼす母親や祖母になっていく。だがその彼女たちの中に、これほどみずみずしい感情が息づいていることは、見かけからはわからない。

各話ごとに互いにつながりのある視点人物が入れ替わり、主語が変化し、年齢を重ねるにつれて文体が変わる。女性の群像劇を読んだような読後感に圧倒される。どの登場人物たちもそのへんを歩いている感じのある平凡な女性たちだ。その平凡な女性たちにこれだけの感情や怒りや失望や諦め、そして歓《よろこ》びやしたたかさがあることを知る。その感情の襞《ひだ》に分け入る体験や歓びの大半は、男からではなく、女友だちから来る。

女友だちは近づいたり、離れたりする。必要なときに必要なところにいてくれた同性、それが女友だちだ。「一生の友」とか「親友」とかレッテルを貼らなくてもいい。そして若い頃の「ニコイチ」のような関係から卒業して、適切な距離を置けるようになる。

友だちになってほしい同性に出会ったとき。

「選ばれる側から選ぶ側」へ廻《まわ》ろう。

「友だちになって」と口にしよう。

そう言ったからといって失うものは何もない。

夫や恋人とちがって、友だちは何人つくってもよい。あたらしい友だちをつくったからといって、それまでの友だちにいちいち遠慮しなくてもいい。

そして友だちにはリスペクトを持とう。

ほんとうは「妻しか話し相手のいない」男たちよりも、友情は女のものではないのか。


（うえの・ちづこ　社会学者）

本書は、二〇二二年五月、光文社より刊行されました。

初出
「CLASSY.」二〇一九年一月号〜二〇二〇年四月号
(「ふたりは一心同体だった」改題)

本文デザイン／佐々木暁

山内マリコの本

あのこは貴族

東京生まれの箱入り娘・華子と、地方出身の会社員・美紀。それぞれの息苦しさを抱える二人が巡り会い……。〝上流階級〟を舞台に、女性たちの葛藤と解放を描く傑作長編。

パリ行ったことないの

臆病すぎて一度も海外へ行ったことのなかった35歳のあゆこは、ついにパリ行きを決意し——。11の掌編が花束のように束ねられ、特別な旅へ導かれる、大人のおとぎ話。

集英社文庫

集英社文庫

一心同体《いっしんどうたい》だった

2025年4月25日　第1刷　　定価はカバーに表示してあります。

著　者　山内《やまうち》マリコ

発行者　樋口尚也

発行所　株式会社 集英社
東京都千代田区一ツ橋2-5-10　〒101-8050
電話　【編集部】03-3230-6095
【読者係】03-3230-6080
【販売部】03-3230-6393（書店専用）

印　刷　株式会社広済堂ネクスト

製　本　株式会社広済堂ネクスト

フォーマットデザイン　アリヤマデザインストア　　マークデザイン　居山浩二

ISBN978-4-08-744758-3 C0193